金色年华 光辉岁月

 燕达金色年华健康养护中心 —编

新华出版社

图书在版编目（CIP）数据

金色年华 光辉岁月 / 燕达金色年华健康养护中心编.
-- 北京：新华出版社，2022.10
ISBN 978-7-5166-6446-9

Ⅰ.①金…　Ⅱ.①燕…　Ⅲ.①传记文学－作品集－中国－当代
Ⅳ.①I25

中国版本图书馆CIP数据核字（2022）第170754号

金色年华　光辉岁月

编　　者：燕达金色年华健康养护中心

责任编辑：丁　勇　　　　　　　　　封面设计：刘宝龙

出版发行：新华出版社
地　　址：北京石景山区京原路8号　　　邮　　编：100040
网　　址：http://www.xinhuanet.com/publish
经　　销：新华书店、新华出版社天猫旗舰店、京东旗舰店及各大网店
购书热线：010－63077122　　　　　中国新闻书店购书热线：010－63072012

照　　排：六合方圆
印　　刷：三河市君旺印务有限公司

成品尺寸：170mm×240mm　1/16
印　　张：18.5　　　　　　　　　　字　　数：246千字
版　　次：2022年10月第一版　　　　印　　次：2022年10月第一次印刷

书　　号：ISBN 978-7-5166-6446-9
定　　价：68.00元

《金色年华　光辉岁月》编委会

总顾问

李　怀

总策划

李海燕

执行策划

刘培宗

主　编

李东辉

执行主编

毕立伟

项目统筹

陈　勤　刘　洋　李　欣　叶　婷

编　委

叶晓彦　蒋若静　魏昕悦　陈　勤

前　言

　　他们，在中国共产党的领导下，参与新中国的建设；

　　他们，毕生都奉献给了党和国家，见证了党和祖国的繁荣发展；

　　他们，都不约而同地选择了燕达金色年华健康养护中心安享晚年。

　　他们，有经历烽火洗礼的前线战士，也有桃李满天下的教育家，有建立大国外交的外交先驱，也有建设祖国各项事业的奠基人。他们的一生，见证了党和祖国的发展与荣光。一个个可歌可泣的动人故事，展现出一代国人不屈不挠的坚定信念，勾勒出一幅幅波澜壮阔的历史画卷。

　　立志养老千秋业，使命担当勇向前。燕达金色年华健康养护中心在党和国家的领导下，至今经过 12 年的运营发展，建立了完善的医养康相结合养老服务体系，为积极应对人口老龄化作出了突出贡献。截至 2022 年 7 月，养护中心在住宾客逾 5000 人，平均年龄 83.7 岁，他们从硝烟中走来，与新中国共成长，是党和国家建设发展过程中的亲历者与见证人。我们遴选 12 位在住宾客，通过口述的方式由记者整理撰文，记录他们的光荣事迹，传承红色基因，发扬爱党为国的革命精神。

　　历史不容遗忘，我们有责任去挖掘峥嵘岁月背后那些鲜为人知的往事，告诫我们每一个人，今日的幸福有多么来之不易，每一个中华儿女都应当怀抱热情和责任，在中国共产党的领导下，为实现中华民族伟大复兴的中国梦不懈奋斗！

　　从故事中搜集历史，在岁月中见证辉煌！

燕达金色年华健康养护中心

2022 年 8 月

目 录 | CONTENTS

宋明江，男，1939 年出生于天津。中国外交家，原驻欧盟大使。中国国际问题研究所所长。

1957—1961 年就读于北京师范大学中文系。1961—1964 年就读于北京外国语学院（现为北京外国语大学）英语系。1985—1990 年任中国驻英国大使馆政务参赞。1990—1997 年 1 月先后任外交部西欧司副司长、司长。1996 年获意大利政府颁发的意大利共和国功勋骑士勋章。

1997—2001 年任中国驻比利时大使兼驻欧洲共同体使团团长。2002—2004 年任中国国际问题研究所所长兼党委书记。2002—2007 年任全国友协理事、外交学会理事。2007 年至今任外交部京剧协会常务副会长。2008 年至今任天津市经社理事会名誉理事、天津市政协公共外交委员会顾问。2010 年至今任北京国际城市论坛国际顾问。

宋明江

从文学青年走向驻比利时兼欧盟大使

宋明江 1939 年出生于天津一个原本生活富足的大家庭，当他 7 岁时，父亲因病去世，母亲带着五个子女艰难地生活。大哥、大姐也于当年相继辍学参加工作，贴补家用。中华人民共和国成立后，宋明江家里的生活逐渐好转起来，他才有条件继续完成学业。

名校求学　儿时记忆

宋明江小学就读于天津市南开区中营小学。中营小学始建于 1906 年，最初校名为"天津官立模范两等小学堂"，是天津最早的官办模范小学，也是一所至今具有 116 年悠久历史文化传统的学校。校名经十余次易名，1956 年命名的"中营小学"，沿用至今。

1905 年，直隶总督袁世凯兴办学务，命设天津模范两等小学堂，任命刘宝慈先生为堂长（校长）。刘宝慈先生治学严谨，以校为家，为学校的创建、发展以及人才的培养作出了卓越贡献。第一任校长奠定了良好基础，其继任的历届校长兢兢业业，使中营小学成为享誉津门乃至全国的历史名校，涌现出了一批知名教师，培养出了大批国家所需的栋梁之材，如：老清华大学校长梅贻琦，曾给毛主席看病的名医朱宪彝，杰出的戏剧艺术家、北京人艺总导演焦菊隐，周总理同窗好友——高级工程师李福景，原辽宁、广东省委第一书记任仲夷，著名书法家龚望，著名画家刘子久、杜滋龄，经济学家梁思达等。

宋明江 1951 年考入天津市第三中学。天津市第三中学简称天津三中，是天津市最早建立的第一所公立中学，始建于 1901 年（清光绪二十七年），初名官立中学堂，后称河北省立第一中学等。1949 年定名为天津市第三中学。学校原址建在天津城西北角铃铛阁，1960 年迁至丁字沽。1982 年获联合国教科文组织资助。1984 年定为天津市市级重点校。1994 年列入"中国名校"，现为天津市"三 A"学校，是全市首批录取的九所重点校之一。

天津市第三中学

宋明江上初中之后，对很多课外活动产生兴趣，尤其是热衷打克朗棋，学习成绩一度受到影响。宋明江下定决心提高成绩，把成绩较弱的几何教科书从头到尾熟读一遍，弄通弄懂，并把所有的习题做了一遍，还找来课外习题练习，有不懂的就找老师、同学请教，终于在一次难题测试中，宋明江得了班里唯一一个满分。虽然那次测验并非正式考试，不记录在成绩单中，但宋明江由此树立了坚定的信心。果然，在考入高中后第一年，宋明江的各科总成绩是班上第一名，此后三年虽不总是第一名，但也始终保持在名列前茅。

这件事给了宋明江深刻的启发，并且受用一生：人，只要有了目标，有了决心和勇气，一定能取得预期的成绩。

宋明江从小喜欢读书，初中以前读了很多章回小说，如《三国演义》《隋唐演义》《七侠五义》《说岳全传》《封神演义》《水浒传》等；高中以后读了《西游记》《红楼梦》《儒林外史》，还读了许多中华人民共和国成立后出版的新小说及苏联小说。宋明江从高中一年级就朦胧地定下将来上文科大学的志愿。那时的他对历史、文学批评、古典文学开始感兴趣，初步的理想是毕业后做文艺批评家或者当一名教师。"高中时我把《瞿秋白文集》《斯大林全集》都读了，而且特别喜欢鲁迅的作品，我从学校图书馆和天津市图书馆借了鲁迅的《呐喊》《彷徨》和一本一本的杂文集，通读了一遍，还学习他的文风写文章。为我之后走上新闻道路和从事研究工作产生了重要的影响。"

学习语言　教授语言　事业的起点

1957年9月，宋明江高中毕业参加高考，被第一志愿北京师大中文系录取。在北京师大求学期间，文学造诣得到提升。

宋明江记得开学没几天，食堂贴出了一张学校广播站招考广播员的通告，宋明江报了名，经过试播被录取了。这项社会性工作宋明江一直做了四年，直到毕业。他还参加了一次为景山学校编写九年级语文教材的实践活动，和人民教育出版社老编辑们一起开会讨论。在系里召开的交流汇报会上，宋明江写的一篇教学参考资料受到系党总支领导的表扬，被作为范文让大家传阅。

宋明江在大学四年中所有科目的考试除去一次古汉语音韵得四分外，全部是五分，被同学们称为"考试专家"。"我的方法是复习功课的时候，自己出题自己作答，做成笔记，考试前只读自己的笔记，平时听课笔记就借给其他同学。此法非常管用，特别是现代文学和文艺理论，几乎是百发百中。"

1961年夏天，宋明江的大学生活结束了。当时多数人都表示服从组织分配，但每个毕业生仍可报三个就业志愿，宋明江报了东北、西北和研究生。结果，组织上分配宋明江去高教部报到，并告之报到后要继续学习。

暑假后，宋明江于9月5日去高教部报到，被直接派往北京外国语学院学习。原来，这一年高教部决定从北京大学、复旦大学、北京师范大学、南京大学等全国几所综合大学中文系选拔一批毕业生，由北京外国语学院代为培养，学习外语，作为将来派往国外教授汉语的教员，学习年限为三年，享受干部待遇，即带薪学习。

北京外国语大学

到北京外国语学院报到后，宋明江选报了英语专业，"我们被称为高教部的代培生，是拿着工资学习，享受干部待遇，免上政治和体育课。但本科生是五年制，我们是三年制，1964年7月我们就算修业期满，统统分配到北京语言学院做教员，等待着派到国外教汉语。在外语学院学习期间享受着特殊待遇，当时并未觉得有什么了不起，现在想起来，国家为我们这批人花了不少钱，在那个历史时期实在不容易"。宋明江这一届是首届，后来又有四届，毕业学员基本上都成为语言学院的教师。北京语言学院后来改为北京语言大学，成为我国对外汉语教学的中心和对外汉语教学的权威机构。这几批代培生就构成对外汉语教学队伍的骨干。

在北京外国语学院学习共三年，第一年先从语音学起，教宋明江语音的老师叫张幼云，后与宋明江结为夫妻。张幼云虽然是老师，却和她的学生是同龄人，都是1957年考入大学的，甚至比宋明江还小一岁。张幼云在1960年升入四年级时被提前调出来当老师，教宋明江班级的时候已经有了一年的教龄。由于师生同龄，她和学生们相处得非常和谐融洽。那时北京外国语学院对基本功的要求非常严格，语音阶段至少学八周。成绩比较好的宋明江和张幼云的关系很随意、很亲切，有时还故意逗她玩儿。

有一次学校组织英语班参加挖校内游泳池的劳动，休息的时候，宋明江怕张幼云着凉，就把棉衣披在她身上。劳动过程中出黑板报，宋明江写了一首诗，全诗内容此时已经忘记，但仍记得一句话是写张幼云的："万绿丛中一点红"。"那时我是班上的文娱委员，我们组织游览长城和北海都要邀上她一起去……"宋明江在学习和生活中的点滴给张幼云留下了很好的印象，二人关系越发密切。终于有一天，宋明江的同学兼好友丁永寿向他转达了张幼云对他的好感，宋明江也请丁永寿转达自己也很喜欢张幼云。那时"爱"字还说不出口，用"喜欢"一词已经心照不宣、明白无误了。几天后，丁永寿就递给宋明江一张纸条，上边写了一句话"落花有意，流水有情"。丁永寿作为牵线人圆满完成了任务，从此宋明江和张幼云就公开交往了。

宋明江、张幼云于1964年8月结婚，开启了她们事业与家庭携手相伴之路。岁月漫长，从那时到现在已经过去了将近一个甲子。

在北京外国语学院学习的三年中，宋明江经历了几个老师，除一年级张幼云教语音和初步语法知识外，祝珏、周谟智、王希钧、刘思慕、范英、夏祖奎、张永彪、杨立民、陈道芳、吴青等老师都很有水平，有的教精读，有的教泛读，有的教口语，有的教听力。三年下来宋明江对英语系的老师都非常佩服。1964 年 8 月，宋明江在北京外国语学院的学习正式结业，被分配到语言学院做教员。"当时语言学院的校舍就在现在北京外国语大学的西院，所以我们这些人从东院到马路对面西院就很容易地上班了。"

2018 年，宋明江与张幼云摄于奥地利

宋明江教过的学生来自世界各地，越南、柬埔寨、日本、美国、法国、西班牙、哥伦比亚等，宋明江对其中几位颇有印象。"有一位美国年轻人，崇拜焦裕禄，所以起了一个中文名字'舒裕禄'。他本来是哈佛学高科技的学生，到中国后在语言学院学汉语，成为我的学生。他学得很认真也很好，几乎天天穿着一套呢料中山装，戴着一副近视镜，说话尽量用中文，慢条斯理，试图尽量中国化，像一个洋老夫子，后来他到了中国外文局下属的一家杂志社工作。还有一位日本年轻人也很有名，就是日本松山芭蕾舞团团长的儿子清水哲太郎，那时他是个小帅哥，中文学得很好。现在他已是世界级的芭蕾舞舞蹈家。另外，柬埔寨金边市警察局局长的儿子和后来成为法新社驻中国记者的菲利普都是我的学生。"

值得一提的是，当时北京语言学院外语系有个外教魏根深（Endymion Wilkinson），他是个英国人，宋明江知道他，但二人并不相识。此后，二人不约而同地从语言学院教员逐步走上了外交道路。20世纪90年代中期，魏根深被任命为欧盟驻华大使，恰好这时宋明江即将卸任外交部西欧司司长赴布鲁塞尔接任我国驻比利时兼驻欧盟大使。"这很巧，两个语言学院的同事，几乎同时接任驻对方的大使，他因此设宴给我饯行，在宴会上我向出席宴请的客人介绍了我们两个是老同事的关系，尽管从无交集，却在此时此刻成为双边对等的友好使者。在座者无人不感到这是一段十分巧合的佳话。"

1971年夏，宋明江被临时调到中联部执行短期任务，教一批菲律宾人中文，又为他们当翻译。这些菲律宾青年中有一个叫吉米的，宋明江对他记忆深刻。吉米在20世纪90年代初成为美国《时代》周刊的驻京记者，后来又转为CNN驻京记者，他连续几年在两会期间的总理和外长的记者会上出镜代表CNN提问。他曾在《时代》周刊上写了一篇文章，谈他在衡阳时宋明江如何教他们中文，还教他们唱样板戏。当时宋明江正任外交部西欧司司长，英国驻华大使看到这篇文章，把这期杂志寄给了宋明江；我国驻葡萄牙大使看到文章后，也从里斯本把杂志寄给了宋明江。"让我没想到的是，当我1997年作为驻欧洲共同体（后来的欧盟）使团团长向对方代表递交任命书，后来对方的这位代表在送别我时问道：'大使是否喜欢京剧？'我当时一愣，问他'你怎么知道？'他说他看过《时代》周刊吉米写的文章。我立刻恍然大悟，同时立马意识到对方做情报工作很细致，关于我的生平资料他们搜集得很全面，目的是了解我的全面情况，以利于他们开展工作。"宋明江由此心中暗暗得出一个结论：做外交官万不可粗心大意，要牢牢记住并实践周总理的教导"站稳立场，掌握政策，熟悉业务，严守纪律"。

1972 年在结束中联部借调任务之后，宋明江回到了语言学院，参加了编写新教材的工作。正当宋明江准备在对外汉语教学上大干一场的时候，突然出现了新情况，外交部借调宋明江去美国驻华联络处工作。"让我没料到的是从此便告别了对外汉语教学，离开了语言学院，完全改了行，再也没回去。"

新领域　新视界　在美国驻华联络处

1972 年年初尼克松总统访华后，双方商定各自在对方首都设联络处。1973 年 3 月 5 日，美国驻华联络处先遣人员抵达北京。此前一天的 3 月 4 日，宋明江当时的工作单位北京语言学院来华部的领导突然通知他被外交部借调三个月，去美国驻华联络处任中文秘书，外交部已派车来接，需马上去外交部报到。"此事如此突然，让我如丈二和尚——摸不着头脑。我到了外交部，匆匆走进礼宾司办公室的走廊，礼宾司负责人王海容已等在那里，她说：'你现在就去外交人员服务局报到。'我又随着礼宾司一位工作人员赶到服务局，先见到该局人事处两位处长，又领我去见局长徐晃，局长向我交代了工作的性质和内容，同时告诉我有事直接向人事处两位处长汇报，涉外之事直接向礼宾司请示。"命运的车轮滚滚前进，宋明江匆匆一脚迈入了外交行业，开始了新的旅程。

宋明江后来才知道，外国驻华使馆需要的工作人员都是由北京外交人员服务局提供，各馆的工作人员按地区分成若干队。美国联络处很特殊，没有编入任何一个队，而是单独成立一个队。

当天宋明江还领到了服装费，"不记得发了多少钱，只记得买毛料服装钱不够，匆匆忙忙买了一套迪卡中山装"。3 月 5 日下午，宋明江随着礼宾司一位处长和美大司分管美国的副处长去机场迎接美联处先遣队。宋明江现在还记得先遣队队长名叫詹金斯（Jenkins），负责行政事务的是布莱克本（Blakburn），翻译叫付利民（Freeman）。当时，美联处在使馆区还没有馆舍，租住在北京饭店作为办公地点和临时住处。接机当晚，礼宾司处长唐龙斌在机场宴请先遣队人员，并在宴请时将宋明江介绍给他们。宋明江还是一头雾水，直到第二天上班才明白一点儿，就是给美国人当翻译和秘书。在美国驻华联络处工作的时间虽然不长，但是一些人和事给宋明江留下了深刻印象。

（一）章文晋宴请

美国联络处先遣队抵达的第二天，外交部主管美国事务的副部长章文晋在北京饭店宴请先遣队全体人员，宋明江也陪同参加宴会。席间，章文晋副部长和先遣队队长詹金斯谈笑风生，宋明江从章文晋幽默熟稔的口吻中了解到原来他们早就认识。章文晋笑着说："詹金斯先生，想不到我们今天又见面了，想当年是我把你赶出中国的，而今天我又欢迎你回来了。"

这是怎么回事呢？事情要追溯到 1949 年刚刚解放的时候，章文晋是天津市政府外事处处长，詹金斯是美国驻天津的总领事。当时美国驻中国的所有外交机构还没有撤走，毛主席的著名文章《别了，司徒雷登》讲了当时中美关系的背景，章文晋就是在那时请詹金斯"夹起皮包走路的"。谈到此事，在座的双方人员都哄堂大笑，气氛轻松友好。

詹金斯长相很有特点，是中国舞台上经常出现的典型美国人形象——瘦瘦的长方脸，鹰钩鼻，略略发黄的垂耳的头发。接触以后，宋明江感觉他很有礼貌，谈吐温和，语速平缓，颇有绅士风度。美联处正式成立后，首任主任是资深外交官戴维·布鲁斯，詹金斯任副主任不久就离任回美国了。

（二）美国人的三辆汽车

美联处当时有三辆汽车在北京的街上很出风头，一辆是主任的专车，是加长的黑色福特轿车；一辆是运货的黄色闷罐面包车；再一辆是大型带有升降机的货运卡车。这几辆车现在看来已极为普通，但在20世纪70年代初，这三辆汽车是普通居民很少能见到的。

（三）考验

外交部选择借调宋明江去美联处工作，其主要原因是宋明江语言教员出身，不是外交人员，政治色彩淡薄，不会使美国人怀疑派去一个间谍。但美国人小心谨慎，不能确信宋明江的教师资历，所以要对他进行一番考验。

一天，先遣队的翻译付利民（曾是尼克松访华时的翻译，中文极好，后来任职美国驻华使馆、国务院副国务卿帮办、国防部高官，退休后是一个对华友好组织的负责人）找到宋明江说，他有一个台湾朋友来看望他，在他的办公室小黑板上写了一首唐诗，请宋明江去看一下他写得对不对。当时宋明江立即意识到"这是在考我"。宋明江随付利民到他的办公室黑板上一看，原来是白居易的《长恨歌》。黑板很小，写不下全诗，只写了一部分，但当中少了两句，宋明江就把那两句补上了。显然，这对中文系毕业的宋明江来说是小菜一碟。通过这件事，美国人大约相信了宋明江曾是位教中文的老师。后来，在宋明江回国任国际问题研究所所长时，在一次学术交流会上碰到付利民，就把他几十年前考验自己的故事讲给中外参会者听，引起哄堂大笑。

（四）赶走美国海军陆战队

按美国的制度，负责驻外使馆安全的警卫，都是美国海军陆战队的军人，联络处的安全警卫自然也不例外。联络处建成不久，外交部召见联络处主任布鲁斯，要求美方撤走海军陆战队人员，理由是中国不允许在自己的领土上存在外国的一兵一卒。布鲁斯解释，海军陆战队执行这个任务并非针对中国一家，美国所有的驻外使领馆一律由海军陆战队负责安全警卫工作。但我方坚持美方必须撤走海军陆战队，另换安保人员。布鲁斯只好表示将把中方的要求报告国内，听候国内的指示。过后不久，美方回应：同意中方要求，美方将派来文职警卫代替海军陆战队安全人员。"实际上，海军陆战队的大兵都是二十来岁的年轻人，很单纯；而文职人员都是老奸巨猾的中年人，两者相比，也许和年轻人相处更轻松一些。不过，这是涉及主权的原则问题，不可能更改。"

（五）安全警惕性

美联处的警卫警惕性很高，除中方提供的服务人员，不准任何人进入楼上办公区；打扫卫生的服务人员都有美方警卫陪同；他们订购的绿植盆栽到货时，警卫队长都要拿螺丝刀把花盆儿里的土彻底翻一遍，就怕里边藏有窃听器之类的东西。"这样一折腾，花还能不能活就不得而知了。"

（六）美国人吃馆子

美国人每到星期六休息的时候，总要去吃中餐，北京的四川饭店、晋阳饭庄、全聚德、东来顺都光顾过。有一次宋明江也被邀请参加，那时宋明江还不知道美国人实行 AA 制，吃完以后就拍拍屁股走人了。"他们也知道我不懂 AA 制，所以也不介意，也不跟我解释。后来我是从别人嘴里才知道这个洋规矩。"

（七）对乔治·布什一家的印象

1974 年，联络处主任布鲁斯奉调回国，乔治·布什（老布什）接任主任一职。当年正是美国建国两百周年，联络处要大庆一番。首先，他们在节日前大搞清洁卫生，那一年恰好布什的几个子女来京探亲，老布什夫妇带领全家打扫庭院，老布什夫人双腿跪在草坪上剪草，老布什亲自蹬着梯子挂条幅，就像普通的一家人一样，全家动手，其乐融融。

美国国庆招待会举办前，联络处向国际俱乐部租用招待员，这是当时外国驻京机构的普遍做法，也是国际俱乐部的通常业务。但是这次国际俱乐部却提出条件：雇用他们的招待员必须同时订他们的菜肴，不能只雇招待员。这是国际俱乐部拓展业务，要拿美国联络处开刀。老布什对国际俱乐部的要求非常恼火，立即找到宋明江，非常气愤地说："请你向外交部报告国际俱乐部违反常规和惯例，提出歧视美国的条件，雇用招待员还要订他们的菜。如果他们坚持不提供招待员服务，我们这些外交官的夫人都可以到招待会端盘子。"宋明江把这通话原封不动地报告了外交部。据说主管部领导王海容非常生气，把国际俱乐部的经理狠狠批评了一顿，下令改弦更张，恢复惯例，向美联处提供招待员服务。小小的风波解决了。

国庆招待会当天，布什的大儿子即后来当总统的小布什在院中架起了一口直径有一米的大锅，负责做热狗招待客人，他用锅铲敲击着锅沿儿，嘴上吆喝着 hot dog！ hot dog！这是宋明江第一次知道热狗就是小长面包夹香肠，也是首次品尝这种食品。"现在回想起来，当时的小布什就是个'小玩儿闹'，你想象不到他后来会当美国总统。""青涩"的小布什在宋明江如今的记忆中依旧鲜活如初。

美国庆招待会事件显示了老布什的性格，在他认为涉及尊严的原则事情上，他要力争做赢家，但平时对中国员工非常有礼随和。有时他有些事情需要找宋明江来办，也不通过秘书，而是直接到宋明江的办公室亲自交代。"他长得个子很高，为了说话方便就坐在我的办公桌上同我说话，有一次甚至屈尊跪蹲在地上，这样他和我坐在那里的高度一样，交流更自如。现在想起来，当时应该建议他们的后勤官员给我的办公室添一把接待客人的座椅。"老布什的夫人芭芭拉是个非常开朗外向的人，对中国员工很客气，脸上经常挂着和蔼可亲的笑容，很少有过分的要求，给他们一家做服务工作的中国员工都感到比较轻松舒畅。

正式进入外交部　亲历中欧外交风云

宋明江在美联处任中文秘书期间，在实践中边干边学，英文水平有了长足的进步。这之后，他又历任世界知识出版社编辑、《世界知识》杂志主编等职。1985 年，宋明江真正开始接触外交工作，与夫人张幼云双双被调任中国驻英使馆参赞。

在英国工作期间，最让宋明江印象深刻的就是撒切尔夫人。撒切尔夫人在议会发表讲话时一般都是座无虚席，议员固然很少有缺席者，即使旁听席也是人满为患。英国下院议员都是按党派分坐讲台的两侧，讲台距离两侧议员席很近，反对派议员坐前排者腿一伸就把脚搭在了讲台上，这场景让宋明江觉得所谓英国绅士的风度荡然无存。在这种情况下，撒切尔夫人不为所动，如视无物，照样激昂陈词。有一次宋明江去议会听辩论，大厅坐得满满的，撒切尔夫人讲话完毕，听众一下子作鸟兽散，连议员也没有留下几个，下一个发言的议员只能面对空荡荡的大厅讲话，这场景令宋明江感到实在滑稽。

宋明江的夫人张幼云于 20 世纪 70 年代初曾在英国巴斯大学留学，1982—1984 年中英两国政府就香港问题进行的 22 轮谈判，她担任主翻译，并为邓小平同撒切尔夫人前后两次会谈当翻译，同撒切尔夫人有过多次接触。后来他们夫妇俩在驻英使馆任职期间，1986 年英国女王伊丽莎白二世对中国进行国事访问，张幼云奉命临时调回国任女王访华的全程翻译。其后不久，巴斯大学鉴于张幼云为英中关系所做的工作，决定授予她荣誉硕士学位。这条消息连同照片刊登在《泰晤士报》上，撒切尔夫人看到后，特写一封亲笔信给张幼云表示祝贺。一国政府的首脑，在百忙中为一个翻译被授予学位特意写信表示祝贺，这让张幼云和宋明江非常感动。这件事也说明作为政治家的撒切尔夫人性格的另一面——怀柔多情、处事圆融。

1989 年年初，撒切尔夫人做客中国驻英国大使官邸

　　1999 年，前港督彭定康被任命为欧盟的对外关系委员（相当于外交部部长），这一年欧盟"三驾马车"（欧盟首脑理事会轮值主席瑞典首相、欧盟委员会主席普罗迪、欧盟对外关系委员彭定康）应中方邀请将访问中国。此时的彭定康心中忐忑不安，因为他在香港任港督期间做了些损害香港繁荣与稳定的事，遭到中方的严厉遣责。因此他担心这次作为欧盟对外关系委员访华时会受到冷落。于是他派秘书找到时任中国驻欧洲共同体使团团长的宋明江转达他的担忧。宋明江对他的秘书说："请你转告彭定康先生，请他放心，中方会给予他应有的礼遇。"

　　此前宋明江曾给国内发过电报，预测彭定康将会接任欧盟对外关系委员，将来我国与欧盟打交道将会涉及与他的关系，建议国内对他的态度同他在香港时对他的态度区别开来。"因为政客懂得如何把握和权衡利益，以前他是为英国利益服务，现在，他坐在欧盟的位子上，不能做违反欧盟利益的事，而欧中关系总体是友好合作，如果他做有害欧中关系的事，就会丢掉这个位子。"国内的看法与宋明江一致，所以宋明江很有把握地把前述安抚彭定康的话讲给了他的秘书。彭定康放下心来，实际上，国内接待彭定康的态度比他本人预想的还要好，他有点受宠若惊。最典型的例子是他们"三驾马车"会见时任国家主席江泽民时，江主席特意两次请彭定康就相关话题发表意见，并且主动与他谈到英国文学，特别是谈起了莎士比亚。他也非常聪明，赞扬江主席对莎翁的了解比英国人还深刻。

彭定康在任欧盟对外关系委员时，的确没有说过中国的坏话，而且，只要有中国代表团到访，他必然会见。有时代表团的会见安排在周六或周日，欧盟办公大楼不开放，他也宁可不回英国，在布鲁塞尔的家里会见中国代表团。他的这些表现同他在香港港督任上的表现如同换了一个人，但在他回英国以后，就又恢复了原形。身在不同的位置表现出不同的态度，且切换自如，充分显示出彭定康是一位很圆滑的西方政客。

20 世纪 90 年代初，宋明江多次陪同几位副总理访问北欧诸国，对它们社会经济的发达和环保印象深刻。这些国家一个共同特点是森林覆盖率特别高，斯堪的纳维亚半岛诸国的覆盖率基本上达到 60%—70%。瑞典人告诉宋明江，他们的每株树木都有档案，就像人的户口或护照一样，在林区每年都要严格规定哪些树是可以砍伐的，砍一棵就要补种一棵。半岛上的三个国家，挪威的人口最少，所以他们的家庭居所都像是别墅，院落相隔的距离都比瑞典和芬兰家居小院大，所以显得挪威人的生活水平在三国中最高。

冰岛给宋明江的印象极为深刻。飞机抵达首都雷克雅维克，像是到了月球一样，从机场到城里宾馆的路上，从汽车里往外看只见地上都是大大小小的土石小山包，地上寸草不生，当然也看不到任何建筑物，到了城里才开始见到街道两旁有一人高的树木。据说这都是花了很多钱从外国进口的土壤和树苗，种下去长不高。城市没有高楼大厦，像是我国的小县城，但干净整洁。冰岛气候温和，周围海域盛产水产品，岛上淡水也十分纯净。据说，最初的殖民者在岛上定居以后，不希望别人再来分享自己的"口中食"，故名"冰岛"，以阻止人们闻风而来，而相反离它不远的格陵兰的英文原文是"绿洲"的意思，其实，这里成年都是冰天雪地。

出使比利时及欧盟　管窥布鲁塞尔的城市发展

1997—2001 年，宋明江担任驻比利时兼驻欧洲共同体（欧盟）大使，在布鲁塞尔生活了近五年时间，对布鲁塞尔这座城市有较为深刻的印象和感想。

布鲁塞尔一个重要地标建筑——王宫，坐落在城中心高地上。王宫建筑气势宏伟，从外观上看有许多浮雕，中间主体部分的三角楣上装饰的浮雕是一个手持国旗和国徽的人物。王宫正中楼顶如飘扬着国旗，就表明国王正在宫内，如不升国旗则表明国王不在宫内。

宋明江在布鲁塞尔任职期间除外交界群体活动见到国王外，曾两次到王宫晋见比利时国王：一次是在 1997 年到任后向国王递交国书；另一次是 2001 年离任时向国王辞行。递交国书是一项庄重的外交礼仪活动，主客双方都很重视。因为递交国书前，大使还不能正式开展外交活动。递交国书等于是在该国"注册"，被该国正式承认，可以履行特命全权大使的职能了。

向国王递交国书的前一天，比利时方礼宾司专门用书面形式介绍了礼仪程序。递交国书的当天上午 8 时左右，比利时方派国王副官到大使官邸迎接宋明江，邀他乘坐比方礼宾车径赴王宫。汽车驶抵王宫广场大街时，王官马队（仪仗队）出现在宋明江的汽车两侧，一直将他护送至王宫前。这套礼仪安排显然增加了递交国书活动的庄重气氛。实际上，这已经是经过改革以后的安排，过去，使节们从一开始就要乘坐马车。

1999 年，宋明江和比利时外交部中国处处长夫妇及其母亲在布鲁塞尔大使官邸合影

　　宋明江下车后，随副官拾级而上进入王宫内，过厅很高，大理石地面，巨大窗户之间的墙面上挂着油画，屋顶悬挂着巨大的水晶吊灯，前方是通向王宫正厅的宽大楼梯，登上十多级台阶后，楼梯分向两侧，对面的墙壁上是一件巨幅油画。宋明江没有心思去欣赏油画的内容，便随副官由右侧楼梯直奔楼上候见厅。这时候已有国王礼宾官预先在厅前迎候，礼宾官身披绶带，同宋明江寒暄几句，简要介绍了王宫的陈设。少顷，国王走进接见厅，国王也是身着礼服，披着紫色绶带，宋明江则身穿中山服。（在西欧国家的许多正式外交场合，一般说来，客人被要求穿大礼服或小礼服，也可以穿本民族服装，我国外交官在这种场合多着中山装。）宋明江趋步向前同国王握手并致颂辞，然后双手将国书呈递国王。国王接受国书后引宋明江至会见厅。宋明江的随行人员和国王的助手都留在了候见厅，只有国王和宋明江单独会见。

　　会见厅很大，正当中设有面向窗子的高背椅，宋明江坐左侧，国王坐右侧，全程用英文交谈。"两张椅子之间相距约 3 米，座椅之间亦无其他陈设。座椅的摆放也颇有意思，都是垂直面向窗子，这样谈话人不能面对面，需要侧过头注视对方，这多少有点别扭。我心想，将主客的座位这样安排也许是为了符合'庄重'的要求，能使双方感受官方对话的气氛。"宋明江深切回忆道。同国王交谈约 20 分钟，互祝双边关系稳定健康发展，宋明江着重介绍了我国改革开放和经济发展情况，我国对外关系状况和我国的外交政策。"国王给我的印象是慈眉善目、彬彬有礼、语调温和，对我国的发展很感兴趣。"

宋明江向比利时国王递交国书

　　2001 年 10 月，宋明江离任前向国王辞行，再次进入王宫，这次没有那么多繁文缛节了。国王引他至较小的会见厅，在沙发上落座，两人真正地进行了促膝谈心。这次谈话用了 40 多分钟，比通常的时间长了一倍。因国王对我国的高速发展仍然兴趣浓厚，问了许多问题，宋明江也有问必答，所以超时了。谈话结束，国王赠送宋明江一幅他和王后的合影，合影上有他的亲笔签名，这是很珍贵的留念，宋明江一直保存至今。

宋明江回国后，出任中国国际问题研究所所长兼党委书记。2010 年至今任北京国际城市论坛国际顾问。现在，北京市正在为建立世界城市的宏伟目标制定规划。宋明江认为，布鲁塞尔的城市发展或许有可借鉴之处。

（一）布鲁塞尔的地缘优势

谈到布鲁塞尔的城市发展，离不开它所在的国家。布鲁塞尔是比利时的首都，而比利时是欧洲一个虽小却非常重要的国家。比利时是欧盟前身——欧洲共同体六个创始国之一，它的地理位置恰好在法国、德国、荷兰、卢森堡之间，与英国隔海相望，也很近。比利时的国土面积仅有 3.05 万平方千米，比北京和天津加起来略大一些，人口仅有 1100 万。但是，这个国家历史悠久，中世纪时曾一度是欧洲的中心，诞生了赫赫有名的神圣罗马帝国皇帝查理五世。它在历史上曾被法国、西班牙、奥地利、荷兰统治过，也曾遭受纳粹铁蹄的蹂躏。十六、十七世纪，它同荷兰曾同属一个国家，称作尼德兰。尼德兰是欧洲资本主义的发祥地，比英国还要早些。由于曲折多难的历史命运，比利时国虽小，却同欧洲各大列强有着千丝万缕的联系。布鲁塞尔作为它的首都，在欧洲事务中扮演着越来越重要的角色。

布鲁塞尔是在比利时实现城市化的过程中发展起来的。比利时早已完成城市化，它的农业人口只占全国人口的 2%。在实现现代化的历史进程中，布鲁塞尔同比利时全国是同步发展、相互推动、相互促进、互为条件的。实际上，比利时的发展也是和西欧、北欧诸国的发展密切联系的。没有周边诸国差不多同步发展的大环境，比利时的发展是不可想象的。比利时充分发挥了它在地理位置上的优势。这种优势不仅表现在经济上，也表现在政治上。布鲁塞尔就是依托这种国家和地缘优势实现了自己在欧洲乃至世界上的经济、政治地位。

（二）经济优势

布鲁塞尔的工业十分发达，化工、建筑、五金、电子、电讯、汽车、纺织、药品、机械、农产品加工等，行业齐全，种类繁多。它聚集了全国 1/5 的劳动力。工业产品近 80% 供出口。它还是比利时服务业的中心，特别是金融服务尤为发达。就业人口中 88% 从事服务业，其产值占经济总量的 2/3 左右。它有 100 多家外国银行或外国参股的比利时银行，有 20 多家保险公司。国际债务最大清算中心 EURO-CLEAR 也设在这里。它聚集了 60 个国家和地区的 2500 个国际金融机构，担负着欧洲债务市场近 2/3 的结算业务。许多外国公司还在布鲁塞尔设立商品分拨中心，由 200 多家跨国公司组成的协调中心也设在这里。为投资者服务的各种协会也应运而生，其中有的协会如布鲁塞尔贸易和工业协会所吸收的企业成员超过了 1 万家。

宋明江同比利时外相在一起

经济的发展离不开交通运输。布鲁塞尔拥有先进的立体交通网络，与欧洲和世界各国紧密相连。比利时在 3.05 万平方千米的国土上，修建了 1500 千米的高速公路，而且沿路全部设置了密度相当大的漂亮路灯，构成了一道亮丽的风景线。这是欧洲唯一高速公路建路灯的国度。在比利时随时可以看到川流不息的集装箱货运车奔驰在高速公路上，而这个高速公路网的中心就是布鲁塞尔。铁路总里程有 4000 千米，从布鲁塞尔可以通向欧洲大陆各大城市。市内则有快速地铁、发达的有轨电车和公共汽车。它还拥有水路运输，有一条 32 千米长的运河同埃斯考河相连，可以航行 4500 吨的货轮，通向北海。航空方面，布鲁塞尔拥有国际机场，是欧洲重要的航运中心，它的两座航站楼都比北京首都国际机场的二号航站楼还大些，每年运送旅客 1850 多万人次。国际航线 202 条，货运航线 36 条，货运量 66 万吨。作为欧洲海、陆、空的重要交通枢纽，布鲁塞尔当之无愧。

　　交通之外，其他基础设施，饭店、旅馆、商店、超市、水电气供应、邮政、电讯、传媒、运动场馆、休闲娱乐场所等，大大小小，高中低档，不胜枚举，均匀地分布在城市各个角落。

布鲁塞尔城市一角

（三）国小也是优势

地理位置的优越、经济的强势，帮助布鲁塞尔赢得了政治上的地位：20世纪50年代，欧共体成立之时，将总部设在了这里，随着欧共体不断扩大和深化，直至演变成欧洲联盟，布鲁塞尔的地位越来越重要。如今它已经是有27个成员国的欧盟总部所在地，号称"欧洲的首都"。它获此殊荣固然得益于地理和经济因素，然而，还有一个重要因素往往未引起人们的注意，这就是布鲁塞尔是一个小国首都。当年欧共体创始国有一个默契：欧共体总部不能设在大国，这是欧共体成员国表现出的一种政治智慧，旨在避免大国争权夺利，影响一体化进程。这样，德、法、意诸大国均无缘问"鼎"，于是布鲁塞尔就幸运地成为受益者，堂而皇之地坐上了"欧洲首都"的宝座，享受着它所带来的辉煌，至今已逾半个世纪。

正是由于布鲁塞尔拥有经济和政治优势，它的吸引力和辐射力得到了增强。许多国际组织纷至沓来，大批外国公司蜂拥而至。除欧盟总部各机构设在这里外，北大西洋公约组织、国际海关组织、西欧联盟等都把总部设在这里，众多非政府组织也把布鲁塞尔作为重要的活动中心，它们的办事机构也云集在这里。据统计，布鲁塞尔的国际组织机构多达500多个。国际组织众多又使它成为许多国际会议的首选之地，各种代表大会、报告会、研讨会、展览会、博览会，名目繁多，终年不断，使它成为在新加坡、巴黎、维也纳之后名列世界第四大国际会议城市。据统计，每年的会议多达5.5万多场，平均每天150多场。再加上其外交代表机构数量名列世界首位（287个），这里常住的外国居民大约占居民总数的1/3。如果再算上旅游人数，这个城市的国际化程度可想而知。这生动地体现了这个城市的开放性和包容性。中国古语云："海纳百川，有容乃大。"这句话用来形容布鲁塞尔所显示的比利时人开放包容的胸怀，恰如其分。

（四）深厚独特的文化底蕴

一般来说，一个城市区别于其他城市的标志主要不在于经济内容，而在于其文化特性。具有鲜明的城市文化个性的城市才具有长久的魅力，才能体现出综合实力的完整性，也才具有真正的国际都市的价值。布鲁塞尔正是这样一座城市。

体现布鲁塞尔文化底蕴的是位于市中心的大广场。这个大广场被视为这座城市的灵魂。这个只有 7500 平方米的广场四周聚集了 15—17 世纪的哥特式和巴洛克式建筑约 20 幢。集中了不同风格的古典建筑精华于一处，并至今保存完好，这在欧洲也是首屈一指的，因此这个广场也是布鲁塞尔地标建筑群，它以其历史风貌的美感展现了布鲁塞尔的文化品位。著名的撒尿小童小于连的铜像就在广场一侧的小巷子里。这里还有当年马克思写作《德意志意识形态》《哲学的贫困》《共产党宣言》三部伟大著作时居住的白天鹅旅馆。这家旅馆对面的另一家旅馆则是法国伟大作家雨果曾经居住和写作的地方。所有这些古建筑都仍在使用，例如布鲁塞尔市长仍在古老的市政厅大楼里办公。

布鲁塞尔不仅仅重视保护历史遗存，同样重视现代文化设施的建设。全市有 70 多座各类图书馆、博物馆，剧院 30 余所，电影院 14 家，3D 影厅数量在欧洲领先，法语和荷兰语文化中心 39 家，健身场馆上百家，最大的体育场可容 5 万观众。大部分街区都有小艺术宫，为绘画、音乐、戏剧等艺术爱好者提供活动场所。此外，布鲁塞尔非常重视同外国的交流与合作。1969 年，布鲁塞尔美术馆倡议成立"欧罗巴利亚协会"，每年邀请一个国家作为主宾国集中展示其文化艺术精华。40 多年来形成了一整套由民间主办、政府资助、企业赞助、全民参与的成功运作模式，已发展成为欧洲著名的文化艺术界、综合性大型国际艺术节，影响广泛。2009 年，中国成为该艺术节主宾国，历时 4 个多月，展演 450 多场，观众达 100 多万，

布鲁塞尔大广场

获得巨大成功。（文中数据来自宋明江 2014 年所著《管窥布鲁塞尔的城市发展》）

　　北京作为拥有五千年文明的中国首都，是我国政治、经济、文化与科技创新中心。北京已成功举办夏奥会与冬奥会，成为全世界第一个"双奥之城"，被世界城市研究机构 GaWC 评为世界一线城市。北京不仅是一座现代都市，也是一座文明古城。北京有着丰富的文化底蕴，各种历史文物、文化遗迹使这座城市既时尚前卫又不失古朴典雅。北京建立世界城市的软实力，由四方面组成，即在世界上有极高的知名度、深远的影响力、独特的吸引力以及强大的亲和力。因此北京建立世界城市固然要具有全球一流的经济力量，更要注重打造北京独特的文化软实力。从这方面来看，宋明江对北京建设世界城市非常有信心。

　　晚年的宋明江担任外交部京剧协会常务副会长和天津市经社理事会名誉理事、天津市政协公共外交委员会顾问等职。2021 年，宋明江和张幼云两位老人入住燕达金色年华健康养护中心。外交官是一辈子的职业。宋明江虽然淡出外交界，但还在继续关注国际形势和外交工作。他还特别关注家乡天津在改革开放中的建设和发展，关注天津历史文化的保护、传承和发扬。他的心无时无刻不在眷念着祖国的强盛、家乡的繁荣和人民的幸福。

刘新生，男，1937年生于江苏省扬州市宝应县。1951—1956年先后就读于宝应县初级中学和江苏省镇江中学。1956—1958年就读于北京外国语学院（现为北京外国语大学）英语系。1958年9月转至北京大学东方语言文学系印度尼西亚语专业学习。1961年进入外交部。1962年被派往印度尼西亚大学文学院进修印度尼西亚语。自1964年起先后在中国驻印度尼西亚、印度、菲律宾使馆工作。1989年任外交部亚洲司处长，主管东南亚国家事务。1990年8月中国、印度尼西亚复交后，再次被派往中国驻印度尼西亚使馆工作，任政务参赞。1993年12月至1998年3月任中国驻文莱达鲁萨兰国大使。中国—文莱友好协会副会长、中国人民对外友好协会理事、中国东盟协会理事、中国国际问题研究基金会研究员、资深翻译家。

刘新生

出使睦邻友好亚洲四国
见证亚太地区和平发展

1937 年出生的刘新生如今已是耄耋之年，他与爱人潘正秀是一对资深外交官夫妇，其外交经历丰富多彩，不少鲜为人知。在他们近 40 年的外交生涯中，遭遇过中印边界冲突，见证了中印关系从解冻走向正常；经历过印度尼西亚反排华浪潮，参加过中国和印度尼西亚复交谈判；在菲律宾政变频发期间，亲临过政府军与政变军荷枪实弹、兵戎相见的现场；其后，作为首任中国常驻文莱大使夫妇携手同赴亚洲财力雄厚、礼仪独特的国家，肩负起新建使馆、开拓两国关系的重任。在结束常驻国外的使命返回国内后，又同时被返聘到外交部，主管西藏涉外事务，从而圆满地锁定其外交生涯。

"我们是同乡、同学、同事又是同龄人，我们共有一个幸福的家庭，有着相同的经历、爱好与追求。我们都是毕业于外语院校，同一天进入外交部，又是同一天结束外交生涯，'告老还乡'。"刘新生谈起自己和爱人潘正秀用了七个"同"字总结，言简意赅，道出了二人在事业上和生活中携手同行的深深羁绊与不解之缘。

刘新生出生于扬州，潘正秀出生于南京，1956 年，他们同时考入北京外国语学院英语系，因为是江苏同乡，相同的专业和爱好，让他们逐渐走近了彼此，在那里度过了一段难忘的求学时光。1958 年，二人同时转入北京大学东语系，刘新生学习印度尼西亚语，潘正秀学习印地语，为二人以后在外交事业上携手相伴打下基础。1961 年，他们被同时分配到外交部，刘新生很快开启了属于他的外交之路，同样优秀的潘正秀为了支持丈夫的事业，始终追随着他的脚步，在工作上和生活中协助他，照顾他。夫妻二人为共和国外交事业付出了青春年华和辛勤劳动，携手谱写了一曲新中国外交史上的伉俪赞歌。

他们是新中国外交事业的前辈，在近 40 年的外交生涯中，经历了很多跌宕起伏和惊心动魄的事件，特别是后 20 年中，他们携手辗转了四个驻外使馆。刘新生感触最深的是："祖国和人民对我们的教育和培养是我们成长与成熟的关键因素，父母、师长的教诲与启迪铸就了我们的品德和心智，同事与朋友的支持和帮助是成就我们事业的重要组成部分。"

由于几十年中多数时间任职国外，在家庭生活中，他们对自己的父母与子女疏于照顾，这是他们深感遗憾与愧疚之处。但如果还有第二次生命，他们还要义无反顾地将自己的青春与热血献给祖国的外交事业。

重返千岛之国　椰城再扬五星红旗

印度尼西亚是世界上最大的群岛之国，人们习惯地称它为"千岛之国"，实际是由约 17508 个岛屿组成，其中 6000 个适宜人类居住。它位于亚洲大陆与澳大利亚之间，浩瀚的太平洋与印度洋的交汇处，被青翠欲滴的热带森林所覆盖，好似镶嵌在赤道上的一串晶莹的翡翠。印度尼西亚自然资源丰富，土壤肥沃，有"热带宝岛"之称。中国和印度尼西亚是近邻，两国之间有着长期友好交往的历史。自 1950 年 4 月 13 日两国正式建交后，两国的友好关系有了显著的发展。

1956 年，应毛泽东主席邀请，苏加诺总统对我国进行了为期两周的国事访问，受到了我国政府和人民隆重、热情、友好的欢迎和接待。当时刘新生在北京外国语学院英语系学习，让他没想到的是，苏加诺总统访华两年后，1958 年他竟被外交部选派调到北京大学东方语言系印度尼西亚语专业学习，从此，刘新生与印度尼西亚结下了不解之缘。

20 世纪 60 年代和 90 年代，刘新生两度被派往驻印度尼西亚使馆工作，两任共在印度尼西亚度过了八九年的宝贵光阴。其间，刘新生有幸参与了1963 年 4 月 12—20 日刘少奇主席和夫人王光美访问印度尼西亚的接待工作。此后，刘新生又经历了两国友好关系从发展到 1967 年 10 月 31 日中断直至1990 年 8 月 8 日复交的全过程。

1990 年 8 月 8 日，是中国和印度尼西亚两国关系史上令人难忘的一天。就在这一天，钱其琛外长和阿拉塔斯外长代表两国政府在雅加达签署了《关于中国和印度尼西亚复交谅解备忘录》，从而向全世界宣告：中断 23 年之久中国和印度尼西亚之间的外交关系从今天开始正式恢复。刘新生当时作为李鹏总理出访印度尼西亚的随行人员之一，出席了文件的签字仪式，亲历这一重要历史时刻。此后不久，刘新生受命出任中国驻印度尼西亚使馆临时代办，从而开始踏上重返"千岛之国"的历程。

1990 年 9 月 12 日，刘新生带领一个七人先遣组赴印度尼西亚筹建大使馆。在前往印度尼西亚途中，在香港停留了数日。9 月 16 日，乘坐印度尼西亚"鹰记"航空公司 GA875 航班续程飞往雅加达。座机从香港启德机场起飞，四个多小时后进入印度尼西亚海域的上空。刘新生清晰地记得从飞机上俯瞰，碧波万里的洋面上，撒落着无数美丽晶莹的岛屿，"千岛之国"展现出妩媚动人的风姿。当地时间下午 6 时，飞机平稳地降落在雅加达"苏加诺—哈达"国际机场。下飞机后，由前来迎接的印度尼西亚外交部礼宾司官员协助先遣组办理了各项入境手续，稍事休息后，大家一起驱车前往市区。

雅加达这座城市对于刘新生并不陌生。20 世纪 60 年代，刘新生曾在该市印度尼西亚大学文学院进修印度尼西亚文学，继而在我国驻印度尼西亚使馆工作数年，直至 1967 年，中国和印度尼西亚中断外交关系回国。时隔 23 年重返故地，刘新生感慨万千，回想当时自己还是一个初出茅庐的小字辈，如今已经带团组织筹建中国大使馆，而作为他外交生涯起点的雅加达这座古老的城市倒是愈发年经了。

早在 500 多年前，雅加达就是输出胡椒和香料的著名海港，当时名为"巽他格拉巴"，意即"椰子"，因而当地华人将它称为"椰城"。1527 年，万丹回教军占领此地，改称"雅加达"，此名含有胜利和光荣之意。1618 年被荷兰殖民军攻占后，易名"巴达维亚"。第二次世界大战中，日本帝国主义又侵占了印度尼西亚，直到 1945 年印度尼西亚宣布独立后，雅加达才恢复原名，并被定为印度尼西亚共和国首都。刘新生记得 20 世纪 60 年代来这里时，雅加达还是一个较为落后的普通城市。时隔 20 多年，发现这座城市已今非昔比了。雅加达的快速发展主要是 80 年代以后，印度尼西亚政府着力建设，大兴土木，美化市容，使其成为一座占地 5775 平方千米、人口近 800 万、各种设施齐全的现代化城市。

中国与印度尼西亚之间曾有过良好的合作，共同为维护亚洲地区的和平与稳定，作出了积极贡献。尽管两国关系出现过一段曲折，但这与两国友好交往的悠久历史相比，只是一段短暂的插曲。

根据印度尼西亚外交部政治总司长维尔约诺先生建议，大使馆临时馆址暂设在市中心区的"婆罗浮屠旅馆"。刘新生回忆，该旅馆是一座 20 层高的五星级酒店，娱乐与服务设施齐全，院内绿草如茵，灌木青翠，低低的栅栏上攀缘着茂密的青藤，其间点缀着各色鲜花，相映生辉，后院有一个很大的游泳池。旅馆虽地处闹市，但"闹中有静"，是个很好的休闲之地。可是先遣组人员肩负着建馆的重任，很少有时间享用其中的娱乐与健身设施，大家都把精力放在建馆初期千头万绪的事务上。"这个旅馆对我们来说，最大的优点是离印度尼西亚外交部仅五六百米。当时我们几乎每天要与外交部联

刘新生在雅加达婆罗浮屠旅馆的阳台上主持升旗仪式

系，由于临近，我们有急事往往步行前往。另一个优越性是旅馆给中国大使馆30%的房价优惠，这无疑是给国家节省一笔外汇开支，而且旅馆上至总经理，下至服务员，对中国大使馆工作人员均非常热情友好。"

　　经过双方协商，中国大使馆定于 1990 年 9 月 27 日正式开馆。在开馆仪式上，一面崭新的五星红旗在位于旅馆二楼阳台的旗杆上冉冉升起，迎风飘扬。使馆全体外交人员在庄严的中华人民共和国国歌乐曲声中，向代表着国家尊严、象征着国家主权的国旗行注目礼。在升旗仪式上，刘新生发表简短讲话。印度尼西亚外交部礼宾司负责官员应邀出席了开馆仪式，不少新闻记者也闻讯前来观看和采访。在宽阔的阳台上，仪式完而人不散，来宾们主动与使馆工作人员握手欢谈，共享复交后的喜悦。一些记者围住刘新生，问他此时此刻有何感想，对中国和印度尼西亚两国关系发展前景有何看法等等，刘新生笑着回答说："今天我很高兴，两国互设使馆标志着经过将近 1/4 世

印度尼西亚国防部长、代理外长（左）和国务部长（中）应邀出席中国大使馆为庆祝中华人民共和国成立 41 周年的国庆招待会

纪的隔绝之后，两国关系完全正常化了。两国关系的前景正像一首中国民间诗歌所表述的那样，春梅已著一枝，繁花盛开的季节已是不远了。"

次日，雅加达各大报纸在头版报道了中国大使馆正式开馆的消息，刊登了使馆升旗仪式的大幅照片，其中所用的标题和导语有"五星红旗重新飘扬在雅加达上空""中国人又回来了"等等。从此，中国与印度尼西亚开启了睦邻友好，共促亚太地区和平、稳定、繁荣、发展的新篇章。

出使"和平之邦"　踏上新的里程

1991 年 9 月 30 日，钱其琛外长在纽约出席联合国大会期间，与文莱外交大臣穆罕默德·博尔基亚亲王殿下签署了中、文两国建交公报，决定自联合公报签署之日起，两国建立大使级外交关系。

文莱是东盟第六个成员国，也是最后与我国建交的东盟国家，中、文外交关系的建立，标志着中国与东盟国家关系的全面发展。当时双方委任各自国家驻马来西亚大使兼任驻对方国家大使。为适应两国关系不断发展的需要，1993 年 8 月，双方商定在各自首都互设使馆，并互派常驻大使。同年 10 月，刘新生被任命为中国首任常驻文莱大使，从中国驻印度尼西亚使馆奉调回国，参与接待文莱苏丹陛下访华后赴任履新。夫人潘正秀陪同赴任。

文莱驻华使馆于 1993 年 10 月 16 日在北京设立，我驻文莱使馆于同年 12 月 8 日在斯里巴加湾市开馆。中国大使馆暂设在文莱弘景酒店。12 月 26 日清晨，刘新生自北京搭乘刚刚开航不久的文莱航空公司班机赴任，当日中午抵达斯里巴加湾市。文莱外交部礼宾司司长阿卜杜拉等官员到机场迎接。阿卜杜拉司长在 11 月初曾作为文莱苏丹陛下访华先遣组组长与刘新生结识。刘新生一下飞机看到老友前来迎接，倍感喜悦，相互拥抱问候，在机场贵宾室愉快交谈和稍事休息后，便乘车去我馆先遣人员下榻的泓景酒店，也就是中国驻文莱使馆的临时馆址。"回想我自己的经历也真是有意思，我刚刚在东南亚人口最多的大国印度尼西亚参与重建了中国大使馆，接着辗转到东南亚人口最少的小国文莱达鲁萨兰国又要新建一个使馆。"

　　刘新生抵达文莱的第三天，先拜会了外交部常务秘书林玉成先生，向林先生递交了国书和颂词副本，并商谈了递交国书的有关事宜和程序。递交国书是一项严肃重要的外交礼仪活动，它标志着一国元首派到另一国家的常驻代表——特命全权大使为驻在国元首正式接受。各国对此都有一定的礼宾程序，虽然只是一种形式，但当事人均都认真严肃对待，这是对驻在国的一种尊重和礼貌，即使是某些细节，也应该避免可能出现的疏漏。刘新生早就听说文莱递交国书的程序非常独特与复杂，为此专门拜会了使团长、新加坡驻文莱最高专员陈肯敬先生，向他详细了解递交国书注意事项，做到心中有数。

刘新生向文莱苏丹陛下呈递国书

　　1994年1月6日，即刘新生抵达文莱后的第十天，是他递交国书的日子。当天上午，文莱外交部礼宾司副司长加法尔先生陪同刘新生去王宫先进行一次"彩排"，可见文莱王室礼仪之严谨。加法尔先生现场向刘新生交代新任驻文莱大使呈递国书的每一个细节。当日下午，刘新生在加法尔先生的陪同下，乘礼车进入王宫。经过很多礼节和仪式，刘新生终于来到距苏丹陛下大约两米处，深鞠一次躬后站定。庄严的时刻终于来到了，刘新生郑重地说道："陛下，我荣幸地向您递交中华人民共和国主席江泽民阁下任命我为中华人民共和国驻文莱达鲁萨兰国特命全权大使的国书。"然后，郑重地用双手捧着国书递交给苏丹陛下。随后，苏丹陛下在会客厅同刘新生进行了友好交谈。

　　1993年11月苏丹陛下对中国进行首次国事访问时与刘新生相识，知道他会讲印度尼西亚语（与文莱国语马来语相近），因而他就直接用马来语与之交谈。苏丹陛下首先对刘新生来文莱就职表示欢迎，接着回顾了文、中两国人民长期友好交往的历史，表述了他不久前对中国的访问给他留下了美好的回忆，亲眼看到了改革开放以来中国所取得的巨大成就，他衷心祝愿中国政府和中国人民在未来的岁月里取得更大的进步，并希望文、中人民共享两国的发展成果。

　　刘新生首先向苏丹陛下转达了江泽民主席和李鹏总理对陛下的亲切问候，中国人民对文莱人民怀有深厚的感情。中国政府十分重视发展与文莱的友好合作关系。令人高兴的是，建交两年多来，两国关系取得了可喜的发展。刘新生表示，在任职期间，将为进一步发展中、文两国的友好合作关系和两国人民的传统友谊而竭尽全力。苏丹陛下表示，在刘新生任期内，定会得到他本人和文莱政府的合作与支持，并请刘新生代为转达他对江泽民主席和李鹏总理的问候。会见约20分钟后结束，刘新生起身告辞，离开王宫。

　　按照《维也纳外交公约》的规定，作为外国派驻的大使，递交国书后方可称为正式上任，并称之为新任大使。刘新生从此开始执行作为中华人民共和国首任常驻文莱达鲁萨兰国特命全权大使的职责，这也是他近40年外交生涯中的一段重要经历。

刘新生在文莱生活了四年多时间，作为一任大使算是"超期服役"。他对这片土地产生了良好的印象，这旖旎质朴的风光、纤尘不染的街道、设计精美的民房、谦和有礼的人民，无不使他折服。他称这里真是一个"世外桃源"。回想这四年多的工作与生活，他感到愉快和充实。最让他难忘的是看到五星红旗在大使馆冉冉升起时内心的澎湃。

"回想我自己是在五星红旗的沐浴下，唱着'五星红旗迎风飘扬'的革命歌曲，从江苏省一个偏僻的小县城，走向伟大祖国的首都北京，在那里接受高等教育并加入外交人员行列。以后我多次被派往国外任职和执行短期任务，后又带着祖国和人民的重托来到'和平之邦'文莱达鲁萨兰国出任大使。我从家门到学校门、由机关门再走出国门的简单经历中贯穿着一个确凿的事实，即没有中华人民共和国，就没有我的今天。父母含辛茹苦养育了我，党和人民培养与教育了我。我自幼就知道五星红旗是千千万万烈士用鲜血染成的，五星红旗代表了我们这个幅员辽阔、人口众多的伟大国家，也代表了有着几千年悠久历史和灿烂文化的中华民族。国旗是我们每个中国人都能读懂的语言，是对国民的召唤，是炎黄子孙的凝聚力。我热爱国旗，热爱我的祖国，但在国内到处都可看到五星红旗，似乎司空见惯。而在一个异国自己主持升国旗仪式，我才真正感到分量之重啊！"

自五星红旗在文莱升起后，一些华人，特别是一些久居文莱的老华人，看到中、文两国建交，并互设常驻使馆，感到自己朝思暮想的梦终于圆了。使馆临时馆址是向一位友好华人租赁的，这位华人曾把房子租给日本大使馆。他说，他早就有个夙愿，如果有一天把房子租给中国大使馆，国旗将在他的院子升起，那该多好啊！这一天真的来了，全家兴奋无比。他们感到鲜艳的五星红旗在他的院子里飘扬，给他们全家脸上增了光，特别是这位房东的老

刘新生夫妇在中国驻文莱大使官邸升起的五星红旗下合影

父亲，交代他的儿子："大使馆租我们的房子是我们全家的荣誉，大使馆有什么要求都要满足，而且要尽快办。"后来，因该房舍不敷使用，要搬迁新址，房东颇有失落感。刘新生在向房东做解释工作时，房东夫人在一旁道出了肺腑之言。她说，我们并不怕经济上的损失，因为这个房子租出去是不困难的，我们主要是感情上不能接受。

刘新生向中国驻文莱大使馆冉冉升起的五星红旗行注目礼

一位居住在外地的老华人来到文莱首都，专门到大使官邸的院子看国旗，并要求在国旗下照张相，带回去给子孙看。一位住在官邸附近的台胞说他天天看到国旗，一天他到官邸提醒我们国旗好像旧了点儿，是否换一面新的？"是啊！海外的华人都这样珍惜国旗，更何况我们是代表国家的外交人员。祖国和人民给我们外交人员委以如此的重任，特别是把在一个国家建立大使馆的任务交给我们，还有什么比这个荣誉更高呢？"刘新生很喜欢把这一番话反复在使馆人员的有关会议上讲，他认为领受这种荣誉的人，没有理由不好好

刘新生夫妇在中国驻文莱大使馆前合影

离任之前，刘新生向文莱苏丹陛下辞行拜会

工作。刘新生始终把这些看作祖国和人民寄予的莫大信任和荣誉，但荣誉永远属于恪尽职守、无私奉献的人。国旗激励着身处国外的外交人员自豪、自尊、自爱、自重，国旗也激励着他们不断学习、拼搏、进取，为祖国的外交事业竭尽全力。

亲历"群岛之国"的跌宕岁月

1986 年 2 月，菲律宾人民奋起发动"二月革命"，把统治菲律宾长达 20 年之久的马科斯政府赶下台，科拉松·阿基诺夫人在人民的拥戴下登上总统宝座。此后不久，刘新生夫妇相继被派往这个当时亚洲的"热点"地区，也是被全世界媒体炒得沸沸扬扬的国家任职。"同事们当时很羡慕，自己也感到莫大的荣幸，因为作为一个外交官，莫过于受到组织信任，被派赴一个急需你施展拳脚的地方。"

夫妇两人先后抵馆，都在使馆调研室工作，刘新生任研究室主任，夫人潘正秀协助刘新生做些具体工作，跟踪菲律宾局势。二人"夫唱妇随"，每天阅读大量当地报刊，撰写电报文稿，收听收看广播电视，形势紧张时，前往出事地点了解实情，同其他使馆的同行交换意见，向国内报告有关事件的前因后果，忙得不可开交，日子过得十分繁忙和充实。二人在菲律宾工作的 3 年多时间里，前后经历了 5 次军变，其中以 1987 年 8 月 28 日第五次军变（又称"8·28"军变）最甚，其来势之猛，战斗之激烈，伤亡之重，差点儿让刚刚诞生的阿基诺新政权夭折。

1987 年 8 月 28 日凌晨 1 时 30 分，菲律宾首都马尼拉市和外地几个省份同时响起枪声。曾任菲律宾前国防部长恩里莱卫队长的霍纳桑上校率 1000 余名军人，乘坐长途汽车、军车和坦克从外省一路开进马尼拉，分头攻打总统府、国防部军营、警察保安司令部、靠近马尼拉国际机场的维拉莫空军基地和政府四号电视台等处要津。

　　凌晨两点，一位朋友给刘新生打来电话说："军人又闹事了！"接完电话，他立即向使馆领导做了口头汇报，并根据使馆领导的指示，他们夫妇同另一位同志一起驱车前往总统府，进行"实地考察"，了解情况。当他们驱车靠近总统府时，躲在暗处全副武装的政府军挡住不让前进，他们只好待在原地不动，从远处把当时的情形看了个大概。此时，总统府周围已布满士兵，旁边还停着好几辆坦克。突然，他们发现新华社和文汇报派驻马尼拉的两名记者已在那里进行采访。据记者介绍，当时大约300名倒挂菲律宾国旗（象征战争）胸章的军变士兵企图攻占总统府，与总统府卫队发生了近20分钟的激烈战斗，两名政府军士兵中弹身亡。因久攻不下，军变士兵开始撤走，邻近的居民对这些后撤士兵高喊："滚回军营去！"于是叛军不分青红皂白向群众胡乱开枪并扔手榴弹。顷刻间，10余名无辜百姓当场死亡，数十人受伤。

　　临近中午，1000多名军变士兵集中攻打离总统府约10千米的阿吉纳尔多军营，并夺占了国家军队总参谋部和国防部的大本营。与此同时，军变部队还攻占了多处战略和通信要地——维拉莫空军基地、电视台和电台，并抢占了一家旅馆作为叛军临时指挥所。此外，全国至少有6个省的驻军向叛军倒戈，菲律宾军事学院的800多名学生也表示支持军变；在菲律宾第二大城市宿务，叛军占领了机场、省市政府大楼，并软禁了省长、市长……一名叛军军官开始在他们夺取的第13号电视台宣读一项声明，称他们要求阿基诺总统和武装部队总参谋长拉莫斯将军下台，成立以前国防部长恩里莱为首的军人政府。情势十分危急。

　　军变发生后，阿基诺总统在几个小时内，连续6次打电话给拉莫斯将军，偏偏总统办公室与拉莫斯将军以及国防部长伊莱托的热线电话出了故障，而保安司令部的直线电话不是占线，便是无人搭理。情急之下，阿基诺总统派出自己的顾问洛克辛前往警察保安司令部，传达总统"立刻粉碎军变"的命令。下午5时，一场平叛战斗打响了。两营海军陆战队和步兵，在飞机、大炮、坦克和装甲车的支援下，向盘踞在国防部军营的叛军发动猛烈的"立体式"攻击，轰炸机向困守在总参谋部大楼的叛军投下数枚炸弹，并连续发射了空对地导弹。顿时，大楼陷入一片火海，浓烟直冲云霄。黄昏前，政府军终于重新夺回这座军事指挥系统中枢，取得了平叛战斗的决定性胜利。第二天清晨 7 时，阿吉纳尔多军营内的叛军残余向政府军投降。其他几个据点和外省的叛军大多数也放下了武器。宿务市政府军从叛军手中夺回了当地的军事设施、电台、电视台和市府大厦。拉莫斯将军重新进入阿吉纳尔多军营后宣布，政府军已控制全国局势，历时 30 小时的叛乱宣告平息。据官方宣布，激战双方共有 50 余人死亡，200 多人受伤，1000 多名官兵参与了军变。

刘新生回顾自 1986 年 2 月阿基诺总统上台执政后，菲律宾局势一直跌宕起伏，事端不断。仅头 3 年，就先后发生了 5 次军事政变，而且规模一次比一次大，冲突一次比一次激烈。但她以快刀斩乱麻之势平息了 5 次军变，保住了新生政权。然而，菲律宾这个国家从政治到经济、从民族关系到军政关系、从历史积怨到现实斗争都有诸多难题，不是一两个铁腕人物短期运作就能速见成效的。更何况，阿基诺政权基础本来就是先天不足，新政府成员来自四面八方、左中右各派人物都有，成分复杂。纵观全局，菲律宾军变如此频繁又步步升级的原因是多方面的。

首先，支持阿基诺夫人上台的 4 大派系是在推翻前政府的特定历史条件下临时集结而成的。这个松散"联盟"的内部矛盾、利益冲突和权力欲望在前政权倒台后逐渐显露并日益公开化。尤其是马科斯时期的国防部长、反对派领导人恩里莱唱反调最厉害，几乎天天抨击阿基诺总统。恩里莱在马科斯政府里当了 16 年的国防部长，他居心叵测，是一个彻头彻尾的投机分子。在前政权大势已去的时刻，他"反戈一击"，掉转枪口，支持阿基诺夫人，因此被吸纳加入新政府，仍当国防部长。他本想借助新政府的政治声望，窥测时机，一举夺取总统宝座，但总未能如愿。这种政党矛盾反映到军队中就是派系林立，特别是拥护恩里莱的"武装部队改革派"，主张军队要凌驾于文官政府和国家宪法之上，为首的就是几次军变头目、恩里莱的亲信霍纳桑上校。

其次，阿基诺夫人上台后不仅未能采取有力措施整顿旧军队，反而屈服于军方压力，对策动和参与军变的官兵姑息迁就，"虽过五关，未斩一将"。前3次军变发生后，政府对参加军变的官兵未采取任何法纪制裁措施，而是每个人做40个俯卧撑，"象征性"惩罚了事，甚至还为这些官兵增加军饷或提升军衔，难怪有人讥讽说，这是"造反有理"。第4次和第5次军变平息后，政府将叛军集中到停泊于风景优美的马尼拉湾的一艘船上"关了"一个月，明为"关押"，实为"有吃有喝"的"水上度假"，而且警戒非常松懈，以致军变头目霍纳桑从船上逃跑，长期逍遥法外。至于多次军变的策划者恩里莱除了被解除国防部长的职务，也没有人再敢动他"一根毫毛"。凡此种种妥协做法，使有野心的军人和政客得寸进尺。

刘新生夫妇在"群岛之国"的"百岛"中留下难得的休闲身影

再则，美国深度介入。"8·28"军变平息后，菲律宾报界连续报道了军变始末与内情。据报道，29 日上午 11 时，政府军对盘踞在阿吉纳尔多军营的叛军发起进攻，当时美国驻菲律宾使馆陆军武官助理列维·拉菲尔身着便衣在现场进行干预，企图阻止政府军的进攻，但遭到政府军的现场指挥官拒绝。还有报道说，当日傍晚，一架从美国驻菲律宾军事基地起飞的直升机降落在阿吉纳尔多军营，把被围困的霍纳桑和几名军变军官接走，致使他们长期逍遥法外。菲律宾曾是美殖民地，两国长期保持密切的盟国关系。美国政府当时对菲律宾政策有两种意见，早已是公开的秘密。美国国务院认为，阿基诺政府是取代前政权的民主政权，因此一直公开表示支持，尽管这种支持说得多，做得少。而美国国防部和中央情报局对阿基诺政府在反对美驻菲军事基地问题上的态度不满，一直暗中支持右翼势力，对阿基诺政府施加压力。从"8·28"军变中，可见美国对一个主权国家菲律宾内政干涉之深。

刘新生夫妇回顾在菲律宾这段经历时颇有感慨地说："一个国家在两三年时间里连续发生 5 次军变是罕见的，而作为外交官，在一任驻外工作期间碰上 5 次军变，也为数不多。"这些经历给他们留下了难以磨灭的印记。

"妇唱夫随"赴天竺　恒河文明映今昔

由于所学语言及专业的关系，潘正秀在外交部的工作经历断断续续定位在印度。20 世纪 70 年代，外交部派潘正秀到中国驻印度使馆工作，作为丈夫的刘新生同时被派往相随。这种安排，外人看来有点"妇唱夫随"的味道。实际上，在中国的外交界还是"夫唱妇随"居多，而就潘正秀本人整个外交生涯来说，绝大部分也属后者，跟随刘新生的步伐先后去往印度尼西亚、菲律宾和文莱开展外交工作。但在印度，的确是刘新生追随了妻子潘正秀的脚步。

中国、古印度、古埃及、古巴比伦为世界四大文明古国，有着悠久的历史和灿烂的文化。潘正秀对印度这个国家向往已久，对印度文学、音乐、舞蹈、绘画雕刻、习俗甚至妇女服饰颇有兴趣。潘正秀还记得 1954 年 10 月在南京市第五女子中学读书时，印度首任总理尼赫鲁携其爱女英迪拉·甘地首次访问中国，还灵机一动，写了一篇作文《欢迎你，尼赫鲁总理》。当时潘正秀是一个中学生，还谈

20 世纪 70 年代，刘新生夫妇在印度门前合影

不上论述中印关系的古往今来，但在文中对印度走在街上大摇大摆的大象神态及妇女身着纱丽如何婀娜多姿的情景作了一番细致地描写。而对潘正秀颇有些偏爱的语文老师对她这篇作文的文字和内容都颇为赞赏，曾把它贴在教室的墙上供同学们观摩。没想到四年后，潘正秀在北京外国语学院学习期间，又被外交部选送到北京大学东方语言文学系学习印地语。潘正秀还记得班上有个调皮的男同学，根据印地文中"五项原则"（潘查希拉）的发音与她的名字潘正秀有点像，就给她起个诨名叫"潘查希拉"。"五项原则是中印两国共同创导的，因此，我这个叫作'五项原则'的人，理

所当然地与印度这个国家，特别是印度古老而丰富的文化深深结了缘，我对恒河文明钟爱之情更是与日俱增。"

　　刘新生夫妇在驻印度使馆工作期间曾出差到恒河之滨城市瓦拉纳西，出席"印中友好协会"的一个群众大会，顺道领略了恒河的壮美气势与风采，对恒河流域一带的风土、习俗与人情作了一番实地"采风"。"印中友协"的一位名叫凯坦的先生全程陪同他们夫妇在瓦拉纳西市及周围地区参观访问了几天，并为他们的每一场活动做了精心安排。凯坦先生是当地一家小业主，拥有一个在印度够格的"小康"之家。说它"小"，因为他家只有高堂老母及贤惠的妻子三口人，在印度这样一个人口爆炸式膨胀的大国是少有的"袖珍家庭"。凯坦全家对刘新生夫妇十分亲切友好，他们在瓦拉纳西几天的时间里几次到凯坦家里。凯坦老母对潘正秀毫无陌生感，拉着她的手就聊起家常，诉说衷肠。

刘新生夫妇与身着纱丽的凯坦夫人合影

　　凯坦一家与左邻右舍和睦相处。刘新生夫妻到来后，邻居们知道他家来了一对中国外交官夫妇，而且还会说印地语，都涌入凯坦家来看热闹，问长问短，渴望了解中国。有的邻居还送来印度甜食让他们品尝。这是潘正秀第一次到印度人家庭做客，第一次与印度人朝夕相处几天，真正感受到印度人民对中国人民的友好情谊。

　　"我们在瓦拉纳西市期间，与凯坦全家结下的情谊将永远铭记在心，每当我回忆起他们夫妇将我们夫妇称为兄嫂的那种自然亲切劲儿，以及凯坦先生左邻右舍涌入凯坦家中，争相与我们说话，我就情不自禁地想到20世纪50年代在中国与印度这两个世界人口最多的大国响彻四方的歌词与口号'印地秦尼，帕依帕依！'（意即'印中人民是兄弟！'）是多么真切地表达出两国人民的心声。"潘正秀回忆起来仍难掩激动的心情，"我离开印度几十年了，其间，我又到过东南亚几个国家任职。因为我曾在印度任职，又因为我会说印度语言，所以走到哪里与印度外交官的关系都比较亲近，这算是我与印度的一段挥之不去的情结。"

　　恒河两岸，特别是瓦拉纳西市，给潘正秀留下的印象实在谈不上美丽，但很奇特。房屋都很矮小破旧，道路狭窄，交通无序，市容杂乱肮脏，缺乏起码的管理。潘正秀记忆最深的是神牛在街上徜徉，畅通无阻；大象在挤得水泄不通的闹市里大摇大摆，无人阻拦。这些被视为神灵的动物不受任何约束，当然不可避免的就要带来任意排泄、污染环境的残酷现实。但该城却是印度古老文化的缩影，是印度教和佛教圣地，古往今来以其奇风异景，吸引着世界上不同肤色的游客和香客到此一游。

　　印度朋友告诉潘正秀，印度人一生有四大追求和企望：居住在瓦拉纳西、结交圣人、饮用恒河水、敬奉湿婆神。在瓦拉纳西，你遇到任何人，他（她）都会流露出对身居圣地，傍倚圣河的自豪与满足。瓦拉纳西的居民说他们又有四大乐趣：朝拜庙宇、观赏日出、洗圣水浴、恒河升天。说瓦拉纳西是寺庙集锦真是名副其实，在这么个区区小市镇里，竟建有2000多座风格迥异的庙宇和寺院，多数属印度教，还有锡克教和佛教等庙宇，其中最显眼的当数湿婆神金庙。不少庙宇里供奉着恒河"女神"盘坐莲花的神像。这些寺庙有的金碧辉煌，气势恢宏；有的小巧别致，造型独特；也有的年久失修，破烂不堪。外来香客为表示虔诚，一般都要花上三五天时间步行到主要庙宇参拜一番。

恒河日出是一独特的景观。出生于南京市江心洲的潘正秀童年时几乎天天都能在家门口看到一轮红日从长江江面喷薄而出的壮景，那时似乎司空见惯，不足为奇。但回想起泛舟恒河看日出，那又是一番难得的异国风情。一天清晨，刘新生夫妇在凯坦先生的引领下，穿过恒河岸边黑压压一片川流不息的人群，登上停泊在岸边的小木舟，与"印中友协"的几位朋友一起在船上共进早餐。印度朋友乐滋滋地喝着"清甜"（印度人说恒河水是甜的）的恒河圣水（印度人传说，如果你在恒河里灌一瓶水，无论你带到什么地方都不会变质），津津有味地用手抓着各类印度甜食品尝。而刘新生夫妇把注意力主要放在了欣赏日出上。只见碧波万顷、霞光似锦的恒河水托起的一轮红日冉冉东升，潘正秀情不自禁地叫起来："日出，多好看啊！"憨厚寡言的印度船工见她如此激动，连连说："是啊，我们也多年没见过这么好看的日出啦！"从他黝黑的面庞，潘正秀看到一个普通印度劳动人民发自内心对中国人的诚挚情意。在融融暖心的气氛中，他们相互洒了"圣水"，祝愿幸福与安宁。

告别印度20载，没想到21世纪之初，潘正秀喜得良机，故地重游。从南到北，来去匆匆，驱车观花，登机下瞰，对印度进行了一番重新认识。"我发现我曾皮毛了解的印度，朝代几经变更，但风景依旧。人民生活贫困，基础设施滞后，这是我对印度的第一印象。但卫星上天、导弹发射、航母靠岸（停泊在孟买海湾）、软件腾飞使我惊叹：'印度发展了，古老的文化和科技的进步碰撞出独属于印度的绚烂文明。'这是我对印度的新的认知。"

事业的起点和终点　　雪域高原上的耀眼明珠

1962年初秋，潘正秀刚刚结束6年漫长的大学生活，尚未踏入外交部大门，一纸调令把她送到离太阳最近的地方，参加中印边界自卫反击战中的一些翻译工作。敬爱的周总理曾经说过："外交人员是文装解放军。"回忆60年前那次出差的经历，潘正秀真正体会到什么是"文装解放军"。

一天，当时正在中央人民广播电台对外部印地语组实习的潘正秀接到组长通知去外交部一趟。到了部里后，一位领导态度严肃、语言简练地对潘正秀安排了一番工作，要她在两个半小时内出发，到一个不知名的地方，执行一项"紧急"任务。并要她从即时起绝对保守党和国家的秘密，不要向家人和亲友透露自己的去向。

"我当时感到很迷惑，不知发生了什么事，也想不出我一个刚出校门的大学生能执行什么特殊任务。但是多年来党和国家对我的培养，让我既没提出任何想法，也没详细询问任务的艰难程度，只是默认了国家哪里需要我，我就去到哪里，一切本来就是那么简单。"

而此时丈夫刘新生正在北京外国语学院参加出国留学生学习班，当时交通与通信不便，他虽近在郊区，潘正秀却无法与他取得联系。在这种意想不到的突发情况下，潘正秀告别新婚宴尔即将飞往印度尼西亚的丈夫，在临时借用作为新房的一个房间桌子上留了一张纸条，上面简单地写了这么一行字："我有紧急任务，临时出差了，具体情况请向外交部干部司有关领导了解，保重！"随后，潘正秀独自提着极其简单的行装出发了。这时，她的心情逐渐稳定下来，她想这是领导第一次把她当作"文装解放军"，而她真的做到了服从命令听指挥，这大概能算作她"入伍"后的第一份答卷。"到了机场，一位首长——后来我才知道他是西藏军区司令员张国华同志——以和蔼的语气，好像毛主席说话的那种腔调对我说了一声'花木兰要上西天啰！'这时我隐隐约约地意识到，我可能要到西藏去。"

　　到达拉萨后，西藏军区分配潘正秀到琼结县担任翻译工作。潘正秀在那里生活与工作了半年时间（1962年10月至1963年5月）。60年来，潘正秀之所以情系高原，如醉如痴地眷恋着这片广袤的土地，是因为西藏悠久的历史、灿烂的文化、古朴的民风，特别是优美的歌舞使她为之动情，更重要的是，西藏既是她工作的起点也是终点，这里有她对西藏挥之不去的情和永远解不开的结，她在这块净土上接受了"岗"前教育和意志锤炼，每当遇到艰辛与困难时，总要进行一番今昔对比，"一想到条件比当时在西藏好，我精气神就来了"。

　　回想当时琼结县的卫生状况与生活条件，对潘正秀来说是刻骨铭心的，那可以说是她一生中经历的最艰难的岁月。面对严冬季节严重的高寒缺氧，一没有氧气瓶罐，二没有御寒设备，当时潘正秀似乎倒没觉得有什么大问题，有的是革命热情与青春朝气。

　　伴随着新世纪的曙光，外交部西藏涉外事务办公室（简称"西藏办"）于2001年年初成立，已经退休的刘新生被返聘为该办主任，同样退休的潘正秀也被返聘成为该办的一名成员。"没想到我们夫妇的外交生涯，在涉藏外交事务中得以延伸。"2002年5月下旬，潘正秀随外交部参观学习组前往雪域高原。"当我的双脚重新踏上西藏的土地时，飞机降落过程中急剧颠簸给我带来的不适和我对高原反应的恐惧使我产生短暂的恍惚，但稍一定神，发现展现在面前的是真真切切的世界屋脊，是我数十年来魂牵梦萦的地方，那时我的激情来了，心中涌动着这样的诗句：香巴拉（藏语，来源于梵文，意为'怀抱在幸福之源的地方'）就在我脚下，香巴拉，我又回来啦！"

　　为了找回自己40年前的"影子"，潘正秀忙里偷闲，在参观山南文物古迹期间去了一趟琼结县。她已找不到当初的明显标记，只好在已移址重建的琼结县委大院门口照下一张照片，以此佐证"琼结，我回来了，琼结，我没有忘记你"。

潘正秀在西藏自治区琼结县人民政府的办公楼前

　　风云变幻，白驹过隙。刘新生与潘正秀夫妇近 40 年的外交生涯在历史发展的长河中不过是沧海一粟，但他们的故事却随着此书的出版将经久流传。2021 年 9 月，刘新生携潘正秀入住燕达金色年华健康养护中心，日子过得平静而舒适。作为从事了一辈子的外交人，他们仍然时刻关心国际和亚洲地区发展趋势，"看到祖国如此兴旺发达，国际地位空前高涨，心愿足矣。唯愿五星红旗永远飘扬"。

峥嵘岁月

　　许登科，男，1930 年生于山东省淄博市高青县。1947 年入伍，同年入党，任华东野战军第一纵队警卫员，在孟良崮战役、淮海战役、渡江战役中保卫陈毅等首长。1950 年入朝参加抗美援朝战争，任第三野战军九兵团政治部警卫员。1953 年在坦克学院荣立三等功，代表坦克独立六团参加志愿军装甲兵坦克比武，获得头奖。1958 年任内蒙古巴盟边防一团政委，1961 年任内蒙古巴盟军分区政治部副主任，1962 年任内蒙古乌海市人民武装部政委，1984 年于内蒙古乌海市军分区离休。

许登科

热血丹心颂党恩　保卫祖国献终身

许登科1930年出生于山东省淄博市高青县的一户雇农家，家中有父、母、兄、姐共五口人。许登科不到7岁时，上了村里自办的私塾，学习《三字经》《千字文》。"我那时候小，什么也不懂，上学让背书，我也不背，先生就打我屁股。我回家告诉妈妈我得了'红椅子'了，开心得不得了，却不知道，我是因为成绩不及格，排到了班里的榜末，才得了如此称号。"因为这个私塾是地主筹办的，主要是为了教授地主家的孩子们，许登科这样的穷孩子上不起，没几天就辍学了。

1937年7月7日，日本侵略者发动卢沟桥事变，中日战争全面爆发。山东抗日根据地是抗日战争时期中国共产党及其领导的军队坚持华北抗战的四大根据地之一，是华北抗日根据地的重要组成部分，它包括津浦路以东的山东大部分地区和江苏、安徽、河南三省边界的部分地区，东濒黄海、渤海，西临津浦路与冀鲁豫区毗连，北迄天津与冀中、冀东两区相连，南至陇海路与华中的苏北区相连，为后来的辽沈战役作出了重大贡献。

在抗日根据地长大的许登科早早就接触红色思想，参与革命斗争，在幼小的心灵深处种下了感恩共产党的种子，直到现在似乎还能听到当年的歌声：

"咱们是一家,咱们都在革命摇篮里长大,共产党是咱们的保姆,咱们生长在红旗下。"

15 岁入"夜校"　秘密支援共产党

在中国历史上,农会是一种超越宗族关系的社会组织。它肇始于清朝末年,至民国初期曾一度得到广泛的发展。但彼时其仅是以绅商和地主为主体、依附于政府、旨在农业改良的社会团体。1921 年中国共产党成立之后,真正属于农民阶级且以维护其切身利益为宗旨的农会组织方才出现,并在此后的各个时期以不同的形式活跃在历史舞台上。抗日战争时期,农救会等农会组织在中国共产党领导下,组织民众进行了一系列抗日救亡活动,成为抗日救国这一中华民族伟大壮举中的一支重要力量。

1940 年 7 月 20 日,中央北方局在给鲁西区党委的指示信中强调:"农救会应该是群众工作的中心,党必须注意发挥其作用,培养领袖县级农救会的领导机关必须加强,党应当抽得力的干部负责工作。"正是在共产党的领导和推动下,农会组织如雨后春笋般地建立起来。

1945 年抗日战争胜利后,山东根据地已有农会、工会、妇女会、青年团、儿童团等中国共产党领导的群众组织,成员达 404 万人,占根据地总人口的 27%;中共党员占总人口的 1% 左右,几乎村村有党员。许登科的父亲就是一名共产党员,虽然家庭贫穷,但许父却有很高的革命意志和智慧。解放战争爆发前夕,在许登科的家乡,以许父为代表的共产党地下工作者在各个村里组织广大贫农成立农会,秘密开展革命工作。"我父亲有一把组织发给他的大刀,就藏在枕头底下,我发现之后,就偷偷拿出来,给他磨刀。他把刀收起来,严厉告诫我,不让我碰。"当年的事对于许登科来说仍历历在目。不久,许父在村里组织民兵,支援共产党大反攻,那时候对外宣称是"夜校"。15 岁的许登科参加了"夜校"。

山东民兵诞生于抗日战争初期。1941 年 7 月 1 日，中共山东分局发出指示，要求"普遍地发展民兵（即自卫团与游击小组）组织"，到 1945 年 8 月大反攻时，全省民兵达 50 余万、自卫队达 150 余万。解放战争时期，民兵有了更大的发展，最多时达 146 万人，自卫队也得到相应的扩大。新民主主义革命时期，山东民兵在踊跃参军、配合部队作战、坚持游击战争、支援前线、巩固后方等方面都作出了重大贡献。中华人民共和国成立后，民兵制度作为国家的一项军事制度被固定下来。民兵既是国家武装力量的组成部分，又是预备役的基本组织形式。山东民兵在参加社会主义革命和社会主义建设，配合人民解放军和公安部门守卫海防、保卫重要目标、维持社会治安等方面都发挥了重要作用。

入伍华东野战军　保卫首长勇歼敌

1947 年 1 月，许登科正式入伍，加入华东野战军第一纵队。华东野战军一纵是一支奇军，在我国的战争史上书写下浓墨重彩的辉煌篇章。在解放战争中，华东野战军一纵以"跑得、饿得、打得"著称，在华东战场上驰骋豫皖，纵横苏鲁，战皆硬仗，屡建奇功。纵观一纵的战史，最辉煌的莫过于莱芜战役。此役，一纵在友邻部队没赶到的情况下，紧钳五万多国民党军临危不惧，让李仙洲无路可逃，为华野歼灭李仙洲集团立下首功。如果说一纵在莱芜战役中的表现是气壮山河的话，那么在宿北和鲁南战役中的表现同样是势吞日月。在宿北，一纵在国民党军五大主力之一的整 11 师阵地中杀了个进出，次日又再次杀入敌阵，生生割裂了 11 师与 69 师的联系，击败了 11 师，歼灭了 69 师。在鲁南，一纵与兄弟部队一起歼灭了敌快速纵队，缴获甚多。在孟良崮战役中，一纵同时与国民党军两大王牌作战，一面死死顶住敌 25 师的攻击，一面参与围歼 74 师，为战役的胜利作出了重要贡献。在淮海战役中，一纵首先在窑湾镇歼灭敌 63 军，随后参与围歼杜聿明集团的作战。1949 年 2 月，一纵被

1953 年，许登科授衔留念

编为中国人民解放军第20 军，参加南下作战，谱写新的篇章。

"我是在寒冬入伍的，当时很冷，我们参军走到半路，就给发了部队军装，我记得很清楚，灰色的统一军装，还给我们发了煎饼卷大葱。"许登科回忆起入伍的细节，神采飞扬。新兵入伍，经过短暂的军事训练，成立了两个连队，一个特务连，一个便衣侦察连，许登科加入了特务连。几个月之后，许登科因为表现优异，光荣加入中国共产党，并调入警卫队，直接进入军部。整个警卫队只有 20 多人，负责指挥官陈毅、军长叶飞等首长的安保工作。

中国共产党在解放战争时期对人民军队的政治纪律、军事纪律和群众纪律等颁布"三大纪律八项注意"，实行多年，对各部队深入教育，严格执行。华东野战军一纵在行军过程中，除了遵守"三大纪律八项注意"，还有自己专门的口号，到了驻地要做到"三净一满"——住的房子打扫干净，院子打扫干净，街道打扫干净，水缸要打满；"借草还账"——借任何东西都要还。

"我还记得，当时八路军住到我们家，就是这样，非常和气，'大爷大娘、哥哥姐姐'的称呼我们，还给我们干活，扫院子、担水……走的时候都打扫干净，借的东西统统还账，买我们的粮食之后，都给我们钱。不管多少，也是八路军的心意。"许登科的爱人郝培枝回忆了作为驻地老百姓的经历。"群众满意、高兴，我们就高兴。"许登科补充道。严格的部队纪律，亲和的军民关系成为华东野战军一纵屡打胜仗，创造战争史上奇迹的重要基础。

许登科在行军过程中，学习了文化知识。当时特务连派了一名文书，给有学习需求的战士讲文化课。文书给每名战士的背包上写一个字，每人每天学一个字。许登科和战友们边行军边学习，休息的时候，就拿芦棍儿在地上练习写字。"当时都是选择出身好的贫下中农来保卫首长，所以警卫队有文化的战士不多，大家互相之间帮助学习，进步都很快。我们也都下定决心，要报共产党的恩——解放了，农民有土地了，能吃上饭了，这是共产党给的。当兵就是要打倒蒋介石，解放全中国，这就是我们的决心！"许登科以92岁的高龄，一番话讲得铿锵有力，仿佛又回到了自己满怀信仰、当兵入伍、报效祖国的青春岁月。

许登科所在的华东野战军第一纵队警卫队随军部指挥官转战各个战场。第一纵队在孟良崮北侧作战时，领导有意让警卫队里的新兵到连队里去锻炼一下，亲身经历前线战事，就把警卫队拉到一个作战连队。"我们晚上进去，清晨天一亮就跟随连队一起冲锋了。"战斗部队冲锋很迅猛，但仍贴心地将警卫队护在了部队中间。许登科手持"加拿大"冲锋步枪和警卫队一起冲向敌人的阵地……"我身边不断有战友倒下，一个连队一百多人也分不清谁是谁，子弹在身边倏忽飞过，也顾不了那么多，心中就想着，我打一个敌人够本，打两个我赚一个！"许登科慷慨豪迈，仿佛又走上了战火纷飞的战场。

由于作战连队的保护，警卫队没有一个人牺牲。经历了一场血雨腥风的实战，警卫队的战士都对战争有了更深刻地体会，对自己肩上的责任更加明确，更加坚定保卫首长的决心，为第一纵队取得更好更多的战绩夯实基础。此后，许登科随华东野战军第一纵队参加了淮海战役、渡江战役、解放上海后，入朝参加抗美援朝战争。

军民团结送"瘟神"　试看天下谁能敌

人民解放军解放上海后，许登科从第三野战军军部警卫队调往九兵团政治部，为政治部秘书长当警卫员。由于很多战士们在河里学习游泳，结果大批官兵感染了血吸虫病，造成部队整体战斗力的削弱。"我们是在一次给战士做的体检中发现了血吸虫病，因为当时第三野战军都住在上海周围的农村里，吃的是野菜，喝的是河水，绝大多数战士感染了血吸虫病。"

1949年12月24日，第九兵团司令员宋时轮根据流行病学家、公共卫生学家苏德隆的建议，召集上海医务界人士开会，宣布成立"沪郊血吸虫病防治委员会"，紧急动员沪宁杭地区的医护人员到部队防治血吸虫病。苏德隆提出了"地域性防治血吸虫病"的对策，发明防血吸虫感染的"防蚴裤袜"和"防蚴笔"，大大提高了血吸虫病防治工作的效率和成功率。

广大医务人员积极投入防治血吸虫病工作，"一个部队几个师，医院盛不下，就在村里街道上铺上席子，让患病战士暂住，给他们打针治疗。"许登科也在上海医学院检查出患有血吸虫病，"我住院治疗了20天，每天打针，注射25毫升的药剂，每天打完针就恶心，以至于后来看见穿白衣服的护士就开始呕吐。"不久，感染血吸虫病的战士全部治愈，并开赴抗美援朝前线。为此第三野战军第20军授予苏德隆"名誉教育主任"荣誉称号。这是中华人民共和国成立后血防战线上的第一个漂亮的歼灭仗。为了纪念这一胜利，第九兵团专门颁发了沪郊血吸虫病防治纪念章。

1949年前，中国有1000多万血吸虫病患者，1亿人口受到感染威胁。钉螺是血吸虫的中间宿主，当时全国有螺面积近128亿平方米，13个省、市、自治区有血吸虫病分布。中华人民共和国成立后，党中央十分关心血吸虫病的防治工作，毛主席发出了"一定要消灭血吸虫"的伟大号召。

　　1951年党中央决定成立中共中央血防九人小组，专门领导血防工作。预防血吸虫病的群众运动蓬勃兴起。各省、市、县颁发的各种文告、指令难以计数，且从省、市、县到乡镇四级，都迅即建起了血防机构，开启了以举国之力送"瘟神"的灭螺运动中。累计灭螺面积达90多亿平方米，占有螺面积80%以上。

第九兵团专门颁发的沪郊血吸虫病防治纪念章

　　据中共中央血防领导小组办公室编印的有关资料记载："江西余江县从1956年春至1957年冬，先后为灭螺填掉旧沟347条，全长19万余米，填土100多万立方米，开新沟119条，全长11.6万多米，挖土44万多立方米；扩大耕地面积532亩，改善灌溉面积1500多亩。他们还用铲草积肥、三光灭螺等多种方法，消灭屋基、墙脚、树蔸、石桥缝中的钉螺。经过两年苦战，余江县人民消灭了传染血吸虫病的祸根——钉螺。"这是一场实实在在的"人民战争"！

1958 年 6 月，毛泽东主席得知江西省余江县消灭了血吸虫病后，写下的七言律诗《送瘟神》二首：

其一

绿水青山枉自多，华佗无奈小虫何！

千村薜荔人遗矢，万户萧疏鬼唱歌。

坐地日行八万里，巡天遥看一千河。

牛郎欲问瘟神事，一样悲欢逐逝波。

其二

春风杨柳万千条，六亿神州尽舜尧。

红雨随心翻作浪，青山着意化为桥。

天连五岭银锄落，地动三河铁臂摇。

借问瘟君欲何往，纸船明烛照天烧。

当年遍布整个中国南方地区的灭螺场景气势恢宏。而在那场浩大的灭螺战斗中，还有着无数解放军战士的身影。当年所有驻扎在疫区的部队，几乎无一例外参加了那场"战斗"。"军民团结如一人，试看天下谁能敌！"

入朝参战建功勋　坦克比武获头奖

1950 年，朝鲜战争爆发。为了抗美援朝，新中国在刚刚结束国内解放战争，尚未得到休养生息的前提下派出了数十万志愿军战士。1950 年元月，第三野战军九兵团作为首批入朝参战的先锋部队最先到达，进入元山、平康一带东线战场作战。

许登科在朝鲜战场经历过几次危险都化险为夷，一次美军用炸弹炸桥，许登科正走在河槽里，离目标桥只有 50 米远。飞机投下炸弹时，许登科在空旷的河槽里没处躲避，趴在冰面上心想"这次要完"。"嘣——"的一声巨响，炸弹爆炸了，惊魂未定的许登科发现自己并没有被波及。离爆炸地 200 多米远的一个朝鲜炊事员都被飞过来的大石头砸中脑袋牺牲了，而近在咫尺的许登科却毫发无伤，真的是太有运气了。

还有一次，几十名志愿军战士在朝鲜村民家里，无意中暴露目标，晚上，美军派飞机来轰炸。许登科经验丰富，一听有空袭的声音，一把拉着朝鲜老奶奶，扑在了炕底下的大水缸后面。一个炸弹袭来，弹片正好打破了许登科和朝鲜老奶奶躲避的水缸，水缸打碎了，两人也得救了。"那场空袭，村子里死了几十个人，想想都后怕。"至今回忆起来，许登科仍心有余悸，并再一次感谢了自己的好运气。

1950年11月，中央军委组建志愿军空军，面向全体在朝志愿军征召飞行员学员。九兵团政治部陈秘书长听到组建空军的消息后，大声喊："让我们小许去！""我当时虽然没有文化，但是一想到能开飞机，打敌人，就很高兴，也干劲儿十足。"到安东之后，许登科第一次看见天上的飞机，还以为敌机来袭，被告知后才知道，这是苏联提供的，我们志愿军空军自己的飞机。

许登科参加了空军的知识培训和各种体能训练，各种考核均以优异成绩通过。但是监察主任对许登科说"你不合格"。

"为什么不合格？！"已经做好准备随时上机的许登科惊诧道。

"你不适应高空。"主任给出答案。

"我哪一点不适应高空？"许登科追问。

"因为你有慢性气管炎。"主任惋惜道。

无奈之下，许登科只能放弃，并向主任调侃道："我认识你了，我就不合格；我要不认识你，我就合格了。"原来这位被借调入朝、参与组建空军健康检查的监察主任正是上海医学院的内科主任，曾为许登科治疗过血吸虫病，他完全了解许登科的身体状况。

志愿军空军曾产生六位一等功战斗英雄，来自山东的有三人，其中张继辉击落美国空军"王牌飞行员"乔治·戴维斯，使不可一世的美国空军颜面尽失，成为家喻户晓的英雄飞行员。许登科与张继辉同时选入空军接受监察，一起训练备战飞行员，最后的关头，张继辉顺利通过，许登科遗憾落选。回到九兵团政治部的许登科继续为对他喜爱有加的陈秘书长做警卫员。

1951 年，北京集团军司令部组织征召坦克兵。许登科报名回国，随即去坦克学院，学习坦克指挥。"当时和我一批的学员都是团级干部，只有我一个人是排级。在坦克学院，我们不管走到哪儿，大家都认识我们。我们的训练可厉害了，走路步子迈得'当当响'，特别整齐划一。"

学院教员都是苏联派来的顾问，还有专门教授基础文化知识的文化教员。许登科有本小字典，不熟悉的字就查字典，这本字典，许登科一直保存到现在。虽然刚开始听课很吃力，但是因为脑子灵活，学习勤奋，许登科进步很快。年终考试一共 22 门课程，许登科只有两门考了 4 分，其他功课都是 5 分满分。队长逢人就说"我们小许可厉害了"。因为成绩优异，坦克学院给许登科记个人三等功。许登科在学校出名的同时也顺利取得了中专毕业证。

经过艰苦的学习训练，许登科快速成长为一名合格的坦克指挥员。1952 年 10 月 1 日，庆祝中华人民共和国成立 3 周年典礼在北京天安门广场举行，坦克兵学员方队首次参加阅兵式，许登科位列第二排第二个位置徐徐走过天安门，接受首长和人民的检阅。1959 年国庆十周年之际，许登科及所在坦克兵部队又一次参加了在天安门广场举行的阅兵式。

1953 年年初，许登科作为坦克兵第二次入朝，加入坦克独立 6 团。"我们一个团坐火车进朝，晚上入朝，偷偷穿越美军的封锁线。"入朝不久，志愿军装甲兵组织坦克大比武，许登科所在的独立 6 团派出精英参加，一连指导员许登科在列。比赛项目有连队战术、夜航指挥、连队作战方案、坦克障碍物射击、障碍物通过等，许登科每项比赛都得 5 分满分，坦克炮共三发炮弹，许登科只用一发，就能完美打掉目标；手枪射击"跑步走"的移动靶，许登科一枪解决一个；各种战术也均获得 5 分的成绩。比赛项目门门 5 分的许登科获得了坦克比武的第一名。指挥部里的一个首长在大会上亲自点名，大声喊：
"小许站起来，让大家都
看一看。"许登科不是战
斗员，是唯一一个以政治
指导员身份拿下作战部队
大比武的第一名，这在当
时，非常难得，也客观说
明了许登科在军事素质方
面的天赋和他刻苦训练的
成果。"按年龄，我最小，
比赛成绩是最好。"提起
当年的"傲人战绩"，许
登科一脸骄傲。

许登科在坦克比武中获得第一名

　　坦克比武得了第一
名，许登科为独立6团赢
得了头奖，看着鲜红的奖
旗在团部迎风招展，团长
和政委高兴极了。而许登
科个人也得到奖励——
一只皮箱。这只皮箱许登
科一直珍惜保存着，之
后和他一起，转战在祖国
需要的边疆部队，默默守
护保卫着新中国的土地和
人民。

许登科在坦克比武中获得头奖，奖励一只皮箱

赴蒙戍边三十年　铭记党恩度余生

1958 年，许登科随中国人民志愿军大部队撤出朝鲜回国。回到坦克独立6 团驻地北京柴沟堡。后来，内蒙古自治区巴彦淖尔盟的干部科科长来到北京装甲兵部队挑选两名干部，许登科被选中。

许登科服从组织安排，改行从坦克兵调到边防，成为巴盟边防一团的第一个政委。从此，许登科踏踏实实在内蒙古军区守边防，直到离休。

1961 年，许登科调往巴盟军分区，任政治部副主任。1962 年，内蒙古乌海市成立人民武装部，许登科任政委，在当地开展民兵工作。直到 1985 年年底，内蒙古乌海市人民武装部改为内蒙古军区乌海军分区。而在此前一年，1984 年，许登科从内蒙古乌海市人民武装部离休。离开了他奋斗大半生的部队，脱去戎装，回归家庭。

离休后的许登科仍然留在乌海，因为当时的山东户籍政策缩紧，迁出的户口很难再迁入。当时的政策是在哪里离休，就留在哪里生活。"我感谢共产党，我文化程度不高，也没有特殊的贡献，但是离休后，得到了共产党的优待，我非常满意，觉得生活很幸福。"

许登科的第一任妻子徐美莹，是旧社会时许父为许登科找来的童养媳。那个时候，许登科当兵在外，许父怕他找不上对象打光棍儿，就在村里给他物色对象。当时山东农村百姓很穷苦，许父用四斗高粱做聘礼，就把徐美莹领回了家，成为许登科未见面的媳妇。善良朴实的徐美莹还曾到朝鲜看望过许登科。虽然算是"包办婚姻"，但许登科和徐美莹度过了一段恩爱幸福的时光。

1952 年，许登科回国在坦克学院学习期间，与徐美莹正式结婚，婚后二人育有一子二女。许登科的重心都在部队上，徐美莹不仅承担照顾家庭的重任，在事业上也是出类拔萃。她曾在山东任地方副区长、妇联主任等职，还光荣加入中国共产党，成为许登科的贤内助。后随许登科调往北京后，工作一时无法落实，徐美莹就停止工作，全职在家照顾家庭了。直到 1984 年，徐美莹因病在乌海去世。

孩子们长大后，大女儿许明霞在内蒙古巴彦淖尔杭锦后旗一所中学做英语老师；大女婿侯根明在杭锦后旗制衣公司任党支部书记；儿子许毅参军入伍，在内蒙古边防团守卫边疆，2000 年转业到乌海供电公司工作，与同单位的李云霞结为夫妻；二女儿许明丽在乌海市委老干部局任生活待遇科科长；二女婿李占柱同样来自内蒙古边防团，曾是许毅的班长，转业后任乌海车站客运主任。军人的家风传承到了下一代，父子、翁婿三人在祖国的西北沙漠地区共同守卫边疆。现在，儿女们也都退休了，但是这段佳话却会在许家后世子孙间不断流传。

郝培枝与许登科的同事家属在一起工作，了解到他们二人的情况后，由单位领导出面，把郝培枝介绍给了许登科。郝培枝的爱人曾是兵工厂的技术人员，因为交通事故意外去世时年仅 33 岁。郝培枝带着两个女儿辛苦生活，直到遇到了许登科，再次组建幸福家庭。

1985 年，许登科和郝培枝结婚，"我老了有福气，老伴儿郝培枝自己带着孩子守寡 17 年，嫁给我后，对我照顾得无微不至。我们五个孩子一起，没有薄厚之分，都是自己的孩子"。三女儿同军是解放军总医院第三医学中心妇产科主任医师，研究生导师；三女婿马长军是硕士研究生，毕业于解放军政治学院，原任武警水电政治部副主任，现为北京贸促会副会长；小女儿同夏是美国麻州州立大学硕士，现任内蒙古大学英语教师；小女婿孙锐毕业于华侨大学，任加拿大加联国际旅行社总经理。同夏在北京的房子建成后，给父母居住了十几年，直到二老入住燕达养护中心。儿女们都事业有成、孝顺父母，一大家子其乐融融。

"我没有什么特别的爱好，离休后就赋闲在家，但是三女儿同军两口子带着我们去全国各地旅游，这些年，我们也走了好多地方。"许登科道。"同军拿着地图问我们想去哪儿，选好了就安排去，去过的就画个圈；小女儿同夏也带我们去了东南亚、欧洲等很多地方旅游。"郝培枝道。

随着年龄增大，三女儿同军夫妻俩为二老物色合适的养老机构，选择了燕达金色年华健康养护中心。2021 年 5 月 15 日，许登科和郝培枝入住燕达。"我们老了有福气，女儿把我们安排到这么好的地方，我们都想象不到这里会这么周到，看病、吃饭、搞活动都非常用心，住着非常舒适。"因为从年轻时保持的学习习惯，直到现在，住在燕达养护中心的家里，许登科仍然每天坚持抄录天气预报。郝培枝则参加了燕达合唱团，定期参与活动。二老的

许登科与爱人郝培枝在燕达养护中心合影

晚年生活悠闲而温馨。

在幸福晚年的每餐饭食里，在周末与儿女们欢聚一堂的笑声里，在燕达园区优美风景中遛弯闲话家常里，许登科一定要说的一句话就是"感恩共产党"。

"我们今天享受的这一切都该感谢谁？"郝培枝高声朗问。

"感谢共产党！"许登科不假思索，回答得铿锵有力。

那一刻，一位 92 岁白发苍苍的老共产党员、老解放军战士深深地震撼了笔者的心，仿佛所有语言都苍白无力，仿佛终于找到了今天我们实现伟大复兴中国梦的力量源泉。让我们接过老一辈革命者手中的接力棒，继续在建设祖国的伟大事业中贡献应有的力量！不负先人，不负梦想！

　　裴壮吾，男，1930年5月出生于江苏省泗阳县，汉族，大学文化，副译审。1952年2月参军。曾任华北军区防空司令部办公室翻译室俄文翻译。同年7月入朝，在志愿军探照灯411团3营任前线翻译期间，荣立三等功1次，荣获朝鲜军功章1枚。1954年3月调安东防空区司令部任翻译。1955年高炮511团进行100毫米炮改装时，担任集训翻译，荣立集体三等功1次。1956年起先后在防空军战斗训练部翻译处、长春空军技术学校、信阳炮校、空军科研部翻译处、空军技术部八处翻译科、空军二高专科研处翻译组等任翻译和教员。在长春空军技术学校期间，被评为"青年社会主义建设积极分子"，记书面嘉奖1次。1976年5月转业至交通部科学技术情报所，主要从事翻译、编辑、检索工作。主要译著有：《公路建设与管理经济学》《汽车运输经济》等。

裴壮吾

国防建设翻译家　抗美援朝立功勋

洪泽湖边长大　革命家庭熏陶

裴壮吾出生的江苏省泗阳县是新四军根据地，位于洪泽湖北岸，而洪泽湖东岸就是周恩来总理的家乡淮安县。"我们村子种的地最远的就在洪泽湖岸边，洪泽湖一发大水，就把农田淹了。"裴壮吾对儿时的家乡记忆犹新，印象最深刻的就是抗日战争时期，全村男女老少躲避日军的扫荡。"一听说日本人来扫荡，我们都往洪泽湖边上跑。"这时洪泽湖就成了乡亲们避难的港湾。

为了阻碍日军进村，村民们想办法，把比较宽阔的大路，沿着进村的方向都挖开了大沟，结果不但没有阻碍日军侵略的脚步，反而为他们"领了路"。日军顺着大沟，偷偷摸摸地就进村了。后来新四军进驻，才有了和日军对抗的力量。但是当时"小米加步枪"的新四军枪支弹药等军事物资紧缺，每位战士临战前只配发三颗子弹，打完就没有了，更多的是打埋伏战，和敌人打游击。当时村子里有很多狗，每当日军一进村，狗都会疯狂地吠叫，惊动了敌人，也破坏了新四军的埋伏。所以新四军和村民商量，决定发起打狗运动。裴壮吾家里也有一只秃尾巴狗，非常聪明，白天就躲进高粱地里，半夜回家，裴壮吾的母亲还会喂它一顿饱饭吃，天不亮，它就又回到高粱地里了。

有一次，日军军船在沿河运送军火，新四军一支主力部队出击拦截，我军大胜而归，军民喜气洋洋。为了庆祝此次大捷，村干部号召各家各户捐款捐物，慰劳胜利归来的子弟兵。裴壮吾的母亲得知这一好消息后，立即把他喊回家，让他捉鸡充当慰劳品。当裴壮吾提着一只鸡向母亲交差时，母亲催他再抓一只，且口中轻声念叨着："一只太少，一只太少。"裴壮吾又去抓了一只母鸡，完成了母亲交办的任务。家里卖鸡蛋的钱，是母亲在拥有十几口人的大家庭中唯一的私房钱。平时，裴壮吾和弟妹们难得能吃上鸡肉和鸡蛋。这一回母亲却如此舍得，令幼小的裴壮吾对新四军产生了无限向往与崇敬之情。

裴壮吾家当时在村子里是首屈一指的革命大家庭。爷爷在世时，大伯和父亲并未分家，一大家人生活在一起。大伯家的两位堂兄都加入了中国共产党，父亲当时是国民党进步人士，并于1936年在上海加入共产党，被认为有培养前途，党组织准备送他到延安，在西安附近的三原农场等候其他人一同前往延安的时候，西安事变爆发了，迎来了国共合作的春天。此时身兼国民党、共产党两职的裴父听从组织安排，回到家乡，以国民党的身份和其在当地的影响力从事抗日工作，历任县政府秘书、参议员等职，主管统战工作；在文教科主抓教育工作期间，募捐筹办了泗阳县第一完全小学——裴圩小学，让散落于各个私塾和田间地头的孩子们有了正规的公办小学可上，裴壮吾和姐姐也就读于裴圩小学。父亲长期从事教育工作，中华人民共和国成立后，任安徽宿州师范学校校长，直至去世。

裴壮吾初中就读于淮阴和泗阳合并的淮泗中学，初中二年级的时候，淮泗中学成立卫校，部分师生转投卫校，原淮泗中学解散。正逢裴壮吾父亲调往洪泽湖西边的淮北中学任总务处主任，裴壮吾随父转到百里之外的淮北中学继续学业。不到一年时间，淮北中学也解散了，同学们有的参军，有的参干，年纪较小的裴壮吾则回到家里帮助母亲务农劳动。

1945年，日军宣布投降。抗日战争胜利后百废待兴，教育事业迎来发展。全国紧缺小学师资力量，有初中学历的人并不多。当时裴壮吾父亲的同事、泗阳县文教科长找到裴壮吾，希望他能在县里当一名小学教师。而还想继续求学的裴壮吾一开始并没有答应，他就陆陆续续找裴壮吾做思想工作。一年后，18岁的裴壮吾正式成为葛圩小学的一名小学教师，并于此时加入了新青团（新民主主义青年团，共青团前身），同时担任葛圩小学新青团支部书记。在裴壮吾发展的团员中，有一名和他年龄相仿的学生，后来参军，入抗美援朝战场时已经成为一名指导员了。"他虽是我的学生，我发展他入团，可是之后我们同在抗美援朝战场上保家卫国时，他已经是正连级干部，我才是副排级，虽然我的级别没有他高，但看到自己教出的学生有了不错的建树，我很欣慰！"

当时全国小学教师文化程度普遍偏低，各级政府每年寒、暑假总会安排集训班，以增强教师思想水平和业务能力。裴壮吾参加了位于淮阴专区的寒假集训班，适逢大伯去世，在上海华东局工作的堂兄裴琢吾回家奔丧，返沪时接走老母亲和妻儿，路过淮阴时，带上了裴壮吾赴沪。

赴上海俄专学习俄语，勤奋努力踏上从军之路

1949年秋，裴壮吾随堂兄来到上海，当时堂兄裴琢吾是中共上海市委秘书长刘瑞龙的随从秘书。经过华东局开具的介绍信，裴壮吾顺利进入了华东革大三部留校组，每天和共产党干部吃住在一起，裴壮吾逐渐找到了自己的努力方向，他想要学习俄语，报效祖国。

华东革大四部后来改名为上海俄文学校（简称俄专），即今天上海外国语大学的前身。俄专成立后，开出两批录取名单，裴壮吾属于保送生，在第二批名单内。"当时华东革大三部留校组办了一个俄语学习班，我参加了旁听，感觉很有兴趣。堂兄问我是否想学，我表示愿意。堂兄为我开了证明，上边有刘瑞龙秘书长的亲笔签字。我带着介绍信去找温仰春副校长，他收下了介绍信。但我还是参加了入学考试，并且取得了不错的成绩。"

　　上海外国语大学是新中国成立后由中国共产党创办的第一所外国语院校。从诞生之始，上外就与新中国的命运紧密地联系在一起，创校初心是响应新中国革命与建设之号召；培养人才的目标是服务国家建设之需要。1949 年 12 月 3 日，《解放日报》刊登了署名"校长姜椿芳"的《上海俄文学校招生简章》。裴壮吾是上海俄文学校第一期学员，报到入学日期为 1950 年 1 月 5—10 日。

华东革大附设上海俄文学校秋季开学合影

　　1950 年 2 月 6 日，上海发生了史称"二六轰炸"的事件。国民党出动 17 架次轰炸机，对上海的电厂、水厂、车站、码头进行狂轰滥炸，共造成 1148 人伤亡，1180 间房屋倒塌，上海几乎陷入瘫痪状态。2 月 14 日，《中苏友好同盟互助条约》在莫斯科签字。3 月中旬起，苏联派出一支参加过莫斯科保卫战的防空混合集团军，由巴基斯基中将指挥，携 115 架当时世界上最先进的战机，分期分批秘密运（飞）抵上海，在两个月中击落国民党战机 6 架，从而制止了国民党空军对上海的轰炸。同年 7 月，苏军防空部队全部装备有偿转让给中国，并帮助培训中国第一支航空兵部队，以及高射炮、探照灯、雷达部队。此时，俄语翻译人员成为上海防空部队的急需。

在此种背景下，裴壮吾全身心投入到俄语的学习中，对于"摸着石头过河"的第一批俄语学习者，无论是语法还是词汇，裴壮吾都下苦功夫攻克它们。"一到周末，我都要到堂兄家吃饭，从学校到他家的十几里路，我都用来背书。我们抓阄儿抽查背诵，老师抓到哪一课就要背哪一课，对所有被选的课文都要背会，我每次都能背得很好，外籍教授经常表扬我。"回忆这段求学时光，裴壮吾眼中流露出淡淡的骄傲。

1950 年冬，位于南京的解放军军事学院院长刘伯承元帅专程到上外听课并了解办学情况，对上外学员的俄文水平感到十分满意。建校初期的人才培养模式是为了更好地服务新中国的革命和建设需要，学校从第一批学员的最后一学期开始便安排学习各类专业知识，用现在的话讲，就是培养复合型外语人才。开设了军事班、文教班、工业班、财经班等共 9 个专业班，根据国家需要以及学员本人的特点和志愿重新编班。军事班着重空军、海军及机械化部队的知识；文教班主要学习文艺理论和文教政策，掌握文艺、电影、戏剧、教育等方面的基本知识；工业班的教学内容涉及冶金、机械制造、化工、工厂管理及交通运输方面的知识；财经班则以财政金融、贸易、银行、合作社、农业建设等方面的知识为主。裴壮吾就读于军事二班，并于毕业后参加抗美援朝战争。

"我是个老实人，小时候就是个乖孩子，既然学了俄语，就要服从组织分配，报效祖国，这也是当时很多同学一致的想法。一个人，做任何事都不能脱离现实，被编入军事班，那就要做好当兵的准备，穿上军装了，那就要做好上前线的准备。"

1952 年 2 月，陈毅元帅要求上外学员应该"小我"服从"大我"，就是让学员把自己的理想纳入祖国的需要、人民的期待中。裴壮吾从学校毕业，经过组织的审查，不负党和人民重托，毅然决然穿上军装，被分到了华北防空司令部办公室。因为出生革命家庭，父亲和两个堂兄都是中共党员，组织对裴壮吾很信任，让他担任了保密员，负责笔译有秘密等级的部队文件。

服从安排入朝参战，经历空中激战

1950 年 6 月 25 日，朝鲜战争爆发。7 月，以美国为主组成的所谓"联合国军"悍然入侵朝鲜，并把战火引向我国东北边境。10 月 8 日，中共中央做出"抗美援朝，保家卫国"的战略决策，组成中国人民志愿军，于 19 日开赴朝鲜前线，与朝鲜人民军并肩作战。

1952 年 7 月，裴壮吾越过鸭绿江，被分配在苏军空军前方指挥所和雷达探照灯站，被派往朝鲜朔州附近探照灯三营，任战地翻译。到了目的地后，部队领导为裴壮吾派来两名电话员，发了一支三八大盖步枪，提供一套炊具。他们在朝鲜老乡家借了一间农舍作为住处，用当地政府支援的木棒和稻草，在灯站阵地旁边，搭了个遮风挡雨的窝棚，在附近山坡上围了个厕所。这就是他们三人战斗小组的战前准备工作。探照灯部队的作息时间与众不同，他们是日落而作，日出而息，人人都得成为善于熬夜的夜猫子。生活艰苦程度可想而知。好在和裴壮吾做伴的两个战士都是穷苦家出身的孩子，具有吃苦耐劳的精神。"我之所以能够顺利完成当时的战斗任务，与这两名得力的助手是分不开的。"

裴壮吾的主要任务是，如实地将雷达所探测的敌机方位、距离、高度、航向、航速等信息，毫无遗漏地通过电话报告给我营指挥所。标图员把这些变化着的数据及时而准确地标在标图桌上，作为指挥员进行决策和向下属灯站下达命令的依据，以此来阻击敌机的轰炸，并击毁敌机。

　　志愿军探照灯三营的主要保卫目标是水丰水力发电站。裴壮吾到此不久前，它已被炸成半瘫痪状态，尚有几个涡轮在运转发电。"侵朝美军对这个重要工业命脉的存在是不会'甘心'的，无时无刻不在图谋彻底摧毁它。"

　　就在祖国人民兴高采烈欢度第四个国庆节的当天晚上，美军万恶的 B-29 重型轰炸机由 F-86 战斗机护航，一批又一批地向水丰方向飞来。裴壮吾所在的灯站阵地一片忙碌：灯手一个接一个地高声报读被搜索目标的数据，站长适时下达开关灯的命令。当照中目标时，站长便向裴壮吾喊道："中国同志开灯！"这时，电话线的另一端同时响起裴壮吾的声音："站长要求我们开灯！"一道道光束划过夜空，犹如一把把复仇的利剑刺向反着光的 B-29。紧接着，一串串小亮点向大亮点飞去。那是我军米格 -15 歼击机在向敌机发起攻击。当敌机被击中起火，拉着长长的黑烟向远方坠落时，战友们就会情不自禁地连声高呼："啊，敌机被打中了！"此时此刻，裴壮吾仿佛置身于围猎活动中，自己也是一名猎手，经过千辛万苦，终于把凶残的豺

裴壮吾荣获朝鲜颁发的军功章

狼射杀了，大家怎能不为此欢呼雀跃呢！

此后，B-29轰炸机又来过两次。一次是轰炸清城，另一次是轰炸被服厂。我营的一个灯站就是在敌机轰炸被服厂时被炸毁的。"真的是一瞬间的事。我那时是在探照灯三营九连任俄语翻译，该连有一个排和我所在的苏军灯站仅隔一个山头，那个排里20来个人连高中都没毕业，大部分不足20岁，就一个炊事员没被炸死，全排灯手全部牺牲，探照灯被炸得粉碎。为了埋葬死难者，连首长号召全连捐款购买裹遗体用的白布。我报名捐献一个月工资和10斤猪肉钱（翻译技术津贴）。被服厂这个灯站我去过，全排人都认识我这个裴翻译，他们全都比我年轻。活蹦乱跳的一群可爱的小青年，一夜之间全都为国捐躯，成为抗美援朝的烈士。'为有牺牲多壮志，敢教日月换新天。'和平来之不易，如今，国强民富，当全国人民过上舒心幸福的日子时，千万勿忘那些留在异国他乡的'抗美援朝，保家卫国'的烈士们啊！"

友军战友也对裴壮吾说过他们小高炮阵地被轰炸的惨状，很多牺牲者的姓名是从被炸断的胳膊上所文的字迹辨认出来的。裴壮吾曾随友军电话班乘车去过刚被炸过的朝鲜人民军医院所在地，见到B-29轰炸机扔下的重磅炸弹把平地炸出很大的弹坑，每个坑里都渗出很深的水。整个街道墙倒屋塌，电线杆东斜西歪；偶见几位遇难者的家属，无不显出哭干了眼泪的悲愤面孔。战争是残酷的，作为现役志愿军战士的裴壮吾，没有被敌人的凶残所吓倒，而是化悲痛为力量，决心在今后的战斗中用自己的所学帮助战友消灭更多的来犯之敌，不辱"抗美援朝，保家卫国"的伟大使命。革命军人，只有在对敌斗争的实战中才能体现生命的价值，《义勇军进行曲》唱得好："把我们的血肉筑成我们新的长城。"

由于朝鲜朔州郡冬季湿冷阴寒，裴壮吾工作环境简陋，昼伏夜出，任何天气环境下都不能离开阵地。很快，裴壮吾患上了严重的风湿性关节炎。"没死就是好的。比起我的很多战友死在我的面前，永远地留在了朝鲜战场上，我生个病不算什么大事。"

裴壮吾抗美援朝荣立三等功奖状

1953 年年初，裴壮吾病情加重，反复发烧，部队领导决定让他回国养病。3 月，裴壮吾回国，根据他入朝以来的表现，裴壮吾荣立个人三等功一次，荣获军功章一枚。以此为裴壮吾入朝参战画上了光荣的句号。裴壮吾觉得能有幸在抵御外来侵略的伟大长城中充当一块砖，是多么光荣和自豪！

有幸参与高炮改装，绿色青春闪闪发光

1955 年年初，裴壮吾被调到高炮第五一一团担任 100 毫米高射炮改装集训翻译。苏联派来一个连的官兵。课程分为兵器课和操作课。裴壮吾担任的是火炮兵器理论课翻译，备课极其辛苦，每天晚饭后都要伏案笔译苏联教员写的教案，词汇比较冷僻，翻译转换难度大，常常备课到晚上 12 点。

4 月培训结束，这批参加集训的中苏全体官兵来到河北省高炮靶场，准备进行实弹射击。

实弹射击正式打响那天，作为随从口译的裴壮吾跟随苏联技术副连长舒杰也夫寸步不离，丝毫不敢掉以轻心。所有炮位舒杰也夫全都要跑到，他的责任就是要保证全连火炮不能在射击中出现任何技术故障。而裴壮吾的责任则是要将舒杰也夫的意见与决策准确无误地翻译给实战官兵。

"嗵嗵嗵"，炮声惊天动地，震耳欲聋。不一会儿，阵地前有一处冒起一阵黑烟，舒杰也夫走到跟前一看，原来是炮弹信管出了毛病，弹头出膛后十多米就爆炸了，有惊无险，没有伤到人。

"嗵嗵嗵"，又是一阵巨响，发现有一门炮没有打响，整个炮弹从膛内退了出来。舒杰也夫三步并作两步，赶紧跑去一看，原来是个哑弹。他立即让裴壮吾告诉炮长把哑弹拖到预先挖好的深坑里，以防不测。实弹射击胜利完成了。

1958 年，高炮短期训练班全体合影

100 毫米高射炮是现代化的防空武器，实弹射击优异成绩的取得，与广大官兵的勤奋学习，以及苏军官兵的悉心传授是分不开的。在当时的历史条件下，翻译队伍付出的辛劳，同样功不可没。集训结束，裴壮吾所在翻译组荣立了集体三等功一次。他用所学所长让自己的青春在新中国国防建设中闪闪发光。

像这样重大的历史任务，裴壮吾大大小小执行过很多次。1957年海军在青岛有一次演习，恰好那年裴壮吾陪同苏联专家在青岛休假，这期间他有幸见到了毛主席；裴壮吾和专家亲眼看到了伞兵海上跳伞的壮观场面；1959年，裴壮吾随苏联地对空导弹专家组长及两位将军飞赴罗布泊；跟随地对空导弹专家押运24枚某型号导弹进京，亲眼见证三发导弹击落RB-57-D高空侦察机；1960年，裴壮吾随空对空导弹专家去东北军工厂，两次成功排除了某型号导弹战斗部（弹头）TNT炸药出现裂纹的事故。

其中让裴壮吾记忆最深刻的就是亲眼看见我军地对空导弹部队击落台湾国民党美制RB-57-D高空侦察机的经过。

1958年，裴壮吾与苏联专家在武汉长江大桥合影

　　1959 年，裴壮吾被调到空军技术部八处翻译科任翻译。那时，地对空导弹培训已经结束，翻译组成员正全力以赴投入笔译工作，有些外出的口译工作便由裴壮吾来承担。9 月，裴壮吾同部里一位参谋赴满洲里接收进口的地对空导弹。负责押送这批装备的是两名苏军军官，部里人称他们为订货专家。回京后，裴壮吾的主要任务是陪同及辅助他们向阵地、基地送货。国庆节后的一天去了东郊机场。中午，当裴壮吾在大食堂吃饭时，突然，"嗵嗵嗵"三声巨响，饭厅的人全部都惊奇地站了起来，循声向窗外望去。接着门外有人高喊："打中啦！敌机被打中啦！"当裴壮吾端着饭碗出去时，东南方向的空中 3 枚导弹爆炸的硝烟正在弥漫，硝烟下面一块块的敌机残骸在徐徐下落。"这顿午饭吃得好痛快！四菜一汤，还外加一只'烧（机）'哩！"

1959 年，裴壮吾与苏联导弹专家合影

第二天早饭后，裴壮吾在办公室前遇到曾同他一起随部领导、苏联专家乘飞机去西北出差的李参谋，他一见裴壮吾就喊："裴翻译，你要是得闲，跟我坐车看热闹去，去看被打下的 RB–57–D 空中侦察机去。它可是在实战中首次被打下的敌机啊！"

这天，裴壮吾除了亲眼看见被先进的防空武器打下的敌机残骸外，还有幸在参观场地上见到了贺龙、刘伯承两位元帅。不久之后，又接二连三传来导弹击落 U–2 高空侦察机的喜讯。"据说，导弹打游击，还是中国空军部队的一大创举呢！"

导弹击落敌机的胜利，让裴壮吾深深地感觉到：国防力量必须与时俱进，敌人的武器装备更先进了，我军也应该不断提高自己武器装备的科技含量，千万要接受"落后就要挨打"的教训。今天，92 岁的裴壮吾，回忆起激情燃烧的战斗岁月，击落敌机的胜利喜悦又一次涌上他的心头。往日的苦累以及死亡的威胁算得了什么呢？打得赢才是最重要的！

国防战线上翻译人员的工作是平凡而艰辛的，其作用，很像排球场上的二传手，球在他的手中传递得是否到位，对主攻手的击球效果至关重要。他乃是我军国防现代化事业不可或缺的角色啊！

技侦八团任教员　构筑加固北防线

1970 年，裴壮吾在技侦八团任翻译和教员。技侦八团的正式番号是空军技术勤务第八团，简称"技侦八团"。

20 世纪 60 年代，美苏在世界上争霸，中苏关系破裂，国际形势异常严峻，我国的战略重点随即从东南沿海转向三北地区。以裴壮吾为代表的一批掌握先进军事技术和熟悉苏联军备的专家，以自身专长参与教学和翻译秘密资料，加强防空部队建设，增强要地防空能力，增强北线防御力量。

当年，为了组建技侦八团，空军情报部从位于北京市某技侦一团抽调

1956 年，裴壮吾授衔留念

了包括团长在内的大批骨干和空军其他部队的许多优秀干部，另外补充了超过 50% 的新兵。相应的装备：如无线电侦测系统、录音设备、电传机、发电车……全部是动用了宝贵的外汇，利用民航系统从国外进口的。

技侦八团初建伊始，百废待举。在新兵占据大多数且兵源素质相对低下、全团转战千里分散在多个地方的情势下，能够整合部队，严格管理，创新侦听技术，使新部队能够与老部队齐头并进，裴壮吾等教员功不可没，并取得了良好成绩。在之后的侦听情报工作中，技侦八团都有亮眼的成绩，荣立过集体一等功，在当时空军十个情报团中出类拔萃，一鸣惊人。

科技信息略尽绵力，出版两本译著

1976 年，裴壮吾从部队转业到交通部科技情报研究所。很多科技情报的研究工作人员由于翻译作品是不公开出版的，他们的翻译成果很多，但往往不为人知。裴壮吾翻译过很多这样的材料，尤其是和高炮有关的。由于牵涉军事秘密，许多翻译作品是不允许署名的，更不可能公开出版。只有《勤务指南》印有裴壮吾的名字，其他的诸如使用规则、修理指南、测距仪、图 –16 轰炸机说明书等都没有译者姓名。

十一届三中全会以后，全国经济形势发展良好，科技情报工作逐渐由冷变热。进口外文资料，特别是俄文版的，几乎都要经过裴壮吾过目。其中有论述苏联交通运输经济的，如《公路建设与管理经济学》《汽车运输经济》等，感到自己有能力把它译成汉语。裴壮吾鼓起了勇气，把这两本书送给人民交通出版社的主编，寻问出版的可能性。主编说先译出两千字作为试稿。裴壮吾征得一位北大俄语系毕业的编辑同意，与他合译这两本书，试稿很快得到出版社通过。

　　两本译著，在他离休前如期完成出版发行。此译著已被北京国家图书馆收为藏书。裴壮吾心愿达成，他的个人简历，荣登在上海翻译出版公司出版的《中国科技翻译家辞典》第 203 页。

　　几十万字的译著，是一名老年翻译工作者向祖国和人民献出的一份薄礼！

裴壮吾个人简介被收录进《中国科技翻译家辞典》

成家虽晚，志同道合，携手人生

　　1990 年 6 月 1 日，满 60 岁的裴壮吾正式从交通部科技情报研究所离休。赋闲在家的裴壮吾开始帮在皮鞋厂工作的老伴儿的忙。老伴儿把一些剪皮子的工作带回家，裴壮吾、儿子、女儿齐上阵，一人一把剪刀，按要求保质保量剪皮子，每天生活无忧，充满乐趣的同时赚点"外块"补贴家用。

裴壮吾的爱人名叫黄淑兰，"我和她的结合也不复杂，某种程度上来说，算是一种巧合"。1967 年，裴壮吾在下农村支农期间，被分到通州东郊，黄东仪村是裴壮吾管辖的 8 个村之一。黄淑兰是黄东仪村的大队会计和团支部书记。当时是计划经济，裴壮吾和同事们在村里吃饭需要粮票，买东西要用钱票。裴壮吾离开时，需要和身为会计的黄淑兰结账，清算粮票和钱票。结完账后，裴壮吾对黄淑兰讲："你在城里（指北京）有亲戚吗？"

"有啊，我姐姐就在城里（指北京）头。"黄淑兰快人快语。

"你来城里看你姐姐的时候，可以来我家做客。"其实当时并未在北京安家的裴壮吾有点心虚，不过想到自己住的堂兄家也是"家"，就又安下心来，"你到时可以来东单西裱褙胡同找我。"

"我姐姐家在东单东裱褙胡同！"黄淑兰睁大眼睛，有些不可置信，这也太巧了。

这一段插曲过去后，裴壮吾并没有过多地放在心上。已经 37 岁的裴壮吾一心扑在事业上，已经过了成家的最好年纪，他也就"看开随缘"了。没想到的是，黄淑兰真的去找他了。

几天后，到东单东裱褙胡同姐姐家玩的黄淑兰，寻到了西裱褙胡同，在胡同口看到了一位妇女，就问她认不认识裴壮吾家。

"你是裴壮吾的爱人吗？"

"我是裴壮吾的嫂子。"这位妇女答道。问个路还能问到裴壮吾的家人，这也是注定的缘分了。

"裴壮吾是我弟弟，我弟弟现在还是光棍儿呢！"嫂子补充道，看着眼前的姑娘，觉得自己小叔子的婚事八成是有着落了。

黄淑兰把对方"我弟弟现在还是光棍儿呢"听进去并默默记在心里了。

从此，黄淑兰经常去看裴壮吾，一来二去，两人就熟悉了。裴壮吾有一次笑问黄淑兰："你总来看我，是不是看上我了？"

脸皮薄的黄淑兰没吭声，大概那个时候心里在默默吐槽裴壮吾是个"榆木脑袋"吧！

寒来暑往，到了 1970 年，组织调裴壮吾去位于山西大同的技侦八团当教员，黄淑兰又追到大同去找他。小裴壮吾 15 岁的黄淑兰心里认定了裴壮吾，就绝不在老家找对象，一心追随裴壮吾的脚步。

黄淑兰来大同之前，给裴壮吾写信，说自己要来大同找他，并告知火车到站时间。团里派了一辆吉普车到车站去接她。

"老裴，我在这儿呢！"一出站台，正好看到裴壮吾从吉普车上下来，黄淑兰大声喊着，并向裴壮吾奔来。

指导员看到黄淑兰紧张兴奋的样子，就问裴壮吾："这是不是你对象？"

"她来看我，是不是对象得问她，我不知道。"或许是对自己年龄偏大的不自信，裴壮吾支吾道。

裴壮吾与家人合影

指导员要把好人做到底，追问道："她这么远来看你，是不是有意思和你结婚？"

没有得到黄淑兰的明确表示，裴壮吾心里也没底。

指导员不声不响开始搞外调，查到了黄淑兰的老家地址，就买了车票到黄淑兰家里搞调查，得知黄淑兰哥哥是村大队党支部书记，她自己是团支部书记，又是会计，无论是思想觉悟还是文化程度都跟裴壮吾很相配。指导员回到大同就向政委汇报了情况。

组织上批准了裴壮吾和黄淑兰的结婚申请。二人买了西瓜和糖果，在部队举行了简单的婚礼。那年，裴壮吾40岁，黄淑兰25岁，从此风雨同舟，携手相伴。两人志同道合，感情深厚，婚后育有一儿一女，生活幸福，直到2020年，黄淑兰生病在北京家中去世。

来到燕达安享晚年

独居的裴壮吾自己生活了一段时间，随着年龄增大，儿子不放心，就接到自己家中照顾。几年后，身体还算硬朗的裴壮吾和儿子商量，选择住进养老机构。2022年2月11日，裴壮吾入住燕达金色年华健康养护中心，每天都到温泉游泳馆去游泳，几乎不间断。

"我每天日子自由又安逸，我喜欢吃饺子，食堂每天都有很多餐食可选，也几乎天天都能吃到饺子。我92岁高龄了，到目前为止尚能自理，我很满足了。"

刚刚过去的五月，裴壮吾迎来自己92岁的生日。因为疫情，孩子们都不能来到身边为他庆生。原本以为自己会孤孤单单过生日的裴壮吾却在生日当天收获了更多的祝福。"是燕达的工作人员，有我的养老顾问、护理员，还有护士，大家热热闹闹地陪我过生日，我感觉很温馨，这里就像家一样，他们就像我的孩子一样亲切。"

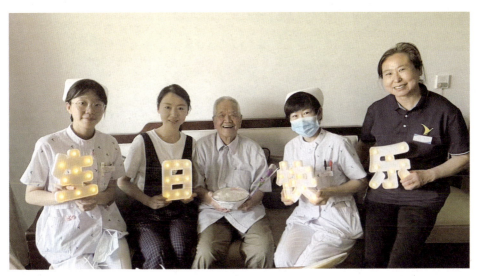

2022 年 5 月 22 日，裴壮吾在燕达过 92 岁生日

　　"我儿子裴育公是林业工程师，从事环保工作；女儿裴育勤继承母亲的衣钵，做会计工作，在一家私企做首席财务官；孙女在加拿大上学，刚读大一；外孙学美术，刚刚毕业，正跟着教授做服装设计工作。"裴壮吾讲起自己的儿孙，一脸的骄傲和欣慰。

　　也许，作为新中国翻译家、革命家、教育家的裴壮吾职业生涯已经圆满落幕，但子孙后代建设祖国的志向和朴实勤奋的家风会世代传承下去，这是裴壮吾的心愿，也是万千峥嵘岁月中走来的革命前辈的心愿。

国家建设

诸葛俊鸿，1929 年生，湖北人，中共党员。1949 年肄业于南京大学文学院外语系英文专业。1952 年毕业于中国人民大学俄文系。曾任中国《林产工业》杂志主编、中国老教授协会林业分会委员、中国老科技工作者协会林业分会常委理事、中国科学技术期刊编辑委员会林业专业委员会副主任、中国木材工业学会人造板学组委员。1989 年，从林业部林产工业规划研究设计院退休。中国林业书法家协会会员，中国翻译学会会员。

诸葛俊鸿

从最热到最冷 祖国指哪儿我"打"哪儿

走进诸葛俊鸿和吴曼坡两位老人位于燕达金色年华健康养护中心的家，幽幽的爵士乐伴着咖啡香袅袅飘来，正值下午3点，这是两位老人的下午茶时间。

见有来客，忙起身招待。

准备好杯碟，将黑咖啡粉末倒进去，刚烧开的水倒入杯中，滚烫的开水搅得咖啡粉末肆意翻滚，浓郁的香气瞬间飘散开来。这还不够，老人转身从桌上拿出一块黑巧克力，剥开包装纸，将巧克力投进咖啡杯，顿时，巧克力的浓香伴随咖啡的香气再次涌入鼻腔……

端起咖啡杯，品一口又香又甜的咖啡，耳边的爵士乐悠扬悦耳，眼前，是两位童颜鹤发的老人享受幸福的微笑。

风吹雨打知生活，苦尽甘来懂人生。这才是幸福晚年该有的样子。

对待生活有如此的品质和浪漫，与两位老者的教育背景和工作经历有着密不可分的关联。

诸葛俊鸿曾在南京大学英文专业求学，毕业于中国人民大学俄文系，吴曼坡则是上海外国语大学俄文系的高才生。工作过程中，两人经常与外国友人打交道，自然而然感染了很多西方的生活习惯。

生活习惯虽然有些西化，心却始终向党。虽然已经 92 岁高龄，两位老者始终秉承着新中国第一代大学生的精神：热爱学习、坚守使命、一心为国，祖国指哪儿就"打"哪儿。

湖北汉水老镇走出的大学生

千帆过尽斜阳夕，百年兴衰鲜人知。

地处汉江中游东岸、位于湖北襄阳上游的老河口是个有着两千多年历史的老城，也是一个有着悠久历史的商埠，曾有"天下十八口，数了汉口数河口"之说。因为汉江便利的运输条件，老河口成了上下游货物的中转枢纽，使得此地的市场日趋繁盛。清末民初的老河口，已成为手工业发达、商业繁盛的鄂西北重要商埠。

1915 年后，外商逐渐渗透到中国内陆，美、英、德、日、法五国外商接踵而来，在老河口开办有亚细亚洋碱公司、英美烟草公司、美孚洋油公司、南洋兄弟烟草公司、中英制糖公司等，并开设了医院、教会、教堂。诸葛俊鸿的父亲，当时就是英美烟草公司的一名库房管理员。

父亲工作的英美烟草公司，经常有大量的纸烟输入，库房的管理就显得格外重要，一个不认真，损失就会很大。父亲当班的时候，几乎从未出过差错，老实守信的作风得到了公司老板的信任，所以，在那个资本家一个不满意就会动辄辞退工人的年代里，父亲一直在这家公司工作。稳定的工作带来稳定的收入，因此，诸葛俊鸿一家在生活方面一直比较有保障，他也基本上没有吃过什么苦，顺利完成小学、中学的学业。

在诸葛俊鸿的记忆里，中华人民共和国成立前的孩子们大都念私塾，教书的不叫老师，叫先生。先生穿的是长衫大褂，手里拿的是戒尺，讲的是"人之初，性本善"。先生一个字一个字地念，孩子们跟着念，孩子淘气不好好念，先生的戒尺就要劈头盖脸打来了。

先生还会带着私塾的学生们学写字，从一二三开始教。孩子们上课都要用毛笔，每天都要练习书法。这让俊鸿在小小的脑海里留下了对书法的深刻印象，也成了他喜爱书法的最直接原因。之后，经历初中、高中、大学，直到参加工作，诸葛俊鸿都喜欢用毛笔写字，退休之后更是勤于练习，书法水平相当出色。

私塾结束之后，诸葛俊鸿先后在湖北老河口均县完成小学和初中学业，后在襄阳完成高中学业。按照他的计划，1947年高中毕业之后，他就会去武汉报考武汉大学。但令人没想到的是，密集且频繁的人口流动，让那个时候的武汉成为疫病流行之地，再加上当时饱受战乱之苦的民众身体素质普遍下降，居住条件和卫生环境恶劣，疟疾开始在社会上流行。诸葛俊鸿不幸染上疟疾，生病后身体虚弱，拿不出更多精力备考，所以失去参加武汉大学考试机会。

但是，他并没有就此放弃大学梦。

1947年的中国人民正在饱受战争之苦，广大青年学生在中国共产党的领导下，始终不屈不挠地同反动政府进行斗争。在年轻的诸葛俊鸿眼中，他也希望成为青年学生中的一员，加入反饥饿、反内战、反迫害的队伍中，给国民党反动统治以沉重打击，为建设新中国而奋斗。

当时，诸葛俊鸿的二哥诸葛明是一名由郭沫若带领下的抗敌演剧队的队长，经常肩挑背扛着演出道具、背包、行李和灶具，辗转四处，以演剧的方式开展宣传。诸葛俊鸿考试失利之后，便跟着哥哥所在的抗敌演剧队，既能长见识，还能趁机多学点知识，为考大学做准备。

他先是跟着二哥去了重庆，二哥在抗敌演剧队演出，他就在重庆大学先修班进修学业。一年后，哥儿俩后又辗转到了南京，一起进入南京文艺工作团工作。

"当时的文工团里有很多组，比如演出组、美术组之类，团里的领导看我这个十八九岁的年轻人不错，还有点文化，就给安排到了综合报道组工作。"平常，诸葛俊鸿的主要工作就是跑跑腿、打打杂、写写材料，偶尔还上台客串客串临时演员。

他印象中，当时二哥主演的一部戏缺演员，没什么演出经验的他不得不硬着头皮上场为哥哥救急。上台前，他临时抱佛脚地学了几句台词，假装镇定地上了舞台，没想到众目睽睽之下的自己居然这么紧张，说完了自己的台词就赶紧跑下来了，前后连五分钟都没到，成了他人生中一段有趣的小插曲。

那时候的新中国刚刚成立，中国结束了半殖民地半封建社会的性质，赢得了国家独立，开辟了中国历史的新纪元，真正成了独立自主的国家，中国人民从此站起来了，翻身做了主人。

虽然参加了革命工作，但作为新中国的新一代青年，诸葛俊鸿很想尽快投入到社会主义建设中，誓要通过科学技术为改变中国一穷二白的苦难局面出一点力，所以报考大学依然是他念念不忘的事情。另一方面，文工团的领导整天看着这个年轻人打杂觉得有点可惜，也建议他去报考大学。最后，带着二哥给的一些钱，诸葛俊鸿报考了南京大学。本想报考航空系或者化工系，但是因为理工科的底子实在薄，最后被南京大学文学院的英文系录取，成为一名大学生的梦想终于实现了。

国家需要 义无反顾更换大学专业

那时候南京大学（原为中央大学）的校园里，可谓是卧虎藏龙，随便问起一位教授，那都是履历不凡的，当时教诸葛俊鸿英语的教授陈嘉就是其中一位。

陈嘉是我国著名的翻译家、教育家和英美文学专家。1928 年，他从清华学堂毕业后赴美留学，先后获得威斯康星大学文学学士学位、哈佛大学文学硕士学位和耶鲁大学文学博士学位。学业有成后，他决定立即回国报效祖国，先后就任浙江大学、武汉大学、西南联大以及中央大学（南京大学）外文系教授。从 1949 年起，长期在南京大学外国语言文学系执教。学风严谨求实、精益求精，是诸葛俊鸿对陈教授最深刻的印象。

那个年代学习英语专业，可不像现在，有如此之多的媒体手段和丰富的外语教材，有一本英文原版教材、能听到英文原版录音，就已经是非常难得的了。那个年代的英语老师，也不像现在，从音标、词汇、语法一点点、一句句地教，老师只是在关键的地方讲关键的内容，绝大部分需要靠学生平日里刻苦努力。

诸葛俊鸿记得，有一次陈教授让大家去学习英国作家查尔斯·狄更斯的作品《双城记》，教授并没有带着大家一起阅读，精讲句式和语法，而是直接选取了几页，让大家回去自己用英语阅读，将自己对这几页内容的理解写好交上来再点评。诸葛俊鸿说，每个同学都会暗暗使劲儿，使出浑身解数好好准备，大家都是为了能够在有限的时间里尽快掌握更多的知识和技能。因为，那个时候，国家的经济生产亟待发展，他和所有大学生都有一种特别的使命感，一种为国家命运而学习的拼劲儿。

在南京大学英语系学习期间，凭着勤奋刻苦和一点点的天赋，诸葛俊鸿很快掌握了英语专业知识，正当他以为自己今后就要一直与英语打交道的时候，学校突然通知他，他被选中派去中国人民大学学习俄文，理由只有四个字：国家需要。

1949 年新中国成立之后，如何把中国建设成为一个强大的社会主义国家，就成为第一要务。当时的苏联有 30 多年建设社会主义的经验，并且取得了巨大成就，积累了丰富的经验，苏联走过的社会主义道路和模式，自然而然成了新中国建设可供参考的模板。很多苏联专家受邀来到中国，在各个领域支援新中国建设，这时就需要大量俄语翻译人才，作为沟通桥梁，辅助苏联专家在中国开展工作。于是，中国人民大学开设了俄文专修班，国家从全国高校选派优秀的语言类人才，来到这里进行培训，这其中就包括诸葛俊鸿。

刻苦学习了约两年的英语，突然要换成一个完全没有接触过的新语种俄语，而且要快速学习，确保毕业后能迅速上岗，这其中要面临的困难和压力可想而知。但诸葛俊鸿从来没有考虑过这些，既然国家选派了他，那就是对他的信任，为了对得起这份信任，他唯有更加努力。

很快，诸葛俊鸿和几位同学从南京搬到了北京，跟来自全国其他高校的优秀学子齐聚人民大学俄文系，经过半年的马列主义、政治经济学、资本论等理论课程的学习和思想改造之后，正式开始学俄语。

为了让学生们学好俄文，中国人民大学配备了中国老师和苏联教授，教材也都是参考苏联高等学校最新教本编定的。在诸葛俊鸿的记忆里，老师们都非常严格，上课的时候也从不讲中文，一上来就是俄文。一开始，诸葛俊鸿每次上课都听得云里雾里、连蒙带猜的，但凭着之前学习语言的基础和天赋，他很快掌握了俄语的听力和简单口语对话。

谁知，刚学了半年左右，来自莫斯科大学的苏联教授就开始给这些高才生们出难题。有一次，为了检验同学们的学习成果，苏联教授让他们每个人选取一段毛主席的历史故事，然后自己翻译成俄文，拿到课堂上来展示。诸葛俊鸿别出心裁，找了一首歌的歌词来翻译，而且他不是直接将中文翻译成俄文，而是从英文翻译成的俄文。

东方红、太阳升，中国出了个毛泽东……这首《东方红》诞生于黄土高原的民歌，用朴实的语言，唱出了人民群众对毛泽东主席及其领导的中国共产党的深情，诸葛俊鸿在翻译的时候，也饱含着深情。交作业的时候，诸葛俊鸿给苏联教授递上这份翻译作业，教授看后十分惊喜，连连点头称赞，没想到一个仅仅学习了半年的大学生，就能把这首民歌翻译得这么好。

1952 年 8 月，为期三年的俄文系学习结束了，这些学员们也到了说再见的时刻。这群新中国的第一批俄语专业人才很快被分配到各大部委开展翻译工作，有的则被派到莫斯科继续深造。诸葛俊鸿则被分配到林业部，开启了他的全新人生。

1952 年 6 月，中国人民大学俄文系第一届第一班毕业纪念

南下最热的海南岛　结下橡胶情缘

　　带着人民大学发给学生的棉袄、棉被，简单地卷成一个铺盖卷，诸葛俊鸿和另外几位人大的同学，就这样坐着林业部派来的三轮车，来到了位于北京本司胡同里的一个四合院，这里就是当时的林业部临时办公场所，一位姓张的副部长亲自接见了这几位年轻的毕业生。

　　在 1952 年，大学生可以说是各单位的"稀罕物"，多多少少会带着点高人一等的感觉。张副部长和四位大学生见面之后叮嘱他们的第一句话，就让诸葛俊鸿记了一辈子。"年轻人，你们不要骄傲，要谦虚谨慎。因为从今天开始，你们就是国家的翻译人员了，要为人民服务。"

这句话让诸葛俊鸿顿时觉得心潮澎湃，能够成为国家的一名工作人员，还能为新中国林业建设贡献自己的力量，自豪之感油然而生。年轻的他暗下决心：脚踏实地，勇往直前。

与张副部长谈完话之后，诸葛俊鸿和三位同学还分别领到了10元钱，正值困难时期，工作第一天居然就领到了"工资"，他们到附近的炒面馆买了一碗面，呼噜呼噜吃下去，开心得不得了。揣着炒面馆找回的零钱，诸葛俊鸿跑到了新华书店，用剩下的钱买了两本大字典：英俄大字典和英汉大字典。这两本字典也成了日后陪伴他开展工作的"好伙伴"。

进入林业部工作一开始，诸葛俊鸿的主要任务就是做好翻译工作。他经常参加一些重要的会晤，协助林业部的业务部门与苏联方面的专家进行沟通和翻译，他还要经常查阅苏联林业森林工业方面的报纸，了解林业发展趋势，翻译成中文后向领导汇报。

这样的工作状态持续了一段时间，单位发来了调令，派诸葛俊鸿前往海南，配合苏联专家从事橡胶种植工作。

新中国成立初期，祖国的橡胶科技领域几乎空白，中国的天然橡胶基本依赖国外进口。而朝鲜战争爆发后，西方国家对中华人民共和国实行更加严厉的封锁禁运政策，橡胶被列为主要禁运的战略物资之一。为粉碎西方帝国主义封锁禁运的阴谋，满足国家经济发展和国防建设的需要，中共中央做出在华南地区建立天然橡胶生产基地、发展新中国橡胶事业的战略决策。同时，由于以苏联为首的社会主义阵营急需大量天然橡胶原料，1950年中苏会谈时，毛泽东和斯大林签订了《中苏联合发展天然橡胶的协议》，确定3年之内在中国种植橡胶800万亩，1959年开始向苏联出口橡胶。

其实海南岛并不符合当时国际上公认适宜大面积种植橡胶的条件，岛上只有一些零星胶园。而面对严峻的国际形势，中国坚定自主发展天然橡胶事业，用实际行动回应西方的封锁。1951年11月，作为华南橡胶垦殖基地指挥决策机构的华南垦殖局在广州成立（次年迁至湛江市），下辖高雷、广西、海南三大垦区。

从那时开始，我国就陆续从各地动员、调集和征集以人民解放军为主体，包括农林专家、技术人员、大学生以及归国华侨等在内的数十万人奔赴雷州半岛和海南岛，打响垦殖天然橡胶的"战役"。这其中也包括诸葛俊鸿，他被派往这里，跟着苏联专家一起，从事翻译工作。

据史料记载，苏方在执行协议时，除了提供7000万元卢布的贷款、大批农业机械和汽车支援，还派来一批专家，就是协议中说的技术援助。专家分几部分：一是勘察设计方面的，主要负责胶园建设、农场分布的规划设计；二是机务方面的，负责机械的使用、维修及培训；还有就是林业和农业方面的。与他们一起到来的，还有大批森林和开荒用的拖拉机、机具修配设备和运输车辆等物资。

诸葛俊鸿回忆，来自苏联的专家前前后后有一百多人，当时这些专家在海南受到的接待规格高，地位也高。由于刚解放，还有特务出没，国家专门派出兵力，保护这些苏联专家的安全。"每个专家都有战士跟着，晚上睡觉也有布防，我们来来去去都是坐美式吉普车，还算是安全。不过当时的确在海边发现过橡皮船，看上去像是偷偷登陆的，也的确存在一定的危险，为了能加快国家的建设速度，在安全方面，国家给了苏联专家以及我们这些工作人员极大的保障。"

诸葛俊鸿说，当时的苏联专家，确实为开垦建设海南的胶园发挥了一定作用，特别是机械的使用。苏联专家曾经说过，开荒的办法都是用人力来进行，消耗劳动力多，要把机械化问题列入研究计划。他跟着苏联专家一起在荒地里工作的时候，就采用了苏联产的拖拉机进行开荒耕作。

刚解放的海南可没有今天的繁华，到处是杳无人烟的荒芜景象。温度高、湿度大、路况也差，在荒野与密林中开展工作经常会遇到各种困难。有时候，苏联专家要外出勘查，经常要砍出一条路来通行，一不小心还可能划破衣裤；在野外，被蚊虫叮咬是家常便饭，还会经常遇到毒蛇、蜈蚣等。

丛林中的树木、石头、草丛间都经常藏着竹叶青这样的毒蛇，看着让人头皮发麻，要迅速躲开。

不过，在这么艰苦的环境里工作，也有惬意和快乐的时刻。原始状态下的海南是一个极其安静，特别美的地方，当地的村民也都朴实热情，在烈日炎炎的野外工作时，村里的乡亲会给他们摘下椰子解渴。

在海南岛不仅能看到当地的村民，还能看到"原始人"即土著人，这对于诸葛俊鸿来说，可以算是人生的奇遇了。有一次，他和几个专家以及连队的战士来到五指山下，意外地看到了当地的"原始人"。"他们不穿衣服，真的只用树叶随便遮一下。"诸葛俊鸿说，他们刚一出现，就发现一下子来了数十名土著人，围住他们好奇地看着，吹着哨子，叽里呱啦说着听不懂的话。本来他们是去看"原始人"的，结果反而被原始人围观了。好在团队里既有广州来的，也有海南本地人，还有懂土话的，经过了三四道翻译，大家才知道这些原始人说的是什么。原来，这些原始人看着诸葛俊鸿这些人，也非常好奇，一直在问他们是不是外国人。

当时，在位于广东的雷州半岛上有一个苏联专家的工作站，每个礼拜，诸葛俊鸿要跟着专家顾问从海南岛出发，乘船穿越琼州海峡，前往雷州半岛向总顾问汇报情况，别看琼州海峡不宽，但是从海口到雷州半岛要渡过一个70多千米的海峡，海面的情况复杂多变，每次乘船都存在着一定的危险系数。

20世纪50年代的船只都相对简陋，基本上一个木船加上一个发动机，就开去横渡海峡了，有几次险些翻船。

有一次，诸葛俊鸿和专家乘坐的船只开进海峡的中间，就突然起了大风。整条木船顿时在海面上下飘摇，顺着浪花腾空，很快又跌落下来，感觉像是坠入了万丈深渊。诸葛俊鸿紧张极了，双手紧紧攥着栏杆，就像快要把肉嵌进栏杆一样，生怕一个打滑，自己就被甩出了船舱。虽说自己来自湖北汉水，见过了不少大江大河，可这种海面上的大风大浪真的是头一次经历。好在船工经验丰富，经常穿越这条海峡，经历过不少复杂的情况，最后在他稳健的操作下，顺利抵达了目的地，两个苏联专家打趣地跟诸葛俊鸿开玩笑："我们以为我们要为中苏的和平事业付出生命了。"

虽说过程很惊险，但是诸葛俊鸿回忆起来，还有一些好玩的意味。"毕竟当时很年轻，根本不会想很多，什么危险啊，丢了生命啊，就是觉得党对我信任，党叫我去哪里就去哪里，打起背包就出发，到了那儿就干好自己的工作，根本没有多想，一心为了新中国的建设。"

1953 年，诸葛俊鸿和吴曼坡在海南与苏联卫生专家合影

在海南的翻译工作持续了一年左右的时间，因为工作需要，诸葛俊鸿很快又被调派到了别的地方继续为苏联专家做翻译。而他曾经"战斗"过的海南岛，经过几代人的不懈努力，到 2020 年，海南天然橡胶种植面积达到777.83 万亩，产量 33.78 万吨，约占全国总产量的 40.5%。经过近 70 年的发展，海南天然橡胶产业从无到有、从小到大、从弱变强，为我国经济社会发展特

别是国防安全作出了重要贡献。看到这组数据，诸葛俊鸿的内心会升起一点点的小自豪，因为这里也包含了他一点点的小贡献。

还有，在短短一年的工作时间里，诸葛俊鸿还与陪伴自己一生的爱人吴曼坡相识、相知、相爱了，所以海南对他们来说，有着别样的情缘。

北上最冷的大兴安岭　唱响大森林中的中苏友谊之歌

在海南工作了一年之后，国家调派诸葛俊鸿和其新婚不久的伴侣一并前往东北地区，配合苏联专家开展大兴安岭原始森林的航空测绘工作。

新中国成立之初，百废待兴，百业待举，各方建设事业需要大量木材。广袤的大兴安岭林区却处于原始状态，资源不清。1953年，周恩来总理代表我国与苏联签订了《援华建设协议》，大兴安岭森林航空测量调查就是其中一个合作项目。这个项目是苏方派遣专家，协助中方通过详细勘查，摸清大兴安岭的森林资源，为开发利用大兴安岭森林、实行永续作业提供根据。

航空测量调查的基本工作内容，就是航空摄影人员乘坐飞机飞到森林上空，从3000米高空中拍下照片，再将拍摄好的照片进行后期加工，制作成测绘资料。飞机上既需要摄像员也需要飞行员和领航员，因为有苏联专家，所以诸葛俊鸿这样的翻译人员也要同机起飞，协同工作。

当时诸葛俊鸿已经跟吴曼坡结婚，两人告别炎热的海南岛，带着国家的调令，迅速赶到了内蒙古，加入了航空测量的工作中。工作环境从最热的地方到了最冷的地方，两位年轻人也丝毫没有思想负担，坚定地认为国家需要去哪儿，我们就去哪儿。

与此同时，还有更多人先后赶来，这其中有林业部调查设计局的技术人员，以及各高等院校和各省区派出的业务骨干，还有苏联派出的一批富有经验的专家，以及若干架航空测量用的飞机。中苏双方不仅要共同配合完成这项工作，在这个过程中，中方还要向苏方学习有关技术，以便今后适应日益发展的林业事业需要。

到达内蒙古之后，诸葛俊鸿依然以全身心的热情投入新的工作当中，调查队的勘测工作分为航空勘测和样地勘测，航空勘测主要通过飞机航拍，测量森林的各种数据；样地勘测则需要队员在森林中扎营，逐块地进行测量、鉴定，每一种物种、每一棵树、每一寸土壤、每一处地形都要进行详细的记录，计算木材的蓄积量，分析不同木材适宜的用途，从而弄清楚各主要树种的面积和大致林龄。

航空摄影并不是一件简单的事。对气候条件、航高和航速均有很高要求和严格规定。航拍均由苏联专家完成，我方由林业大学生伴随学习。拍照使用的是苏制高空摄像机，安装在飞机的底部，通过特制的影孔拍摄大量的森林照片，最后制作成森林航测图，再通过判读弄清各主要树种的面积和大致林龄。

诸葛俊鸿现在还记得，当时他每天乘坐的是一架编号为1446、型号为120的苏联飞机。早上8点多，他就和机组人员会合，跟着飞机起飞到3000多米的高空，开展翻译工作。如果气候条件不能满足航拍则需要立即返航。

在工作过程中，苏联专家通过设备报出的气压、风速、航高等数据，诸葛俊鸿要迅速翻译成中文，告诉地面控制站的人员，并且随时与地面的中国气象部门和军事单位保持密切的沟通。

"那时候的照相机可不防抖，飞机只有在保持绝对平衡的情况下，才能开始航拍，对气候条件有严格要求，上下波动有严格规定，否则无法成图。"虽然从未接触过航空测量这样的专业知识，好学勤奋的诸葛俊鸿很快就在业务上与苏联专家和中方的学员沟通无障碍了。

需要绝对准确地汇报这些航线数据还有一个重要的原因，那就是因为这是一架苏联飞机，不能随意乱飞，有中国军事部门随时监控，航线是否准确就全靠诸葛俊鸿报告的数据了，一旦弄错，后果将不堪设想。

就像上次在琼州海峡乘船遭遇的大风大浪一样，在飞行旅途中，诸葛俊鸿也经历过一次惊魂时刻。

那是一次从北京飞到重庆的飞行，途中路过秦岭。秦岭地理环境和气候条件较为复杂，气候多变，1446 号飞机刚刚起飞的时候，一切良好，但刚刚进入重庆区域，天气就发生了变化，乌云密布、雷声滚滚。在这种情况下，对于飞机的安全飞行是十分不利的。

飞机上的苏联领航员虽然已经有 2000 多小时的飞行经验，面对这样复杂的情况，他也十分紧张。诸葛俊鸿更是没有经历过这样的场景，手心已经开始冒冷汗了，但他告诉自己，一定要冷静，一定要冷静。

地面的工作人员是中国人，机上的工作人员是苏联人，在这一刻，全要靠诸葛俊鸿一个人来无缝对接，一个数字翻译错了，都有可能造成机毁人亡。飞到成都上空的时候，地面的工作人员用中文告诉 1446 号飞机，他们需要严格按照盲目飞行图来飞行，不能偏离航线。诸葛俊鸿赶紧将这句话一字不落地翻译成俄文。

这还远远不够，在飞行沿线，有很多个地面控制站，尚未飞到他们上空的时候，机组就需要与地面控制站的工作人员及时进行信息对称，飞机驾驶员需要听从地面控制站的指令，决定是否继续往前飞，还是要找地点降落。每到一个控制站，诸葛俊鸿就要迅速将飞机的飞行速度、高度、气压等数据用中文准确汇报，地面控制站接收到信息之后，对飞机的情况做出判断，是继续飞行，还是要降低到多少米的航高，转弯的角度需要有多大。而这些回复，他又立刻翻译成俄文，告诉飞机上的苏联专家，让飞行员迅速调整。

一路上共有 20 多个地面控制站，诸葛俊鸿就是这样始终保持着高度集中的精神，用极高的专业素养，精准地完成了与地面控制站的沟通工作，最终，飞机平安降落目的地。飞机最后降落的时候，稍微有一点点跑偏，机翼稍微有点受损，但是和刚刚经历的那一场生死时速相比，这已经不算什么了。

走出机舱的那一刻，所有人都松了一大口气，苏联专家们更是挨个跑过来紧紧拥抱诸葛俊鸿，给这个小伙子竖起大拇指。他这才发现，机场外已经停了救护车，来了不少救护人员，当地的市长都来迎接他们了。

1955 年年底，诸葛俊鸿随专家及苏联领航员在昆明机场合影

在森林航拍过程中，诸葛俊鸿和苏联专家相处得非常融洽，不工作的时候，中方和苏方的工作人员一起联欢，建立了深厚的跨国友谊。当时，诸葛俊鸿的主要工作是参与航空摄影，爱人吴曼坡则是在地面参与测绘制图翻译，拍摄人员在飞机上拍下的照片，返回地面后要经过洗印才能成像，用于制作森林资源分布图。

根据历史资料，当时，苏联共派出 4 架飞机及相关仪器设备，139 名苏联专家来华，中方配备了航空摄影测量人员 45 人、航空调查和地面调查人员 160 多人跟随苏方专家学习。1955 年结束航空摄影任务时，共完成了航空摄影底片 5 万多张，完成航空调查面积 1180 多万平方米，并出版了详尽的大兴安岭森林资源调查报告，而这些为之后大兴安岭森林资源的开发与利用等各项工作打下了良好的基础。

虽然经历过危险，也吃了不少天寒地冻的苦头，但诸葛俊鸿依然感觉到自豪，在林业发展方面，他又作出了自己的一点点小贡献。

在大兴安岭原始森林工作了一年左右，诸葛俊鸿和吴曼坡被调回北京，经历了南下的酷热和北上的严寒，他们再次回到了林业部工作。

编辑出版专业书籍　助力国家林产工业发展

回到林业部之后，诸葛俊鸿先进入了林业科学院的情报研究室做翻译工作，"这个情报可不是涉及国家安全的那种情报，指的是在林业发展过程中，我们这些外语人才去寻找一些外国的先进技术经验，翻译成中文供国内参考，为的同样是加快新中国的建设速度"。之后，他又调到林业部的林产工业设计院下属的编辑部从事编辑工作，引进并翻译国外在林产工业方面的先进经验，编辑国内的论文和生产经验类的文章。"我们国家在这方面的技术比较落后，当年，我们连人造板都不知道是什么，这些都需要我们从国外学习和引进。"

为了防止森林资源的过度开发，我国也实施开展了木材综合利用的政策，这项政策在西方世界早已实施。瑞典以生产湿法纤维板为主，德国则为刨花板，意大利和芬兰是为胶合板，美国为干法中密度纤维板，而日本不开采本国的森林资源，主要进口。这样做的结果，保护森林资源，增加了森林国地的覆盖率，大大地改善了生态环境。《林产工业》编辑部为了适应国家的木材综合利用这一政策，在这一时期，刊物介绍的主要方向是国外在这方面的先进科技和经验，诸葛俊鸿和有关同志合译的书籍：《纤维板生产工艺学》《刨花板手册》《碎料板》等，独自译有《摄影和航空摄影》等十余本译文，主编有关专业专辑数十种；合编有《纤维板生产技术问答》《刨

诸葛俊鸿和有关同志合译部分书籍

1964 年，诸葛俊鸿在德国访问

1964 年，诸葛俊鸿在比利时访问

花板生产技术问答》等。上述译作，均由相关出版社发行。此外，诸葛俊鸿还从国外期刊杂志上摘译数十篇科技文献，共计数十万字。凡此种种，对国家制定合理利用木材，对企业组织生产规划，对学校教材参考，均起到一定参考作用。

20世纪50年代，中国对人造板的制造认知还比较有限。所有人造板，如胶合板、刨花板和纤维板都要用胶粘合成板，但黏合剂里含有甲醛等有毒物质，当时我国尚缺乏无甲醛胶技术，而德国具有无毒胶生产技术。为了学习这套新技术，诸葛俊鸿和几位国内的专家前往德国法兰克福，用了数月时间，专门学习这种技术。那时候外派出国工作的人并不多，诸葛俊鸿经常有机会出国，利用自己的外语优势，学习别国的先进技术。那时候，虽然国内的生活水平并不高，但为了展示良好的国人形象，公派出国时，单位都会发西装，受到国家的优惠待遇。

在从事编辑工作期间，诸葛俊鸿重点从事林产工业国内外科学技术的发展及相关技术政策的研究，主要论文有《人造板工业引进成套设备的现状与问题》《发达国家林产工业的现状和发展趋势》《试论我国人造板企业的生产规模》等、并参与编辑和审核《世界林业》《现代林业知识》《农产品加工技术经济手册》《人造板生产技术》《德汉林业词汇》《英汉林业辞典》等10余本期刊、书籍和字典。1992年主编的《林产工业》期刊获得国家科委、中宣部、国家出版局颁发的优秀科技期刊三等奖。

1989年，诸葛俊鸿从林业部林产工业规划研究设计院退休。

近70年的爱情　浪漫依然

退休后的诸葛俊鸿和吴曼坡过着惬意的晚年生活，从1953年至今，两人的婚龄已经近70年了，但现在两位老人每天的日常，浪漫依然。

吴曼坡是福建人，父亲曾是一名肄业于马尾海军学校的海军军官。因为

　　父亲工作的关系，吴曼坡两岁时，就跟着父母去了厦门，在那里一直生活到抗日战争开始，之后又返回福州，18岁那年，以优异的成绩考取上海外国语大学，毕业后被分配到了林业部工作。

　　在林业部工作的时候，吴曼坡还不认识诸葛俊鸿，两人分头被派往海南开发橡胶种植的时候，在那里产生了爱的火花。

　　因为两人都从事的是翻译工作，自然交往比别人多了一些，互相就产生了好感，偏远的地区也没有电影院，两人有机会见面的时候就会多聊上两句，或者递个纸条，将自己喜欢的文学作品和笔记写在上面相互交流……渐渐地，两人越走越近。不过到现在，两位老人聊到这个话题的时候还在争论，到底是谁先喜欢的谁，并且至今没有结论。

　　诸葛俊鸿跟着苏联专家在雷州半岛和海南岛开荒。岛上是成片的原始森林，人们要将这些参天大树砍掉，将土地推平之后，再种植橡胶树。虽然他只是个翻译，但也要冒着酷暑穿着厚厚的长筒靴，跟着专家在原始森林里工作，非常辛苦。唯一值得欣慰的是，每周能够回到位于湛江附近的总部进行短暂休整，而更关键的是在那儿可以见到给苏联专家当翻译的吴曼坡。

　　然而，他俩自己都没有挑破这层关系的时候，单位的其他同事其实早就看出了眉目。当时，单位的办公室主任直截了当地对他俩说："早看出你们两个好上了，就赶紧把婚事办了吧。"1953年的7月1日，大伙儿为他们两个举行了一个简单却史无前例的结婚仪式，因为有大量苏联专家参加。

　　"虽然那个年代都是集体婚礼，但我们两个比较幸运的是，当时只有我们一对，所以也算单独举行了婚礼。"当时的婚礼让两位老人至今难忘。因为有很多苏联专家在场，两人的婚礼按照苏联的风俗进行。诸葛俊鸿说，苏联人参加婚礼有个习俗，就是要带两瓶酒，于是100多位苏联专家把当地镇上的酒几乎买光了。

　　200多瓶酒摆了满满一大桌，杯子碗碟都拿出来倒酒了，苏联人举着酒杯此起彼伏地喊"高尔基"，就是苦的意思，直到这对新人亲吻之后，才会改喊"斯纳特嘎"，就是甜的意思，并将酒一饮而尽，象征这对新人的爱情由苦变甜。

因为当时生活困难，桌上除了酒，只有一些糖果，甚至连花生都没有，两人更没有婚房，只是其中一人从自己的宿舍搬到另一个人的宿舍里，就算完婚了。但在当时的历史背景下，诸葛俊鸿和吴曼坡在中苏友谊下举办的婚礼，让他们终生难忘。

1954年完成开荒任务之后，两人又被调到内蒙古海拉尔参与航空测量的翻译任务，"那边30多度，不过是零下的。"诸葛俊鸿每天要跟着苏联专家坐飞机在空中摄影，吴曼坡在地面当翻译。虽然当时的小两口住在一起，但由于诸葛俊鸿的工作具有一定危险性，吴曼坡每天都过得提心吊胆。"我每天早上8点出门，她就会给我系系围巾、拉拉衣领，再亲吻一下，但我觉得，每次她的吻都有最后诀别的意思。"说到这里，诸葛俊鸿眼里泛起了泪光。

1955年之后，两位翻译官从前线撤回到北京，从事各类研究和翻译工作，生活相对稳定。"我们那个年代的人，满心都是工作，一心跟党走，党让干啥就干啥，在生活中相互照顾，在工作上相互帮助。"

多年来，两位翻译官做了大量的翻译工作，也出版了不少书籍作品，这都与两个人的相互帮助分不开。吴曼坡说，自己是

吴曼坡和肖承刚合编的《德汉林业词汇》

2017 年 10 月 28 日，诸葛俊鸿和妻子吴曼坡在燕达养护中心参加百对钻石婚老人结婚庆典

个闲不住的人，所以在工作之余自学了德语，并利用以往的工作经验，用 10 多年时间出版了一本《德汉林业词汇》。"当时也没有人邀请我，说你来出一本词典吧，就是觉得国家需要这么一本字典，就动手开工了。"当时的吴曼坡已经是两个孩子的妈妈了，除了自己的本职工作，她还要照顾两个孩子，自己再抽出时间来编辑这本《德汉林业词汇》。当时家里有一个矮板凳，10 年的时间里，她几乎只要有时间，就会坐在那个小板凳上，制作着编辑词典

诸葛俊鸿和妻子吴曼坡在燕达养护中心园区合影

用的自制小卡片，积累着辞典里的素材。

　　看着爱人这么辛苦，诸葛俊鸿当然也不忍心，只要自己有空，就会帮助她校对稿子，找专家核实拿不准的地方。如今，两位老人的书架上还在显眼的位置摆放着这本字典，"除了孩子，这本字典也算是我俩爱情的结晶吧。"吴曼坡笑着说。

　　这本辞典是一部综合性非常强的德汉林业、森林工业和林产工业科技辞书，共收词约5万条，包括20多个学科，如树木学、树木遗传育种、造林、森林经营、森林生态、测树、森林病理、森林昆虫、森林防火、水土保持与环境保护、园林与森林游憩、森林鸟兽与狩猎、木材采运、木材学、制材、木材干燥、木材防腐、木材加工、人造板和木制品工艺、人造板饰面工艺、木工机械、林业机械、林产化工和林副特产等。到现在，这本词典还是林业领域在德语和汉语中的唯一的一本专业辞典。

如今，诸葛俊鸿和吴曼坡都已经退休多年，入住燕达金色年华健康养护中心之后，就开始享受幸福晚年生活了。两位老人的爱好非常广泛，平日里喜欢一个唱歌一个弹琴，100多首外文歌曲张口就来，吴曼坡还能跟着跳上几段舞蹈，夫唱妇随，羡煞旁人。

钱蕴璧，女，1937年4月出生于云南省昆明市。1959年9月参加工作，中共党员，教授级高工。1982—1988年参加两期世界银行贷款农业教育科研项目办公室工作，获"农业部先进工作者"称号。1988—1992年主持并参加国家农业开发项目"黄淮海平原节水增产示范工程"，成果获水利部科学技术进步奖三等奖。1991—1995年主持并完成"八五"科技攻关项目"农业持续发展节水型灌排综合技术研究"，成果获水利部科学技术进步奖二等奖、国家科技进步奖三等奖。1994—1997年完成与葡萄牙、英国、瑞士合作的欧共体项目"黄淮海平原水土资源管理研究"。1994—2000年主持并完成"九五"国家科技攻关项目"节水农业技术研究与示范"，成果获大禹水利科学技术奖一等奖，国家科技进步奖二等奖。1997—1998年完成"农业高效用水产业工程项目"论证及编写。享受国务院政府特殊津贴专家。

钱蕴璧

从蓝花楹花海中走出来的节水农业专家

1937年4月，钱蕴璧出生于云南省昆明市。昆明气候温和、水源丰沛、土地肥沃，极为适宜人们居住生活，是中国家喻户晓的"春城"。尽管长久以来，这里都与中原腹地相隔千里，但人们赞美它的天高云淡、四季如春，向往它的繁花似锦、闲适淡雅。然而，这座偏居西南的边城，远不止"春城"那么简单，数千年来，它虽地处边疆，却数次立于风口浪尖，扛起时代赋予它的使命。

蓝花楹是在云南随处可见的一种花木，昆明市区很多道路两侧种满蓝花楹，幻化出如童话般美妙的蓝花楹大街，每年的春秋季都能带来阵阵蓝紫色的浪漫花雨。植物百科中的蓝花楹，是紫葳科管状花目硬骨凌霄族下蓝花楹属的一种落叶乔木，它的树形姿态雄伟而高大；近乎圆角菱形的对生叶片茂盛翠绿，层层叠叠地掩映在一起。最美的则是它动人心魄的蓝紫色花朵，花瓣细小而密集，花丝纤细而柔弱，在花期集中盛开时，成片成片的蓝花楹仿若一朵朵蓝紫色的云彩，又如同一团团蓝紫色的烟雾。

身材消瘦高挑的钱蕴璧就像一株蓝花楹，坚毅、低调，给人一种淡淡的距离感，但是她奉献毕生所做的水利土壤研究成果却像蓝花楹的花朵般丰盈绚丽，催生了属于城市的人文情怀，促进了生态环境的科学发展。

钱蕴璧是土生土长的昆明人，儿时的祖屋到钱蕴璧家居住时已经是第五代了，一个大大的四合院承载了兄弟姐妹四人的儿时光阴。钱蕴璧四个月大时，父亲去世，隔年，叔叔去世，母亲本来是富裕人家的女儿，却在夫家连逢大难时，勇于挑起家庭的重担，成为一名护士，养育四个孩子和两位老人，而且坚持把四个孩子都供到大学毕业。母亲从小就是钱蕴璧崇拜、佩服的对象，其坚毅的品格和不服输的精神也一直影响和伴随着钱蕴璧的成长。

在西南联大附中的成长与进步

1949 年 9 月，钱蕴璧考入西南联大附中。西南联大起于忧患。1937 年 7 月，卢沟桥事变爆发后，南京国民政府组织东部高校仓促内迁。北京大学、清华大学、南开大学迁至湖南长沙，组成长沙临时大学，同年 10 月开学。因日军沿长江一线步步紧逼，师生们于 1938 年 2 月搬迁入滇。其中有 200 余位师生从湖南步行至昆明，行程数千里，被誉为"文军长征"。1938 年 4 月，学校定名为国立西南联合大学，设文、理、法商、工、师范 5 个院 26 个系，两个专修科、一个选修班。抗战胜利后，1946 年西南联大解散，三校分别复校北上，师范学院留在昆明独立设院，改称昆明师范学院。

西南联大设有校务委员会，由 3 位校长任主席：张伯苓、蒋梦麟、梅贻琦，实则始终由最年轻的梅贻琦主政。西南联大内部俊彦云集，巨擘济济。其中校内各院系和重要部门的负责人亦均为一线名流，如文学院院长冯友兰、理学院院长叶企孙、法商学院院长周炳琳、工学院院长施嘉炀、师范学院院长黄钰生等，皆一时之选。此外，校中的陈寅恪、刘文典、朱自清、沈从文、钱穆、金岳霖、吴有训、周培源、吴大猷、华罗庚、陈省身、陈岱孙、张奚若、潘光旦等也久负盛名。

国立西南联合大学

　　如此"奢华"的师资阵容，更是培养了大批英才。西南联大 8 年，学生有 8000 人，毕业生 3300 余人，涌现出了众多院士，其中杨振宁、李政道获得诺贝尔奖；赵九章、邓稼先等 8 人获得"两弹一星"功勋奖；黄昆、刘东生、叶笃正、吴征镒、郑哲敏、于敏获得国家最高科学技术奖；宋平、王汉斌、彭珮云则成为党和国家领导人。

　　三校原在平津，远离当时的政治中心南京；组成西南联大后，更是偏安昆明，远离政治中心重庆，由此获得了高度的大学自治和充分的学术自由。在一次校庆中，时人曾用对联描绘西南联大说："如云如海如山，自然自由自在。"意指三校各不相同的风气：清华智慧如云，北大宽容如海，南开坚定如山。几十年后，有人问沈从文：为什么当时条件、环境那么苦，西南联大培养的人才，却超过了战前北大、清华、南开 30 年培养出的人才总和？沈从文回答了两个字：自由。

　　1939 年 9 月 19 日，国立西南联合大学常委会呈请教育部指拨专款，筹设师范学院附中、附小及幼稚园。而钱蕴璧考上的就是这所当时全国最好的中学——西南联大附中。这里，师资环境优越，学术思想独立，文化体育全面发展，钱蕴璧在此度过了六年的美好时光。

钱蕴璧还清楚地记得当时在昆明当地，能考上联大附中是非常光荣的事。西南联大附中发榜不是贴在校门口，而是在《云南日报》当天头版头条上发榜。1946 年 8 月三校复员北返，很多人觉得昆明气候宜人、环境优美，自愿留下来继续任教，所以西南联大附中的老师都是讲师以上职称，甚至是副教授、教授，师资力量雄厚，且承袭了西南联大的优良传统。西南联大附中每届只有三个班，每班只招 60 人。在这里，每一个学生都能得到最好的培养和教育。

"我生在昆明，长在昆明，没有经过战乱的迁徙，又能上这么好的学校，我是幸运的，我非常感恩。"六年的"精英"教育，给钱蕴璧打下了良好的文化和思想基础。钱蕴璧在联大附中求学期间，还加入了校篮球队。"那时候，各个学校都有校队，各学校之间经常组织比赛。"钱蕴璧从小体弱，身体偏瘦，当时考联大附中时，体检要求体重不低于 75 斤，而钱蕴璧上秤一约，只有 70 斤，第一次称体重就不合格。回到家，母亲帮她想办法——在兜里装秤砣，一直装了四个秤砣，体重才勉强过关。

上了中学的钱蕴璧逐渐意识到身体健康的重要性，和几个相熟的女同学玩起了篮球，慢慢地，加入进来的同学多了，就成立了八人女子篮球队，取名"小熊队"。钱蕴璧虽然不是个子最高的，但是因为臂展长，身体瘦，又灵活，成了队里的中锋。"我们几乎每天放学后，都要在操场上练习打球，我的身体也逐渐壮实了。初中毕业考高中的时候，小熊队成员全部考上附中高中，没有一个人被分出去。小熊队陪伴了我六年的中学时光，直到我高中毕业了，都没有宣布解散。"

在联大附中，钱蕴璧最感兴趣的课程就是博物课（植物、动物等自然科学统称）。直到现在，她还记得任教老师叫杨培谷，"她是江苏人，长得非常漂亮，毕业于北大，讲一口标准的普通话。" 杨培谷老师博学又有趣，每一节博物课都讲得非常生动，让钱蕴璧非常着迷。当时恰逢学习苏联的热潮，苏联生物学家、农学家，斯大林时代后期和赫鲁晓夫时代苏联首席科学家特罗菲姆·李森科 1925 年毕业于基辅农学院后，在一个育种站工作，1935 年，获得乌克兰科学院院士、全苏列宁农业科学院院士的称号，任敖德萨植物遗传育种研究所所长，是著名的种子学专家；苏联科学院院士威廉斯是苏联土壤学家、农学家，毕业于圣彼得罗夫斯克农林学院，曾是全苏列宁农业科学院的领导成员。他发展了多库恰耶夫的学说，对生物在土壤形成中的主导作用进行了深刻的阐述和论证，提出土壤形成过程是（植物）矿质养分地质大循环和生物小循环统一过程的学说，为农业土壤学奠定了基础。曾荣获列宁勋章。

当时，包括钱蕴璧在内的 6 个学生，因为杨培谷老师的启蒙和苏联专家的影响，对大自然、对农业产生了浓厚的兴趣，在高考时报考了农学院。在那个时候，大家普遍认为，成绩不好才会选择农学院，附中的老师劝过成绩优异的钱蕴璧，希望她考西南联大师范学院。但钱蕴璧坚持自己的理想，认真填报了志愿——西南农学院。

钟情农学院　走上科研道路

1950 年，四川省立教育学院农科 3 系与 1946 年创办的私立相辉文法学院农学相关系科以及 1910 年创办的私立华西协和大学农艺系合并组建为西南农学院。西南文教部确定位于重庆市北碚区的私立相辉文法学院所在地北碚夏坝为西农校址。

1952 年，在全国的院系调整过程中，先后又有四川大学园艺系、蚕桑系、农业经济系、植物病虫害系、农业化学系；云南大学园艺系、蚕桑系；贵州大学农业化学系、农业经济系、植物病虫害系；重庆大学相关农业系科、川北大学农业经济系、乐山技艺专科学校蚕丝科、西昌技艺专科学校园艺科、农艺科、畜牧科合并到学校。由于夏坝是一片冲积平原，历史上曾多次被嘉陵江的洪水淹没，为了学校长期发展，几经选址，最终确定位于北碚天生桥的原美国农复会华西实验区北碚农事试验场为新校址。

西南农学院

　　1954年，西南农学院新校址于暑期完工，西农由北碚夏坝迁入北碚天生桥新校址办学，即现西南大学南区。1979年，经国务院批准，该校成为全国重点大学，直属农业部领导。1981年，经国务院批准，学校成为全国首批博士和硕士学位授予单位。1985年，西南农学院更名为西南农业大学。2005年，西南农业大学、西南师范大学合并组建为西南大学。

　　1955年9月，钱蕴璧如愿考入位于重庆北碚天生桥的西南农学院土壤系。在这里，钱蕴璧遇到了让她走上科研道路的重要导师——一生钟情土壤、被誉为"大地之子"的中国土壤学奠基人、曾蜚声国际土壤学界的中国科学院院士、西南大学教授侯光炯。

侯光炯（1905 年 5 月 7 日—1996 年 11 月 4 日），1928 年毕业于北京农业大学农化系；1931 年任中央地质调查所土壤研究室调查员；1948 年任四川大学农化系教授；1952 年任西南农业大学教授；1955 年当选为中国科学院学部委员（院士）；1979 年任宜宾自然免耕研究所所长，一生致力于土壤地理、土壤分类和土壤肥力的研究与教学工作，是我国著名的土壤学家、教育家。

"侯光炯教授曾是国际土壤考察队成员，走过世界很多地方做土壤考察，阅历深，知识非常丰富，是当时国际知名教授，也是中国第一个土壤考察队的队长。我跟着侯教授学到了很多。""我们一个班 30 多人一起在田野间学习土壤知识，一去就是一天。还请了两位挑夫，挑着午饭，和我们一起在野外学习。当时的条件对学生学习研究非常宽松，我们也积累了一定的经验。"

1959 年，钱蕴璧大学毕业，被分配到中国水利水电科学研究院工作。"那时的学生都非常单纯，大家争先恐后要到艰苦的地方去工作、去奋斗。我进入中国水利水电科学研究院，在这个地方，我工作了一辈子。"参加工作之后，钱蕴璧成家结婚，于 20 世纪 80 年代初加入中国共产党，从土壤观测到课题的带领研究，钱蕴璧不辞辛劳，亲力亲为，一个个闪闪发光的科研成果承载了她在中国水利水电科学研究院里付出的辛勤汗水和青春年华。"我这一生都比较顺利，在动荡的年代，我也没有被波及，无论是上学还是工作之后做科研，我都处在相对安稳平静的环境，感恩党和国家为我们提供的科研平台和一展心中抱负的机会。"

在工作中，钱蕴璧有幸参与了科技部两个五年计划的立项，承担了研究任务。在国家"结合实际搞科研"方针的指引下，钱蕴璧和研究小组的科技人员深入观测、搜集资料，蹲点搞科研；选好实验点，建设万亩实验区……钱蕴璧回忆起工作来侃侃而谈，透露着淡淡的向往与自信。

钱蕴璧主持的"黄淮海平原水利节水增产示范区建设"项目成果
获 1994 年水利部科学技术进步奖三等奖

　　讲到研究"农业持续发展节水型灌排综合技术研究"项目时，钱蕴璧特别提到，过去的农业灌溉都是大水漫灌，没有完整的渠系工程，课题组从最开始的灌渠系工程做起，建立灌渠系引水系统。"现在这些用计算机就能实现，但是那会儿，我们需要现场考察、测量、跑数据，因为当时资金有限，没办法雇用很多人，很多重点数据都是我们课题组亲自测量。虽然非常辛苦，但是对于取得的关键数据和每一步的研究成果都特别有成就感。"钱蕴璧肯定了现代科研使用计算机事半功倍的效果，但是也强调搞科研一定要实事求是，谨慎求证，一些关键数据不能只依靠计算机，还需要亲自到地里、到实验中抓取数据，获得最真实的一手资料。此项目研究成果获 1997 年水利部科学技术进步奖二等奖、获 1998 年国家科技进步三等奖。

　　当时，"灌溉水的利用系数低"的大水漫灌，造成了水资源的浪费，随着我国人口增加，粮食逐渐紧缺，要扩大粮食种植面积，就需要大量的灌溉水，课题组就提出了发展中国的节水农业。节水第一步，首先得有科学灌溉工程，建设渠道就需要设计，需要地质资料、工程参数、研究技术等。

钱蕴璧主持的"农业持续发展节水型灌排综合技术研究"项目研究成果获 1997 年水利部科学技术进步奖二等奖、获 1998 年国家科技进步奖三等奖

现在的研究可以实现自动控制，但在那个年代，都是靠人力一步步来实现。实验区在山东聊城，钱蕴璧带领课题组在实验区长期观测数据，"观测数据是基础，不容出现错漏，我们都是亲自蹲点观测。那时候提出的口号是'下楼出院，蹲点搞科研'，为了确保数据的真实性，我们不能只坐在办公室里，必须亲自去观测、去实验。一年有九个月我们都是在现场研究基地做实验观测。"

　　那个年代的出行工具都是骑自行车。钱蕴璧第一次骑自行车去现场考察实验用地，是在参加工作的第一年，渠道上坑坑洼洼的，11月的北方风特别大，路特别颠簸，直接连人带车给吹到渠道里了。大家七手八脚把钱蕴璧拽上来，全身上下都湿透了的钱蕴璧感到狼狈极了。"因为当时工作队里就我一个女生，所有的男同志背身围成一个圈儿，每人脱一件衣服给我，让我把湿衣服换下来。晚上，县长邀请我们吃饭，看到我惊诧地问'怎么今天穿成这样'，才知道我掉水里了。那时我只有22岁……"钱蕴璧回忆起工作中的往事，对这件刚刚参加工作时的小插曲记忆犹新，情到深处潸然泪下时，仿佛又回到了那段艰苦奋斗的岁月，生活条件贫瘠，学术研究却空前繁荣的青春岁月。

钱蕴璧和工作组在山东示范区采集数据

当年一直跟着钱蕴璧跑课题的学生李益农，现在成为中国水利水电科学研究院水利研究所所长。水利研究所也沿着钱蕴璧等老一辈节水农业专家的脚步，一直从事农田节水灌溉新技术应用和改进研究工作，通过各类科研项目，已形成一支结构合理的学科团队，可以开展高水平的技术研究与开发以及相关成果的推广示范工作。

节水农业的研究与防污型社会建设的思考

我国是一个水资源短缺、水旱灾害频繁的国家。水资源主要来自大气降水，水资源总量较为丰富，居世界第六位，但是我国人口众多，人均占有量仅有 2300 立方米，不足世界人均占有水量的四分之一，列世界第 110 位，已被联合国列为 13 个贫水国家之一。不仅如此，我国水资源时空分布不均匀，淮河流域及其以北地区的国土面积占全国的 63.5%，但水资源仅占全国总量的 19%，淮河流域以南地区集中了全国水资源量的 81%，而该区耕地面积仅占全国的 36.5%，由此形成了南方水多、耕地少、水量有余，北方耕地多、水量不足的局面。此外，水资源的年内、年际分配严重不均，大部分地区 60%—80% 的降水量集中在夏秋汛期，洪涝干旱灾害频繁。

实际上只单独考虑水资源量的多少并无实际意义，只有将质与量相结合才具有现实意义。质量的好坏直接关系水资源的功能，决定着水资源的用途。多年来，我国水资源质量不断下降，水环境持续恶化，污染导致农业减产日趋严重，人们的身体健康受到严重威胁，而且造成了不良的社会影响和较大的经济损失，严重地威胁了农业的可持续发展。"八五"期间水利部组织有关部门完成了《中国水资源评价》，其结果表明，我国北方五省区（新疆、甘肃、青海、宁夏、内蒙古）和海河流域地下水资源，无论是农村（包括牧区）还是城市，浅层水或深层水均遭到不同程度的污染。其中北方五省中，有一半城市的地下水受到严重污染，至于海河流域，地下水污染更是令人触目惊心。

在我国很多流域水资源的开发利用程度很低，如珠江、长江流域地下水资源的开发利用率仅有百分之几，而在北方地区，常因地表水量不够，地下水开采过量，造成部分地区出现地面沉降。另外，我国用水浪费严重，水资源利用效率较低。目前，我国农业用水利用率仅为40%—50%，灌溉用水有效利用系数只有约0.4。工业方面，工业用水重复利用率低，仅为20%—40%，单位产品用水定额高，目前我国工业万元产值用水量91立方米，是发达国家的十倍以上。

因此，加强我国水资源的开发、保护以及管理方面的工作，走可持续发展道路，是解决我国水资源短缺、水污染严重问题的必然选择。

"节水农业技术研究与示范"是以中国水利水电科学研究院等为主要完成单位，由钱蕴璧等人完成的科研项目，是"九五"国家重点科技攻关计划项目研究成果。该项目从发展我国节水高效农业的总体思路出发，以提高灌溉水利用率和农田作物水分生产率为核心，以节水、增产、增效为目标，选择节水农业技术领域的重大关键技术进行突破，将工程节水、农艺节水、生物节水、水管理节水等节水技术有机地联系起来加以研究，研制开发节水灌溉关键设备和改进产品性能。项目以我国水资源最为紧缺、生态环境最为脆弱、节水潜力最为显著的西北和华北地区作为重点，突出对先进实用技术的试验示范，强调节水灌溉设备的标准化、系列化和产业化，注重对科

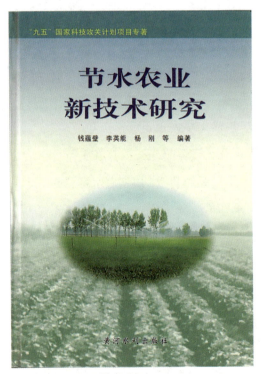

钱蕴璧主编的《节水农业新技术研究》专著

技成果的转化及辐射推广应用，将节水灌溉设备和产品研制与产业化开发、节水农业高新产业发展紧密结合起来，结合节水灌溉发展的情况提出"十五"节水灌溉技术发展的思路与设想。

钱蕴璧主持的"节水农业技术研究与示范"项目成果获得 2004 年度大禹水利科学技术奖一等奖、2005 年度国家科学技术进步奖二等奖

"节水农业技术研究与示范"研发和改进了19种节水灌溉新产品，其中7种产品获国家专利，在全国17个省份累计推广应用22.3万台（件），控制节水灌溉工程面积446万亩，产生间接经济效益1.12亿元；组装集成5大类节水农业技术模式，在全国11个省份得到推广应用，面积达978万亩，灌溉水利用率70%，作物水分生产率1.5—1.7千克/立方米，取得节水增产直接经济效益7.14亿元。该成果获得2004年度大禹水利科学技术奖一等奖、2005年度国家科学技术进步奖二等奖。

钱蕴璧课题组2004年发表的研究报告"对节水防污型社会建设的思考"，从水资源短缺的严峻形势、水污染、季节性和区域性缺水、社会经济高速增长、水的利用率低下等几个方面，阐述了建设节水防污型社会的战略意义。分析了农业中水污染的情况，指出不合理污灌、施肥、施药是引发面源污染的重要污染源。同时，提出节水与防污相辅相成、节水优先防污为本的观点以及建设的目标和指标。

（一）对节水防污型社会建设重大战略意义的认识

20世纪80年代初，随着我国人口与经济的迅速增长，农业供水不足的矛盾日益加剧。全国水资源总量约2.81万亿立方米，人均水资源量2220立方米，仅为世界平均水平的1/4。进入90年代，由于工业和生活用水的迅速增加，农业用水逐年减少，农业用水量从1949年的97%，逐步降低至不到70%。2002年全国总供水量为5497亿立方米，人均用水量为428立方米，农业用水量为3736亿立方米，占68%。按国际标准，人均拥有水资源量2000立方米为严重缺水边缘，1000立方米为起码要求，中国已接近严重缺水边缘。如果以此标准按省（市、区）对比，问题更加严重，全国有18个省（区、市）已达到严重缺水的情况。黄河、淮河、海河、辽河四大流域，总面积为156万平方千米，人口为3.8亿，人均水资源占有量只有459立方米，是我国严重缺水地区。

进入21世纪以来我国水污染日趋严重，生态环境日趋恶化。据不完全统计，由于对地下水的过度开采，诱发地面沉降、海水入侵等环境问题，全国已形成区域地下漏斗 100 多个，总面积达 15 万平方千米，华北平原深层地下水已形成了跨京、津、冀、鲁的区域地下水漏斗，近 7 万平方千米面积的地下水位低于海平面。全国有 46 个城市由于不合理开采地下水而发生地面沉降，沉降中心累计最大沉降量超过 2 米的有上海、天津、太原等。我国生态环境问题的严重性，呈现出从陆地向近海水域延伸、从地表水向地下水延伸、从单一污染发展到综合污染，同时还表现出从一般污染物扩展到有毒有害物质、点源和面源污染共生、生活污染和工业排放相互叠加，各种新旧污染与二次污染形成复合污染的态势。此外，因农业导致的面源污染十分严重，我国化肥、农药的利用率仅 30% 左右，70% 以上的农药进入土壤、水体和大气，70% 以上的河流受到污染，39% 的湖泊以及东南沿海富营养化，不合理或过度使用的有机肥和化肥导致在蔬菜中的硝酸盐和亚硝酸盐普遍超标，每年近 4 万公顷的地膜覆盖，导致白色污染和土壤肥力下降。

据 1998 年的中国水资源公报，全国废污水排放总量为 593 亿吨，占水资源总量的 2% 左右。由于 90% 的废污水未经处理或处理未达标就直接排放，致使全国符合饮用水标准的仅占 1/3，11% 的河流水质低于农田灌溉水质标准。全国湖泊有 75% 以上的水域水质受到严重污染，水质的严重恶化加剧了水资源的紧张程度，对生态系统、食品安全、人体健康构成日愈严重的威胁。据估计，每年由于环境污染造成的经济损失占 GDP 的 3%—8%。

降水资源季节分布不均衡，农作物生长遭受干旱与洪涝灾害的交叉影响，每年水旱灾害约 4 亿亩，绝收面积达千万亩。水资源空间分布不均，区域性缺水严重，黄、淮、海三流域土地面积占全国的 13.4%，耕地占 39%，人口占 35%，而水资源总量仅占全国的 7.7%，人均和亩均水资源量分别只有 500立方米和不到 400 立方米。而京、津、冀的人均水资源量不足 300 立方米，仅相当于全国的 1/8，世界的 1/32。水资源时空分布不均造成季节性和区域性水资源严重不足。

我国农业用水现状是一方面水资源紧缺，另一方面是浪费严重。表现在传统的灌溉用水粗放，水的利用率低，平均仅40%左右，同时自然降水的利用率低，农业用水效率不高。我国依靠降水的旱农区约有8000万公顷，70%分布在年降水250毫米—600毫米的北方地区，由于粗放经营，农田对自然降水的利用率只有56%，其中还有26%的水分消耗于田间的无效蒸发。我国农业灌溉水的利用效率仅有1.0千克/立方米，旱地农田水分利用效率为0.6—0.75千克/立方米，全国平均水的利用效率为0.8千克/立方米，远低于发达国家的水平。可见节水潜力巨大。

（二）对节水与防污相互关系的认识

世界农业发展的实践证明，施肥，尤其是化肥是最快最有效的增产措施。从1961—2001年的40年间，世界化肥用量从0.31亿吨增加到1.38亿吨，同期粮食产量从8.77亿吨增加到21亿吨，单位面积产量从1.35吨/公顷（90千克/亩）增加到3.11吨/公顷（207千克/亩）。我国从20世纪80年代初开始，大力推进化肥的施用，化肥总消费量由1980年的1269万吨，增加到1998年的4084万吨，增加3.2倍。相应粮食产量从3.18亿吨提高到5.12亿吨，增加了近61%。

我国化肥的年使用总量已跃居世界之首，化肥的年平均消费折合人民币高达1600亿元左右。但是传统的施肥和灌水技术相当粗放，致使化肥利用率偏低，氮肥的单季利用率仅为30%左右。据估算，1988年我国农田中化肥氮通过不同损失途径进入环境的氮量为474万吨，其进入地表水的有124万吨，进入地下水50万吨，以N_2O和NH_3形态进入大气的分别为27万吨和273万吨。这些氮导致地表水富营养化，地下水硝酸盐富集。过量施肥引起农田地下水污染，特别是浅层地下水的污染。

除了化肥的污染外，农药是农田水土污染的另一个污染源。我国农药总产量由1989年的20.6万吨增加到1997年的39.5万吨，增加了91%，一般来说只有 10%—20% 的农药附着在农作物上，而 80%—90% 流失于土壤、水体和空气中。过量的化肥和农药在灌水，特别是大水漫灌与降水的淋溶与迁移作用下，农田水土资源受到污染，地下水污染日趋严重，农田生态环境日趋恶化。

不合理污水灌溉是农田水土资源和地下水污染日趋严重的又一个重要污染源。我国的污水资源化利用自 20 世纪 80 年代以来稳定发展，污水灌溉面积 1972 年为 140 万亩，到 1998 年达到 5427 万亩。

污水灌溉面积不断扩大，主要分布在我国北方城市郊区如北京、天津、石家庄、太原、济南等。这些地区具有干旱、半干旱气候的特点，水资源短缺，由于大量未经处理的污水直接用于农田灌溉，已造成土壤、作物及地下水的严重污染，据农业部调查统计，全国约有 1.5 亿亩土地受到污染，在调查的 37 个污灌区中，33 个灌区的地下水受到不同程度的污染，污灌区蔬菜的重金属含量超出清水灌区 1.7 倍—3.6 倍。

由此可见，不合理灌溉、施肥、施药是引发面源污染的重要污染源。

节水防污型社会指人们在生活和生产过程中，在水资源开发利用的各个环节，始终贯穿对水资源的节约，对污染的防治和对生态环境的保护，在生产的全过程重视采用新技术、新材料、新工艺，并以完善的制度建设、管理体制、运行机制和法律体系为保障，提高水的使用效益和效率，最大限度地减轻和降低污染。在政府、用水单位和公众参与下，通过水资源的高效利用，合理配置和有效保护，实现区域经济、社会和生态的可持续发展。节水防污型社会具有明显的效率、效益和可持续三重特征。效率特征表现出资源利用的高效率，节水是在不降低人民生活质量和经济社会发展能力的前提下，在先进科学技术的支撑下，采取综合措施减少用水过程中的损失、消耗和污染，提高水的利用效率，科学合理和高效利用水资源。建立节水防污型农业、工业和城市，减少水资源开发利用各个环节的损失和浪费，提高水的利用率。效益特征表现在资源配置的高效益，通过结构调整，优化配置水资源，提高单位水资源消耗的经济产出，节水防污型社会就农业而言一定是节水增效的农业，具有显著的效益特征。可持续特征是对水资源的利用，充分考虑了对生态环境的保护，不以牺牲生态环境为代价。

总之，节水防污型社会是实现水资源的高效利用、经济社会的快速发展，人和自然和谐相处的社会，它体现了人类发展的现代理念，代表着高度的社会文明，也是现代化的重要标志。

节水不仅可以提高资源利用效率，缓解资源供给压力，而且可以减少污水排放，节水等于减轻污染。我国南方地区，城市水源不足和水质型缺水问题十分突出，广大的农村，农业面临着过量施用化肥、农药以及不合理污水灌溉导致的面源污染，加剧了农田水土资源及地下水的污染，因此，不论水资源短缺的北方地区，还是水资源相对丰富的南方地区，不论是枯水年还是丰水年，不论是农业还是工业，都必须节约用水和高效用水，坚持节水优先防污为本的原则，节水与防污紧密相连，节水等于防污，节水可以减少污水排放量，减轻和控制面源污染。根据甘肃省张掖市提供的资料，工业和城市生活每节约 1 立方米水，就可以少排放 0.5 立方米废污水，减少了对环境的污染。河西走廊地区通过节水，每年可少抽取地下水近 7000 万立方米，减缓了地下水位的持续下降和地表植被的退化。同时防污可以增大可用水量，从这个意义来说，防污等于节水。节水和防污是相辅相成的，其共同目的，都是保障水安全，包括供水安全、粮食安全和生态环境安全，以水安全保障经济社会可持续发展。可以认为，全面建设节水防污型社会，是解决中国缺水和污染问题的根本出路。

（三）对建设目标的思考

通过建设节水防污型社会，使水资源利用率和效率有显著提高，生态环境有较大改善，可持续发展能力不断增强，促进人与自然和谐相处，从而推动整个社会走上生产发展、生活富裕、生态良好的文明发展道路为总体目标。

为全面建设节水防污型社会提供强有力的科技支撑。围绕水的高效优质利用，大幅度提高水资源的利用率和效率；围绕改善生态环境，提高面源污染的治理和污水处理回用率；围绕具有节水防污型社会本质特征的水资源管理机制、政策、法规、保障体系，提出具备全局性、战略性、前瞻性的成套实用技术，建立科学的理论和实用技术体系。

节水防污型社会建设，必将带动一批高新技术产业的发展，创制节水防污关键设备与产品，推动节水防污设备产业化的进程，在研发一批节水防污新设备、新产品，创制一批节水防污新材料、新制剂的基础上，促进我国节水防污产品与设备的更新换代和技术升级，推动相关生产企业的技术进步，推动节水防污型社会建设产业化发展进程。产业化发展要突出重点，培育"支柱产业"。现代农业高效节水装备、新型污水处理装置，新型工业和生活用水高效节水装置，非常规水开发和安全利用成套装置等将是产业化开发的重点。

针对我国水资源与水环境问题具有显著的区域性和流域性的特点，在华北、西北、华东地区建成资源型缺水、污染型缺水、工程型缺水、管理型缺水等不同类型的节水防污型社会建设示范区。

项目建设指标为到 2015 年，初步建立起具有中国特色的不同类型节水防污型社会建设模式和保障体系，建成 10 个国家级节水防污型社会建设示范区，在节水防污型社会评价指标体系，不同尺度水循环对生态环境系统相互作用的定量关系，基于循环经济的节水、防污成套技术及产业结构调整模式，完善的监测网络、决策支持系统等方面，力争取得突破。

示范区农业灌溉水有效利用系数提高到 0.55 以上，肥料、农药和农膜面源污染治理率达 90% 左右，农村废弃物处理利用率 90% 左右。工业用水重复利用率达到 70%，污水处理率达到 90%，再生污水回用率达到 50%。上述指标的实施将有效缓解我国水资源严重匮乏和生态环境恶化的现状，实现经济社会和环境的协调发展，促进人和自然的友好和谐，推动整个社会走向生产发展、生活富裕、生态良好的文明发展道路。

综上可见，中国目前以最稀缺的水资源和最脆弱的水生态环境支撑着人类历史上最大规模的人口，负担着历史上最大规模的人类活动，从而也面临着历史上最为严重的水危机。水的低质量和低效率是对我国社会、经济可持续发展的重大挑战，建设节水防污型社会是解决我国水问题的根本出路。

2004 年 9 月，钱蕴璧在中国水利水电科学研究院做报告

全家从事科研工作，科技创新后继有人

钱蕴璧的爱人陈立周是浙江金华人。新中国成立初期，为了培养冶金专门技术人才，适应社会主义经济建设的需要，1952 年，中央人民政府决定建立钢铁学院。同年 4 月，北洋大学（现天津大学）冶金系和采矿系、唐山铁道学院（现西南交通大学）冶金系、山西大学冶金系、西北工学院矿冶系、北京工业学院冶金系和采矿系及钢铁机械专修科、清华大学采矿系金属组合并，在清华大学内正式组建了北京钢铁工业学院。北京钢铁工业学院是新中国建立的第一所钢铁工业高等学府，1960 年，更名为北京钢铁学院；1988 年，更名为北京科技大学。

陈立周从家乡金华考到北京钢铁学院。钱蕴璧的哥哥是北京钢铁学院的老师，也是陈立周的老师。陈立周毕业后，因为成绩优异留在北京钢铁学院任教，和曾经的恩师成为同事兼亲密好友。陈立周经常到钱家拜访，一来二去，钱蕴璧和陈立周就相识了，同为机敏好学、聪明睿智的科研人员，让他们互相吸引，走入婚姻殿堂。"他是个书呆子，学习好，却不善言辞。"这个质朴的形象是钱蕴璧对爱人最深刻、最真实的印象。

婚后，二人育有二子，大儿子陈舒在清华大学学习八年，五年本科，三年研究生，现在美国工作和生活。小儿子陈伦仍然在国内搞技术研究工作。钱蕴璧为了解决孩子们的后顾之忧，让他们放心搞自己的事业，早早在燕达养护中心选定了住所。

很多年前的一天，幼小的陈伦问钱蕴璧："妈妈，我们老师说：'为什么总是你爸爸来接你，你妈妈呢？'"钱蕴璧惭愧地回答："因为妈妈总是不在家。"那个时候，钱蕴璧为了科研工作，确实忽略了孩子，忽略了家庭。陈立周默默地付出支持着妻子的工作，照顾着孩子们。

2021年，钱蕴璧入住燕达金色年华健康养护中心。来到这里后，钱蕴璧注重休养，放缓了生活的节奏，还参加了燕达合唱队，坚持每天弹钢琴，"我的小孙女5岁时，我带她去学弹钢琴。她不认字，我来做笔记，所以我就学会了，还回家教她。每周一次，坚持了很久。"小孙女从小就跟着奶奶生活，直到初中时，留学去了美国，"她的妈妈在美国，但我想让她多接受一些中国的教育和中国的文化，所以等她初中时才让她去美国上学。今年她研究生毕业了，马上也要工作了。"说起最疼爱的孙女，钱蕴璧扬起慈爱的微笑，"她想回国陪我住两个月，再回去正式开始工作，但因为疫情等原因没有成行。"

钱蕴璧作为我国节水农业专家，一生勤俭刻苦，致力于水利、土壤学术研究。她用实际行动勉励现代科研工作者面向世界科技前沿、面向经济主战场、面向国家需求，锐意进取、攻坚克难、勇攀高峰，奋力加快水利水电科技创新，切实加强科技供给与服务，努力推动水利水电跨越式发展，为建设世界水利水电科技强国贡献力量。

芸术人生

蒋静风，男，1946 年 9 月 16 日生，江苏宜兴人，二胡演奏家、作曲家，蒋派二胡传人。系中国音乐家学会会员、中国民族器乐学会会员、中国音协二胡学会常务理事、北京市音乐家协会第三届理事。从小随父亲——二胡演奏家、教育家蒋风之先生学习音乐。1970 年毕业于中国音乐学院器乐系二胡专业。先后在济南军区前卫歌舞团、北京歌舞团（现北京歌舞剧院）工作，担任过乐队首席、独奏演员、乐队队长及音乐总监。多次代表北京市出访法国、比利时、瑞士、摩纳哥等欧洲国家及日本、韩国等亚洲国家演出，二胡独奏受到各国艺术家和听众的欢迎和好评。

蒋静风

余音绕梁终不能绝　二胡弦上艺术人生

　　回望蒋静风的音乐道路，是一段丰富多彩的艺术人生：20 世纪 50 年代末，蒋静风考入中央音乐学院附中，后被保送到中国音乐学院。曾师从聂靖宇、王国潼先生。毕业后，他先后供职于济南军区前卫歌舞团、北京歌舞团（现北京歌舞剧院），担任独奏演员、二胡首席、民乐队队长及音乐总监。工作期间，曾随团赴欧、美、亚等多国演出。蒋静风也是中国音乐家协会会员、北京音乐家协会常务理事，中国民族管弦乐协会、拉弦乐委员会常务理事，曾受聘于马来西亚沙捞越州华界及华校华乐团，担任音乐总监、指挥兼二胡教授，培养了许多海内外学生，并将中华传统民乐推向世界。20 世纪 90 年代末，蒋静风调入北京歌舞团艺术室专注音乐创作，他厚积薄发，在器乐、声乐以及舞蹈音乐方面都有广泛涉足，作品曾经多次获奖：参与创作的大型宗清乐舞《盛世行》荣获文化部的"文华奖"、器乐曲《乡归》荣获新中国成立 35 周年音乐创作二等奖、三重奏《思乡曲》荣获新中国成立 40 周年音乐作品优秀奖、歌曲《黄水、黄土》获北京市 1991—1993 年度新创作优秀作品奖；歌曲《致祖国》获北京市"庆祝新中国成立 50 周年"音乐创作荣誉奖；歌曲《父亲》荣获新中国成立 50 周年中国原创歌曲北京十大金曲奖等。

回望过去的岁月，蒋静风表示："成绩的取得离不开组织的培养及个人的努力，而非躺在前人的功劳簿上。"作之不止，铸就非凡人生。虽然已是75岁高龄，古稀之年的蒋静风依然每天坚持练曲、创作，将二胡艺术不断传承。

自幼在音乐家庭熏陶渐染，成就"不可多得之宝贵人才"

说起蒋静风，绕不开他高超的二胡演奏技艺。蒋风之老先生的弟子、我国知名二胡演奏家王国潼先生曾经给蒋静风写过一封推荐信，信中如此评价蒋静风：

蒋静风先生是我的恩师蒋风之的四子，已故蒋风之老先生系中国音乐界老前辈，中国二胡一代宗师，在中国现代音乐史上占有重要的地位。

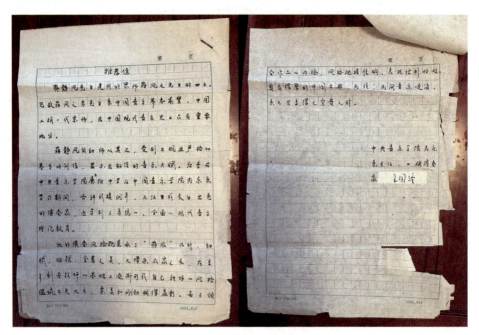

王国潼先生亲笔推荐信

蒋静风自幼师从其父，受到正规且严格的基本功训练，显示出极佳的音乐天赋。后来在中央音乐学院附属中学及中国音乐学院民乐系学习期间，各科成绩优异，不仅成长为出色的演奏家，还受到了系统的、全面的现代音乐理论教育。

他的演奏风格既承袭了"蒋派"古朴、细腻、幽雅、含蓄之美，又博采众家之长，在多年刻苦钻研的基础上，逐渐形成自己独特的风格，温婉不失大方，柔美和刚劲相得益彰，善于领会作品的内涵，风格把握准确，表现恰到好处，具有深厚的中国古典、民族、民间音乐造诣，系不可多得之宝贵人才。

信中，王国潼先生真诚地表达了对蒋静风先生二胡演奏风格的高度评价。蒋静风一直保留着这封王国潼先生亲自手写的推荐信，每每说起这些，他的眼中满含对恩师的感激之情。

二胡，始于唐朝，称"奚琴"，已有一千多年的历史，是我国传统拉弦乐器的代表，也是中华民族乐器家族中主要的弓弦乐器（擦弦乐器）之一。它最早发源于我国古代北部地区的一个少数民族，原本叫"嵇琴"和"奚琴"。最早记载嵇琴的文字是唐朝诗人孟浩然的《宴荣山人池亭诗》："竹引携琴入，花邀载酒过。"二胡音色优秀、表现力强，在独奏、民乐合奏以及戏曲、歌舞、声乐伴奏中，都有着重要地位，因此至宋以后就流行于全国各地。一把现代二胡，由琴筒、琴皮、琴杆、琴轴、琴弦、琴弓、琴码、琴托、千斤线等部件构成，精巧绝伦的构造，在大师手中，便能演奏出包罗万象的曲调。经过一代代二胡教育家和艺术家的传承和发展，如今的二胡演奏艺术如雨后春笋迅猛发展起来。今天，二胡名家蒋静风身上所流淌的，正是"蒋派"二胡艺术的深厚血脉。

蒋静风之所以对二胡有如此深的造诣，离不开家庭的教育培养。说起小时候学习二胡的经历，蒋静风用"耳濡目染"来形容。从小，他就出生在一个音乐家庭，父亲是我国知名的二胡演奏家、教育家蒋风之，他曾任中国音乐学院副院长。蒋静风有两个哥哥、一个姐姐、一个弟弟，都在父母的熏陶渐染之下，走上了学习音乐的道路。儿时，蒋静风和父亲、母亲、哥哥、姐姐、弟弟一同住在东城区的棉花胡同，胡同西边就是著名的中央戏剧学院，可以说文艺气息十足，也给学习音乐创造了良好的环境。而蒋静风的音乐之路，也是自然而然的，并在刻苦钻研和学习中达到了如今的境界。

"小时候我其实也很爱玩，但也喜欢拉琴，因为我父亲每天上班回来都要拉琴，我也对二胡渐渐产生了兴趣。"7岁，正是蒋静风开始上小学的年纪，也正是这个时候，蒋静风开始正式接触二胡。他回忆，当时蒋风之先生对兄弟姐妹们的教育非常严格，总是一丝不苟，父亲刻苦钻研的身影，给蒋静风产生了深入骨髓的影响。言传身教，身行一例，胜似千言，蒋风之先生的榜样作用，引领着孩子们在音乐艺术的道路上越走越宽。蒋静风兄弟姐妹之间也会经常讨论、交流，家庭里音乐氛围十分浓厚。

蒋伟风、蒋巽风、蒋风之、蒋青、蒋静风齐奏二胡

有人说，把一件事情重复一万遍，就是大师。其实，成功就是把一件事情不停地重复，学习乐器同样如此，而年轻时期的蒋静风每日苦练技艺，奠定了日后成功的基础。因为天赋好，学习成绩也十分优异，在1959年，蒋静风顺利考上了中央音乐学院附中，这是一所教育部直属、国家级重点中等专

业学校，被誉为"中国音乐家摇篮"，代表"中国专业音乐教育最高水平"，培养出了施光南、储望华、王立平、刘诗昆、殷承宗、盛中国、鲍惠荞、石叔诚、王国潼、黄安伦、陈佐湟等一大批璀璨群星。

"这所学校在入学招生的时候要求非常严格，每个学生都要考察视、唱、练、耳，只要不合格就可能被退学。"正是在这里，严苛的训练给蒋静风的二胡演奏艺术和音乐道路发展打下了扎实的基本功。同时，蒋静风在这里又得到了系统的音乐教育，期间师从聂靖宇先生。聂靖宇也是国内著名的音乐教育家，历任中央音乐学院附中民乐学科主任、中央音乐学院民乐管弦乐教研室副主任，是中国音乐家协会会员。

名师引路，再加上自己的勤勉努力、奋发图强、不断学习，蒋静风顺利考上了中国音乐学院，不仅进一步学习二胡演奏技巧，更是深造文艺理论、音乐理论等，向音乐殿堂的更深处走去。大学期间，蒋静风主科是二胡，因为对作曲也颇有兴趣，他的副科便选择了作曲。教他学习作曲的都是当时非常著名的作曲家，如张肖虎、施万春等，这也奠定了蒋静风后来在作曲方面成就的基础。

20世纪70年代初，蒋静风从中国音乐学院毕业，因为学习成绩优异、表现突出，又是系里的尖子生，蒋静风被点名要求去济南军区歌舞团，"当时总政还专门发了一个红头文件下到我们大学，这样我就当兵了"。在济南军区的日子，本就自律的蒋静风始终以一名军人的高标准严格要求自己，又不断学习，刻苦练琴，在一次次表演、锻炼中，技艺也在继续精进、突破。

1979年，蒋静风作为"蒋派"二胡艺术传承人，从济南军区歌舞团转业，来到了北京歌舞团，也就是现在的北京歌舞剧院，工作期间，蒋静风凭借自己突出的能力和艺术天赋，逐渐树立起了自己的良好口碑，并担任独奏演员、二胡首席、民乐队队长及音乐总监，继续从事他所热爱的音乐事业。而他的演奏技能、作曲技能又在这里得到了充分的锻炼和提高。

多次随团出国演出，将传统民乐推向世界

20 世纪 80 年代，中国改革开放的大门刚刚打开，文化在推动中外交流方面的重要性不言而喻。由于文化的特性，在和外交结合后，文化外交就具有其他外交形式所不具备的独特性：柔软似水、平和直观、易于接受。这种"柔"性和"软"性直抵人心，促进人与人之间思想、观念和情感的沟通，使得文化外交在国家对外宣传和传播中被广泛运用，其重要性日益突出，被誉为"外交中的外交"。文化事业是沟通中国和世界的一扇重要窗口，一方面要"引进来"，另一方面，更要推动"走出去"。当年在北京歌舞团的日子，蒋静风就曾经多次随团前往国外演出，为文化外交贡献着自己的力量。当年的诸多经历也给蒋静风留下了非常深刻的印象。蒋静风回忆，从 1981 开始，他就随演出团队去了欧洲多个国家演出，把中国传统音乐和传统文化送到海外去，持续扩大中华文化的影响力。

那年，北京歌舞团的年轻艺术家们怀揣着自己的精湛技艺，走遍了西欧 9 国，包括意大利、法国、德国、瑞士、比利时、摩纳哥等，整个演出行程长达 109 天，其间，最主要的行程在法国。那是改革开放以来中国第一次出国开展商业演出，由当时的文化部和北京市文化局组织开展。为了给世界传递更好的中国声音、塑造中国形象，演出团队的成员更是优中选优，能够被选上出国演出，蒋静风感到无比自豪。"那时候大家伙儿都非常兴奋，我们民乐队去了大概十五人，舞蹈队去了二三十人，所有队员都非常年轻，都是二三十岁的年轻小伙子和姑娘，大家意气风发，要向海外展现中国文化事业欣欣向荣的新面貌。"

在这些国家，演出团队的成员们充分展现了中华文化的博大精深和浓厚魅力，二胡、琵琶、扬琴、古筝、阮……许多乐器西方人之前见都没见过。这些传统的中国乐器组成了一支强大的民乐队，演奏出一曲又一曲带着浓郁东方气息的传统音乐，来自东方的民乐飘到了西欧大地上，令人耳目一新，

更是受到了当地人的热烈欢迎。每一场演出都座无虚席，大家都争相来倾听来自东方的雅韵。

除了演奏中国代表性的民乐曲目，乐队的成员们早已做好充分准备，提前练习了西方的音乐，用中国传统乐器演奏当地人熟悉的曲子，这一方面拉近了与国外听众的距离，另一方面，更是充分展现了中国传统音乐的兼容并蓄。"他们听后感到十分惊讶，我们竟然能够用中国乐器演奏他们的旋律，演唱他们熟悉的歌曲，同时，他们也了解到了中国竟然拥有如此丰富而且优美的民族音乐。"说到这里，蒋静风很是骄傲。

中国和法国在1964年就已经建交，到了1981年，两国已经建交15年，并结下了深厚情谊，而法国当地的朋友也给予了演出团队不少力量。"当时在演出的过程中，法国朋友们非常热心地给了我们很多支持，法国的服装大师皮尔·卡丹还专门来宴请我们，大使馆的翻译也过来帮助我们。"在演出和游览的过程中，大家充分感受到了外国朋友展现出的热情和温暖，体会到了当地的文化。

后来，蒋静风跟随演出团队去过多个国家演出，包括日本、韩国等地。一次在日本的演出经历给蒋静风留下了非常深刻的印象："记得那次，我们演出团队刚刚抵达日本，我们每次出访都要随身携带很多道具和箱子，到了之后发现，突然很多来人过来主动帮我们扛箱子、搬东西、收拾后台，而且这些人看起来年纪都在五六十岁的样子。我当时特别纳闷儿，怎么不是年轻人来帮忙？后来我一问使馆的人才知道，原来这些人是当年参与过侵华的日本兵。他们正在用自己的方式，不断地反省自己过去在侵略中国的过程中所犯下的罪恶，于是就自发地组织起来，主动为来自中国的文艺代表团帮忙，做一些力所能及的事情。其实这些人都是普通的老百姓，当时让我感到非常触动。"

1992年8月24日，中华人民共和国与大韩民国正式建立大使级外交关系，结束了两国长期互不承认和相互隔绝的历史。1993年8月6日至11月7日，韩国世界博览会在大田市举行，108 个国家和 33 个国际组织参加了这次以"新的起飞之路"为主题的世界博览会。应韩国政府邀请，中国贸促会组织参加了这次博览会。这是 1992 年 8 月中韩两国建立外交关系后双方交流的一次大型活动。而在世博会举办期间，时任国务院副总理李岚清率领中国政府代表团应邀赴韩国。蒋静风随团前往韩国大田市，在世博会的舞台上展现中国音乐。在中国馆，观众摩肩接踵，中国馆共接待观众 350 多万人次，约占世博会观众总数的四分之一，在各外国馆中名列榜首。

文化交流总能让国家与国家之间增进了解，加深国与国、人与人之间的友谊。在海外传播中华文化的经历，蒋静风深受鼓舞："每到一个国家，看着外国人欣赏我们演奏时的目光和陶醉之情，让他们感受到中华传统音乐和传统文化的魅力，我就感到无比自豪。"

前往马来西亚"播撒种子"，将中华民乐推向更多人

文化只有在对外传播、交流、融合、激荡中才能保持最旺盛的创造力和生命力，从这个意义上来说，中国文化向外走出去，承担的不仅仅是向世界推介中国文化的责任，还担当着促进中华文化复兴的伟大使命。在这一过程中，离不开官方力量的推动，但更离不开千千万万艺术家个体的力量。蒋静风的眼光始终保持向外看，因为他希望通过自己的努力，更好地将中华传统民乐推向世界。

2001 年，他应邀前往马来西亚沙捞越州的第二大城市美里市，受聘为美里市培民中学华乐团（即国内俗称的"民乐团"）的指导教师，担任华乐团的音乐总监、指挥兼二胡教授，同时致力于带动美里市的华乐发展。据了解，美里培民中学于 1961 年创校，迄今已有 60 余年的悠久历史，为美里第一所民办、非营利的华文独立中学，培民中学始终将"坚持母语教学，维护母语教育，延续和发扬优良的中华民族文化"列为首要办学宗旨，这所学校在当

地华人圈中颇有名气，而能够前往这所学校担任华乐团的指导老师，也与蒋静风希望将中华民乐发扬光大、远播海外的想法不谋而合。

当地学校对于蒋静风的到来也寄予了厚望。据当地报刊报道，培民中学的校领导曾表示："希望在蒋静风老师的指导下，学生能够不断增进技艺，将音乐的内涵尽情传达出来，同时将学校的华乐团发扬光大，并成为本市华乐的主流。"培民中学董事部也希望蒋老师能在受聘期间，教出一些"高徒"，继续蒋老师的工作。他们相信，培中华乐团在蒋老师的指导下必定能有一番作为。受聘时，学校还在美里富丽华大酒店为蒋静风举行了欢迎晚宴。在致辞中，当时培民中学校长郑宝维曾表示："蒋静风老师是一位多才多艺的华乐大师，希望他会习惯美里的生活，并为带动培民中学及美里的华乐作出贡献。"蒋静风在晚宴上也向大家表态，他有信心，培民中学华乐水准在他的指导下可以更上一层楼，他也希望得到各界的支持和帮助。

当时在接受媒体采访时，蒋静风曾说，自己在中国曾经教过小学生，但是还没有教过如培民中学高年级的学生，但他相信，只要学生能和他相互配合，必定可以做得更好。学校华乐队和专业华乐队的情况是不同的，学生的情况是"旧的去，新的来"，也就是每年的学员都在换，毕业生会自然退出。他强调，学习华乐是不能一步登天的，是需要有耐心的，以及经过长时间的练习才能精通，最主要的是学生们的纪律。蒋静风认为，只要一名学生有良好的纪律，学习任何事情都会比无纪律的学生来得快。虽然培民中学华乐队是由学生组成的业余乐队，可蒋静风依然按照专业的方式来训练同学们，而且通过耐心讲解，让学生们了解到每一件乐器的来源和历史。

当时，蒋静风也观察过培中华乐队的演奏，他认为，这些学生都有一定的演奏基础，只要他们愿意付出时间去练习，肯定是可以演奏出更高水准的乐曲。"在学习华乐方面，无论什么乐器，都要肯花时间、肯下功夫。"他希望在这个过程中带着学生一起进步。

而蒋静风在学校的工作并没有令人失望。在教学过程中，他一直秉承着高要求、高水准，以严格的态度来教导学生，要求学生们在音乐课以外的每一天，需要有一至一个半小时的个人练习时间去巩固和提高。师傅领进门，修行在个人，蒋静风曾说："学习音乐绝不是一件容易的事情，必须要有坚强的毅力和恒心，方能成功。"同时，为了扩大中国民族音乐的影响力，蒋静风还开设了 3 个特别班，供校外人士参与学习，包括小学生、中学生以及成人班。

在马来西亚培民中学的日子里，蒋静风指导当地学校、推动华乐团发展的故事和场景也频繁登录当地的华文报纸。其中，2003 年 1 月有一期新闻报道称："由培民中学主催、培中华乐团主办之《欢乐的日子》音乐欣赏会，今日成功于美里电子图书馆举行。该项活动的宗旨是为发扬华族文化，丰富国家文化水平，同时亦希望提高本地居民对华乐的兴趣，并验收培中华乐团过去两年来的学习成果。该音乐演奏会节目内容包括华乐大合奏、扬琴二重奏、二胡、琵琶齐奏以及打击乐等。参与演奏人数共 51 人，全由培中学生、校友及外籍热爱华乐人士组成。"这篇报道还着重强调，回顾 2001 年，可以说是该华乐团丰收的一年，在该团音乐总监蒋静风老师的谆谆教导下及该团团员刻苦学习下，该华乐团有了很明显的进步，并尝试演奏来自各国不同曲风的乐曲。

此外，培民中学华乐团还曾于 2001 年 6 月 2 日受邀参与沙巴文化节 500 人华乐演奏会《风下响宴》，这是马来西亚最盛大华乐演奏会，也是当时马来西亚历史上参加人数最多的一次演奏会。在这场盛大的演奏会上，汇集了来自中国、新加坡以及马来西亚等多地的音乐指挥、作曲、乐手，共同为发扬东方管弦乐演艺而汇聚一堂。不同的编曲、不同的指挥、不同的乐手演绎出各具独特风格但又十分和谐的传统中国民乐，给人们带去了一场令人难忘的音乐盛宴。这场盛会因其参与人数之众、演出之精彩，被列入马来西亚记录大全。

2003 年 1 月，蒋静风在西亚美里市电子图书馆演出

随着时间的推移，蒋静风用自己高超的音乐造诣征服了越来越多的观众，也让培民中学华乐团走向更加广阔的舞台。2001 年 12 月 15 日，培民中学华乐团还主办了"油城涛声"音乐欣赏会，获得了美里市各界人士的支持与好评。在当地华文报纸上，还可以看到这则新闻的两张现场图，演奏厅里座无虚席，观众们正在为民乐团的精彩演出鼓掌，而在舞台上，华乐团的同学们沉浸在民乐演奏中，神情专注。而这一切都离不开蒋静风的悉心教导和推动。根据当地报纸报道，这场音乐会是蒋静风在美里的最后一场演出，音乐会结束后，蒋静风将回到中国，而培中华乐团还特别为蒋静风准备了蛋糕和鲜花，感谢他多年以来所给予的指导。

回望在马来西亚美里市的美好时光，蒋静风为当地学校和华人开展了大量的培训和教学活动，助力美里培民中学的学生华乐团提升演奏水平，同时，他也带领学生们举行各种华乐欣赏会，组织义演，给学生创造更多的表演和锻炼机会。他还通过在当地积极举办华乐集训营，吸引了不少热爱华乐、对华乐感兴趣的男女老少参加，极大推动了中华民族音乐在当地的传播和发展。蒋静风甚至在东南亚持续掀起了一股华乐之风。他还曾经应邀参加文莱汶广中文台"纵横千里一席谈"的访问节目，节目中，蒋静风畅谈二胡、作曲、华乐、指挥在乐曲演奏中的作用和乐曲创作等课题，深受当地华人所喜爱。

一个民族的文化成就不仅仅属于这个民族，更是属于整个世界。蒋静风通过种种方式，持续将传统的中华文化远播海外，就像一粒粒播撒种子一样，让中华民族音乐传得更远、更广，让更多人能够感受到中华传统音乐的魅力。值得一提的是，正是有像蒋静风这样的艺术家在不断努力，如今民间和普通民众也在对外文化交往中发挥着越来越突出的作用，民间文化交流已经成为我国对外文化交流的半壁江山，日渐成为我国文化"走出去"的一支重要的生力军。

参与创作清宫乐舞《盛世行》，为充分还原艺术本色多番调研

虽然蒋静风主攻二胡，但他在音乐创作方面也颇有建树。作曲是一个十分复杂的过程，要运用基本乐理、和声学、复调、配器法、曲式结构等技术理论体系来表达创作者音乐思想，要对各类素材进行整合、组装，并进行创造性地安排与使用。蒋静风说，从学生时代起，他就对音乐创作展现出了十分浓厚的兴趣。因此，在器乐演奏之余，蒋静风一直向有关专家请教学习作曲和各种技法，并逐步涉及了音乐创作。

这些年来，蒋静风创作了大量的器乐、声乐作品，如《乡归》，高胡、古筝、扬琴三重奏《思乡曲》，歌曲《月》《绿色的背影》等。蒋静风的作品也收获了不少荣耀，例如，他参与创作的大型清宫乐舞《盛世行》曾经在 1990 年获得"文华奖"，器乐曲《乡归》荣获新中国成立 35 周年音乐创作二等奖、三重奏《思乡曲》荣获新中国成立 40 周年音乐作品优秀奖、歌曲《父亲》荣获新中国成立 50 周年中国原创歌曲北京十大金曲奖等。

说起清宫乐舞《盛世行》，这是令他十分骄傲的一部作品，回忆起当年的创作经历，蒋静风一下子打开了话匣子。大约在 1989 年年初，当时北京歌舞团负责创作的副团长毕耀中先生找到蒋静风，提出希望他能参加大型清宫乐舞《盛世行》的音乐创作。此前，毕耀中先生曾听过蒋静风的一些音乐作品，认为蒋静风拥有一定的基础和实力，便主动前来招贤纳士，邀请他一同参与这部作品的音乐创作。

收到这个消息，蒋静风十分珍惜这个机会，他在回忆中写道："这对我来说是一次难得的学习、展示自己才能、提高创作技巧并接受实践考验的机会，所以我二话没说就同意参加了。"在不脱离自身乐队的情况下，蒋静风开始了自己的创作生涯。

这部作品是以承德避暑山庄为背景，根据清朝历史来创编的清宫乐舞，其中涉及很多元素，需要尽可能展现当时的宫廷盛景。回忆当年，为了让作

品更加还原历史，贴近古代的真实图景，在创作《盛世行》的过程中，创作团队成员们真没少花心思：为了查实资料、体验生活，创作人员曾多次去图书馆翻阅资料，亲自跑到故宫、承德参观，并与相关的专家进行座谈、考证，还多次专程去拜会老艺人，搜集有关的音乐资料，从而为创作打下了坚实的基础。《盛世行》的音乐创作是由张鹰、徐昌俊和蒋静风共同完成的，整个作品的音乐创作部分经历了从无到有、从虚到实、从片段到整场、从谱面到音乐录制的过程。在大家的共同努力下，作品一点点立起来，逐步完成创作并顺利进行排练、演出。

其中，《盛世行》的第二场《星祭》是由舞蹈编导张松年先生与蒋静风合作完成的，更是受到了现场观众和专家们的一致好评，成为演出场次最多、获奖次数多的一场。功夫不负有心人，辛勤的创作也收获了大量肯定和沉甸甸的荣耀，这场作品获得了当时第三届舞蹈比赛专业组音乐创作奖，以及由北京市文化局、文联颁发的新创作剧目作曲奖。

说起在创作过程中的故事，蒋静风又打开了记忆的闸门：这是一场以清代宫廷为背景的舞蹈，在音乐创作中，必然要配合清朝宫廷风格的音乐。但是问题就来了，清朝的音乐到底是什么样子的？当时也没有留下录音，如何恰如其分地、准确地还原清宫音乐？其特点是什么？如何准确地配合好舞蹈的节奏？一筹莫展之际，蒋静风很快联想到了京剧："因为京剧发展的鼎盛时期正是在清朝，如果音乐中加上一段京剧曲牌中的'西皮'可能就更贴近这个时代，所以在创作过程中，我就加进了一段'西皮'音调，而且我亲自操琴演奏，最终呈现出来的效果也确实很好。"

"天下大事，必作于细。"伟大的作品同样始终追求精益求精，不会放过任何一个细节，而蒋静风当年在创排《盛世行》的过程中，一个小小的举动也被传为佳话：当时，在《盛世行》的第四场《演乐》中，为了尽量还原展示清宫失传特色乐器的原貌，蒋静风特地翻阅了海量资料，还专门跑去乐器厂，找老师傅们仿制出了清朝宫廷的三个乐器，分别是"匙琴""双清""提琴"。当年，乐队里的演奏家也给予了大力支持，并将作品演绎得精彩绝伦。

　　在上级领导的支持下，在全体创编人员及演职人员的共同奋斗努力下，大型乐舞《盛世行》成功推出并展演，还荣获新剧目创作"文华奖"，以及北京市"首都精神文明奖"。看着自己参与创作的作品取得如此成就和社会肯定，蒋静风非常有感触："音乐创作既要有激情又要讲究技巧，关键还不能脱离生活，还要把握好细节，做好每一个环节。音乐创作并非易事，既要有浪漫的想象力，又要与编导和演唱者达成默契。多方共同努力，方能取得最好的效果。"在蒋静风的脑海中，这始终是非常值得回忆的一段经历。

　　20世纪90年代末，蒋静风被调入北京歌舞团艺术室专注音乐创作。除了创作舞蹈音乐和器乐作品之外，蒋静风还与陶正先生倾情合作，创作了大量的声乐作品，并广为传唱：其中，由王英明先生演唱的《父亲》，以其委婉优美的旋律获得了听众好评，荣获北京福田杯"世纪风"中国原创歌曲十大金曲奖，以及中华人民共和国成立50周年文艺作品优秀奖。由殷秀梅和刘维维演唱的《致祖国》，以其荡气回肠的气势、真挚的情感，荣获中华人民共和国成立50周年文艺作品优秀奖，并在电视台多次播放。由刘燕演唱的《北京中国的象征》，以其辉煌大气的特点成为团内保留节目。由王燕芬演唱的《陕北日记》，以其高亢动听的陕北风格，音域大跨度的跳跃，演唱技巧亦有一定难度，作为专题在电台播放。由王彦芬、金山演唱的《爱是条对流的河》，尝试用民族与通俗男女对唱的演唱方式，取得了极好的效果。与张亚平先生合作，由伊杨、冯瑞丽演唱的《爱情电话》则充满了当代青年人的朝气和诙谐，被电视台在新年晚会上播放。退休后，在2003年，蒋静风还与陶正合作创作了体现亲情的作品《一家人》。这些年，蒋静风还持续创作了许多行业歌曲，包括为依波表创作曲目，他说，每每回忆起来，都是非常愉快的创作过程。

　　演奏和作曲之间存在着明显的差别，蒋静风表示，演奏就是要勤学苦练，得不停地重复，无数次地重复，去练习得精而又精。而作曲是要持续向前走的，是从一张白纸变成一个完整作品的过程。作曲非常讲究形象思维，要考虑到各种因素，包括舞台形象、场景布置、故事情节等，所以作曲家要涉猎广泛，多听、多看、多积累、多学习，还要有灵感这样才能写出作品来。

在创作歌曲时，旋律十分关键，是传递情感、述说故事和吸引听众的密码。旋律是如何生发的？蒋静风说，这得考虑如何去根据作品的需要、主题的需要以及情景的需要去设计相应的旋律，这非常需要抽象能力，有时候积累多了、感觉到了，旋律自然而然就出来了，而且也需要依靠创作者的才华。有的人作曲技法很好，但是旋律不漂亮，这跟创作者年轻时候的音乐基础和积淀有很大关系。蒋静风说，旋律是最难的，而成就一部好的作品就是非常需要美好旋律来加持的，旋律好了，听众才愿意听、愿意跟着起舞，才能长久地流传下去。

传承"蒋派"二胡艺术，既保留经典又贴近群众

说到"蒋派"二胡艺术，这在国内传统民间音乐领域可谓鼎鼎有名，且历史悠久。早在新中国成立前，"蒋派"这一说法就有了，在二胡界称为"南陆北蒋"的，正是指陆修棠和蒋静风的父亲蒋风之。正式提出"蒋派"一说的是陆修棠。1954 年，蒋风之参加巡回演奏活动，在关于二胡演奏风格与流派问题座谈会上，南派二胡奠基人陆修棠总结说："要谈形成派，我们谁也谈不上，只有蒋先生能够称得上形成'蒋派'二胡。"这里的南派、北派并不是二胡音乐风格上的区分，而是中国南北地域的区分。陆修棠先生一直在上海、江浙一带进行二胡创作、教学、演奏，因此形成了"南派"；而蒋风之先生在北京、河北、天津一带进行教学创作活动，故称"南陆北蒋"。

作为"蒋派"二胡艺术的传承人，蒋静风用深刻细致、典雅飘逸、富于变化这几个词来形容"蒋派"二胡艺术的特点。业内对"蒋派"二胡艺术的演奏风格同样有十分恰到好处的描绘：以情带声、含而不露，强而不躁、弱而不温，动中有静、静中有动，怨而不怒、忧而不伤，以强带弱、以弱带强，

虚实结合、游刃有余。从美学的角度来看，这是纯粹的中国音乐之美。"蒋派"的代表曲目大多擅长刻画人物内心的细腻多变，如《汉宫秋月》《二泉映月》《病中吟》《闲居吟》《月夜》《江河水》等，这些传统曲目早已深入人心。其中，古曲曲目《汉宫秋月》正是"蒋派"二胡演奏艺术最具代表性的作品。而这些经典曲目，早已成为蒋静风的看家本领，并融入了自己的情感和表达方式。

　　"蒋派"二胡在我国二胡艺术发展史上的地位是不可替代的，更是承前启后的。刘天华老先生将二胡这个民间乐器带入了"大雅之堂"，蒋风之先生充实了二胡的艺术表现力，展现了二胡独有的色彩，蒋静风先生又继承了父亲的衣钵，将"蒋派"二胡的作品不断传承，并继续培养二胡演奏家，艺术发展的脚步永不止步。蒋静风没有局限于北京，而是希望将"蒋派"二胡艺术在全国推广开来。只要身体和客观条件允许，蒋静风就会前往外地讲学、授课，包括到江西省、江苏省等多地，指导地方民乐团、高校民乐团演奏，帮助提高演奏技艺水平。

　　除了从小传承"蒋派"二胡的经典曲目之外，在蒋静风看来，要让二胡艺术发扬光大，一方面要不断继承传统作品的精髓，另一方面也要做到与时俱进、不断贴近群众生活，学习和接触现当代的作品，比如用二胡演奏群众喜闻乐见的曲子。在接受采访时，蒋静风随手拿起了他珍贵的二胡，即兴演奏了几首大家耳熟能详的曲子。在蒋静风不经意的表现手法中，二胡声声如泣如诉，电视剧《红高粱》的主题曲《九儿》旋律响起，似乎在讲述着九儿跌宕起伏的人生，其中又透露出女性的隐忍和坚强。一会儿，他又转变曲调，一首最近十分火热的《可可托海的牧羊人》传来，不同于原版，蒋静风演奏的曲子节奏缓慢了不少，其中还增添了一种更加悲伤的意味。一曲毕，他又切换风格，拉了一首《抬花轿》，弓子在琴弦之间上下翻飞，通过击筒的手法，模仿出了抬花轿时一颠一颠的节奏感，更是传递出了新人喜结良缘的欣喜之情。

一旦拿起二胡，蒋静风整个人就一下子切换到了另一个状态，忘我地投入到演奏中，实现琴我合一，更让听众深受感染。在美妙的旋律声中，他徜徉于自己的音乐世界。对于各种音乐曲风，无论是古是今，他都能信手拈来，演奏过程行云流水。

在蒋静风看来，二胡就是我国的传统民间乐器之一，虽然就一把弓、两根弦，看起来很简单，但是二胡是一个十分深刻的乐器。它拥有着强大的艺术表现力，常人以为，二胡是天然带有忧伤气质的乐器，但不仅仅是舒缓的、悲伤的，二胡其实能够演奏出十分丰富多样的情绪，有慷慨激昂、欢欣鼓舞，也有情意绵绵、九曲回肠，可谓暗含宇宙、博大精深。

蒋静风说，学二胡的人很多，但是真正学好二胡并非易事，首先，要从最基本的把握音准开始，左手控制音准，右手控制节奏和情感，再慢慢进阶，把握节奏，并赋予演奏者的情绪和思想。学任何东西都是如此，必须勤加练习、用心感悟，需要耐心、恒心，方可臻于化境。多年来，蒋静风依然每天都要拿起琴来拉上一会儿。"我跟学生多次强调，练习也要讲究质量和效果，一天无目标地拉几个小时没有必要，只要你认真、用心的话，每天抓重点拉一两个小时也就够了。"

三度慷慨捐赠珍贵物件，传播父亲二胡经典艺术

人是历史的创造者，而名家名师们则是历史进程的承载节点。追忆中国音乐发展史，蒋风之先生的教学方法、蒋氏二胡和其创立的蒋派演奏和学术论著都是他留下的宝贵艺术财富。作为蒋风之老先生的继承人，蒋静风从来都敞开胸怀，希望将父亲的故事和艺术成就为更多人所知，并无偿捐赠父亲的"传家宝"——蒋风之老先生用过的各种乐器及相关唱片资料。

2015 年 5 月蒋静风先生回到故乡江苏宜兴，无偿将二胡及乐谱、照片、文字材料等赠送给蒋风之纪念馆。

　　在清华大学图书馆，也有蒋静风及家人的慷慨捐赠。2021 年 3 月，清华大学图书馆专门找到蒋静风，表示非常希望能够找到一些老教授、老艺术家使用过的乐器和相关资料，更是希望收藏蒋风之的一些乐器，以丰富馆藏。说起来，蒋风之与清华大学有着很深的渊源，也有着一份特殊的感情，早在 1938—1942 年期间，蒋风之就曾在清华大学开办了二胡讲习班，清华大学原校长蒋南翔、物理学家袁家骝都曾在讲习班师从蒋风之学习二胡。

　　"我马上就回家跟家里人商量，因为他们的收藏相对科学一些，比如恒温恒湿，更有利于老物件的保存，商量后我们决定无偿捐赠给清华大学图书馆。"于是，蒋静风捐赠了父亲使用过的一把二胡和一把琵琶。说起这把二胡可是非常有来头，可以称之为现代二胡的鼻祖。原来，这是 1928 年蒋风之在上海时，专门找"唐泳昌"乐器店老板唐银甫依照蒋风之提出的要求定制的，并进行了改良。而另一把琵琶则是 20 世纪 30 年代蒋风之先生在苏州定制的，拥有精美的苏州工艺，十分秀气，而这两件乐器距今都有 90 余年的历史，十分珍贵。

　　2021 年 3 月 19 日，清华大学专门给蒋静风送来了一份捐赠荣誉证书，上面这样写道："尊敬的蒋静风先生：您赠送的著名二胡演奏家蒋风之先生亲用的二胡一把、琵琶一把、老式手摇唱机一台及唱片、出版物和蒋风之先生的各种有关资料 100 余件，已收到。为此，我们向您表示诚挚的谢意。您所赠送的这些珍贵资料，是历史的见证。这些资料不但丰富了清华大学图书馆的馆藏，对我校的人才培养及科学研究发挥重要的作用，并将对我校的音乐教育与研究作出贡献。特授此证，以兹纪念。"

　　为更好地保存和研究蒋风之先生的艺术档案，2021 年 9 月 18 日，蒋静风又将父亲生前所用两把二胡等一批艺术档案正式捐赠给中国音乐学院图书馆。捐赠当日，图书馆馆长付晓东，党支部书记、副馆长梁玉梅，学生代表欧阳迎湘等代表学校接受了蒋静风先生的捐赠，并聘任蒋静风为中国音乐学院图书馆荣誉顾问。此次捐赠的艺术档案包括：20 世纪 40 年代与 70 年代蒋风之先生使用过的具有代表性的二胡各一把，蒋风之先生任中国音乐学院副院长时的工作证、医疗证、蒋风之先生代表性照片等。

　　这些艺术档案背后凝结着一代二胡大师的故事，捐赠当日，蒋静风向大家详细讲述了父亲孜孜不倦的求学成长之路，回忆父亲所在时代的音乐生态，蒋风之与恩师刘天华先生和当时共同致力于民族音乐传承发扬的音乐同人们的渊源。蒋静风还通过展示对比父亲20世纪40年代与70年代的两把二胡，介绍了蒋风之先生对传统二胡推陈出新的改革。蒋静风说："父亲热爱传统艺术，尤其钟情戏曲和曲艺。他精通多种乐器，博采众长，借鉴其他乐器的技巧技法充实二胡的演奏，不断探索创新，形成独特的'蒋派'技法。"

2021年9月18日，蒋静风先生向中国音乐学院图书馆捐赠蒋风之艺术档案

　　中国音乐学院图书馆馆长付晓东对蒋静风先生的无私捐赠也表示了衷心感谢。目前，这些珍贵的艺术档案正静静地躺在中国音乐学院，老一辈艺术家的精神正通过档案的研究展示，以继承传统，嘉惠后学。

作为蒋派传人演出蒋风之先生亲传代表作品

2008 年 12 月，由中国音乐学院主办中国音乐学院纪念改革开放 30 年成果系列——"纪念蒋风之先生一百周年诞辰"音乐会在北京音乐厅举行，由蒋风之先生之子、二胡演奏家蒋巽风，二胡演奏家、作曲家蒋静风以及著名众多二胡艺术家们为观众共同献上了一场高雅唯美的音乐盛宴。蒋静风先生演奏了蒋风之先生亲传的代表作品《病中吟》，把全场的热情进一步点燃。

2008 年，蒋静风先生演奏《病中吟》

2017 年"继承与发展——'蒋（风之）派'二胡艺术传承音乐会"在中国音乐学院"国音堂"举办，来自中国音乐学院、中央音乐学院等院校的二胡名家、"蒋派"传人纷纷登台，集中向观众展示了"蒋派"二胡艺术当下"继承与发展"的现状。蒋风之先生四子蒋静风先生演奏的《汉宫秋月》，是音乐会上半场的压轴曲，他的弓法与指法、音乐形象与情绪等，比之文献所载蒋风之的演奏特点，既有轻松与随性又有激情的彰显，音乐更加流畅自如。

2017 年，蒋静风先生二胡独奏《汉宫秋月》

　　观众们既感动于音乐会上富有优美激情的旋律，又感动于蒋风之先生和所有二胡演奏家们对二胡事业以及民族音乐的亲身参与和巨大推动，不断报以热烈掌声。每一次音乐会的成功举办使观众们亲身体会到蒋派二胡艺术以及现代二胡的艺术魅力，体现了新中国二胡艺术家们作出的突出努力，同时也为继承和发扬民族音乐文化作出了行动和贡献。

二胡声余音绕梁不能绝，古稀之年依然醉心创作

　　如今，蒋静风已经 75 岁高龄，但依然精神矍铄，颐养天年之际，他在2021 年 10 月入住燕达金色年华健康养护中心，在这里，他和爱人开启了悠闲而宁静的晚年生活。二老选择了一个三室一厅，南北通透，十分宽敞，格局跟原来自己住过的屋子也很像。二老各自拥有一间卧室，中间还有一个书房，其中放着两把精美的二胡。毫不夸张地说，蒋静风可是一天都离不开二胡。

每天他都要拿起来拉上一会儿。手指上的老茧越来越厚，但这恰恰是艺术人生的厚重积淀。

虽然是闻名遐迩的演奏家，但蒋静风在燕达金色年华健康养护中心内居住时为人十分低调，与人打交道从来十分随和，没有任何架子。院里，一群志同道合的老年人组建了合唱团和乐队，有成员得知蒋静风是音乐大家，便邀请他前去指导。蒋静风从来都十分谦虚，但又十分热心，经常前往帮助做讲解。"他们老叫我蒋大师，我也挺不好意思的。老年人自己的乐团不比专业院团，还是以老有所乐、颐养身心为主，在此基础上，我也会帮他们提点建议，这些活动确实搞得有声有色，非常不错。"得知蒋静风的大名，院里也有老人在跟着蒋静风学习二胡，他也非常愿意帮助这些对二胡感兴趣的老人提高技艺。蒋老师经常来到燕达燕韵乐坊，协助乐手排练，给予艺术指导。

在燕达，服务人员将老人照顾得十分妥帖，大家对二老都非常热情，时常嘘寒问暖，这令蒋静风和老伴儿深感欣慰。而从事二胡教育事业多年，蒋静风早已桃李满天下，他的学生们也会时不时打电话来问候，关心二老的身体状况，或者汇报自己的生活近况，陪老人说说话。逢年过节，还会给蒋静风寄来各种慰问品。

在燕达生活了将近一年时间，蒋静风对这里的环境也越来越适应，生活节奏舒适而自在，院内有丰富多彩的活动，可以找到志趣相投的朋友，吃饭也很方便，食堂菜色丰富、营养均衡、味道可口，要是想自己做饭，楼下也有超市可以买到新鲜的菜品，购物也十分便捷。"这次新冠肺炎疫情，我们院内的疫情防控工作也做得十分到位，这么多老人没有出现任何感染的状况，这是十分了不起的。"蒋静风还不忘给养护中心的细致工作点赞。

"老骥伏枥，志在千里；烈士暮年，壮心不已。"闲不下来的蒋静风如今依然在从事乐曲创作，每天都要伏案工作。在2022年5月，一次偶然的机会，他还即兴给燕达创作了一首曲子。原来，燕达内部早晨有个语音播报，大致内容是介绍美丽春天里的燕达。听到其中的词句，蒋静风的灵感说来就来了。

2022 年春节，蒋静风和老伴杨德瑜合影

他突发奇想，自己加了几句歌词，又谱了曲，不到一个小时，就写成了一首专属于燕达的歌。"歌曲创作不需要太复杂，没必要面面俱到，结合燕达美丽的环境、春天的美景，以及自己在这里的居住体验，我就写成了这首歌，表达出我们的燕达是美丽的、幸福的。"蒋静风说，"我的音乐人生不能停下脚步，只要有精力，身体还允许，我还是会继续创作下去。"

二胡与作曲，早已与蒋静风的艺术人生完美地融为一体。蒋静风说："演奏和创作是我音乐艺术人生的重要部分，它使我更加热爱生活，永葆青春。"

　　吴俊生，男，1938年6月生于河北省武清县城关镇，祖籍浙江绍兴。7岁学京胡，8岁

习笛箫，师从竹笛演奏家刘管乐、唢呐演奏家赵春峰，涉猎琵琶及多种民族乐器。1957年，

考入中央音乐学院民乐系琵琶专业，先后师从林石城、蒋风之。1962年毕业留校任教，历任

中国音乐学院教授、中国琵琶研究会常务理事兼创作部部长等职务。他开发了定位摇、悬腕摇、

摇扫、双摇及三指摇等摇指指法，被誉为"琵琶新摇指开拓者"，培养出一大批杰出琵琶人才，

出版唱片《浪淘沙》。其代表作《火把节之夜》《唱支山歌给党听》《太行欢歌》等10余首

乐曲被纳入艺术院校专业教材。

吴俊生

一人一琵琶　用民族音乐与世界对话

天气好的午后，阳光偷偷跑进房间的时候，吴俊生会抱起琵琶来一曲，和着蝉鸣，迎着夏风。84 岁的他，风采不减当年，转轴弹拨之间，指间依旧能化出风雷之音。

1938 年 6 月 20 日，吴俊生出生在河北省武清县城关镇（现天津市武清区城关镇），但他的祖籍却是浙江绍兴。江南丝竹，名动九州。或许是因为血液中流淌的音乐底蕴，又或许是因为武清地区独特的文化氛围，吴俊生自小就酷爱民族音乐艺术。在叔叔吴瑞的教导和精心栽培下，他 7 岁开始学习京胡，8 岁学习竹笛和箫。1951 年，吴俊生加入了陈嘉瑞先生组建的"天津市第三十三中学民乐团"，在这里他接触到了一生所爱——琵琶。1957 年，吴俊生考入中央音乐学院民乐系，师从浦东派琵琶大师林石城教授，后又师从蒋风之教授，研修平湖派琵琶演奏艺术，琵琶演奏的道路持续拓展。

1962 年，吴俊生以优异的学习成绩毕业并留校任教，在 34 年的教学生涯中，培养了一大批杰出的琵琶演奏和教学人才。他学与研兼修，教书育人的同时，不断打磨琵琶技艺，参与了多场国内外民乐演出活动，改编或创作并演奏了多首脍炙人口的琵琶曲。《十面埋伏》《大浪淘沙》《春江花月夜》《塞

吴俊生的音乐启蒙老师吴瑞

上曲》《飞花点翠》《阳春白雪》《月儿高》等中国传统琵琶曲目在他的手中传承、创新、发展。《唱支山歌给党听》《我们的生活充满阳光》等反映新中国风貌的歌曲被他改编为琵琶曲，以另一种音乐形态，流传至今，也丰富了现代琵琶民族乐曲作品库。吴俊生还创作了《琵琶行》《火把节之夜》等经典曲目，其中，《火把节之夜》是一首西南民族音乐风情的作品，也是中国改革开放时期最早使用民族风格进行创作乐曲的代表作品之一。

1995 年，吴俊生担任文化部直属艺术表演团体艺术专业人员应聘资格考评委员会委员

　　翻阅时光名片，吴俊生历任中国音乐学院教授、中国音乐家协会会员、北京音乐家协会会员、中国琵琶研究会常务理事兼创作部部长、文化部直属艺术表演团体艺术专业人员应聘资格考评委员会委员、中国音乐学院附中专业副校长，1993 年，他荣获了中华人民共和国国务院为有突出贡献的专家颁发的终身

制"政府特殊津贴"，2022 年，他的名字被选入《中国大百科全书人物言志》，也曾以"杰出人士"身份赴美传播中国民族音乐。这些点缀过人生的高光，对他而言只是一段经历。沉淀此生，他始终舍不掉的身份仅有"琵琶演奏家"而已。

　　他怀抱一把琵琶，走过大江南北，跨越山河海洋，用民族音乐，与这个世界"对话"。

1994 年，吴俊生荣获中华人民共和国国务院颁发的特殊津贴证书

与民乐相伴的童年

　　1937 年七七事变以后，蓄谋已久的全面侵华战争爆发了，中国军民奋起反抗，打响了全面抗日战争。在敌我军事力量悬殊的情况下，不到一年，中国沿海的南京、上海、广州、海南、香港等港口城市相继沦陷。乱世之中，亦有希望的诞生。在这个时代出生的孩子们，伴着企盼而生。吴俊生就是其中之一。

　　1938 年 6 月 20 日，河北省武清县城关镇一个普通家庭中，吴俊生出生了。同年 7 月，城关附近的民间抗日武装"便衣队"在队长张万春的带领下，打响了武清人民反抗日本侵略的第一枪，并粉碎了其扫荡计划。在各个抗日武装、游击队的艰苦奋战下，武清人民在战争年代守住了一丝安稳生活，吴俊生慢慢长大。

或许是因为祖籍为江浙一带，丝竹之乡的血液在身体里翻腾，幼年吴俊生就对民族音乐有着极高的天赋和浓厚的兴趣。在京杭大运河漕运发达的背景下，武清地区受到南北文化的冲击和濡染，也形成了独具特色的地域艺术特色，尤其是曲艺文化独树一帜。近现代以来，武清深厚的文化底蕴哺育了在梨园界享负盛名的数十位名家，例如评剧的"四大名旦"之首李金顺、韩派创始人韩少云、河北梆子名角崔灵芝、京剧赵派创始人赵燕侠等。血脉力量和地域熏陶共同孕育了吴俊生的民乐根基。

叔叔吴瑞是最早关注到吴俊生音乐天赋的人。于是，吴俊生7岁那一年，吴瑞带着他开始接触京胡。京胡是中国的传统拉弦乐器，又被叫作"胡琴"。18世纪末期，中国传统戏曲京剧开始形成。为了优化京剧伴奏乐器，匠人在拉弦乐器胡琴的基础上改制，就有了"京胡"。京胡至今已有两百多年的历史，依旧是中国传统戏曲京剧的主要伴奏乐器之一。吴俊生在经典国粹京胡中，初窥民族音乐的魅力，却没有止步于此。一年以后，他又开始学习竹笛和箫。

"笛是中国传统民族传统乐器中，难学程度靠前的。"吴俊生说。中国笛子用天然的竹子制成，因为也被称之为"竹笛"。这是一种具有强烈华夏民族特色的乐器，相传起源可以追溯至远古的黄帝时期。《史记》中有记载："黄帝使伶伦伐竹于昆𪱷、斩而作笛，吹作凤鸣。"竹笛发音动情、婉转，有如"龙吟""凤鸣"，古人也将其称为"荡涤之声"。因此，原来笛子的名字写为"涤"，这"荡涤之声"也激活了吴俊生的民乐灵魂。

吴俊生认为，笛子在中国传统乐器中占有着举足轻重的地位。它特有的音色和极强的表现力，使其在一支民乐队中拥有不可或缺的地位，常居乐队的首位。实际上，中国的笛文化远比人们想象得久远，早在八千多年前就有了最早的乐器"骨笛"，这也奠定了笛在中国传统民族音乐文化中的地位。"作为一个民族音乐从业人，通百家是基础，专一家是传承，我们的民乐包容万绪。"吴俊生坦言，这段笛箫的学习经历虽然不长，但为其日后钻研民乐提供了很大的支撑和助力。

1948—1949 年，解放战争的平津战役打响。1949 年 1 月 15 日，天津地区的国民党守军被中国人民解放军歼灭，北平（今北京）地区的国民党守军陷入绝境。16 日，国民党华北"剿总"司令部副总司令邓宝珊代表总司令傅作义与解放军代表林彪、罗荣桓、聂荣臻会面商谈，双方于 21 日达成《关于和平解决北平问题的协议》。22 日，北平傅作义所部 25 万守军按协议陆续撤出市区，接受解放军改编。31 日，解放军和平入城，平津战役结束。至此，中国共产党解放了华北主要城市及大片地区，华北人民陷入一片欢腾，各地解放军的文艺宣传队伍、秧歌队等也掀起一股欢庆热潮，民乐演出随处可见、可听、可感。吴俊生回忆，金石丝竹之声不绝于耳的欢乐场景，加深了他对中国传统民族音乐的向往。这繁衍于华夏大地、诞生于群众之中的音乐，表达着人民朴素而热烈的情感。"那时候我经常跟着部队的文艺宣传活动跑，学各种各样的民族乐器，学得很杂，但是都很喜欢。"吴俊生说。

7—13 岁的童年，吴俊生几乎每日都和民乐为伴。京胡、笛、箫、唢呐、鼓、笙等民族乐器，他均有涉猎。"学得杂，也不是很精，但那时候只觉得十分欢喜。"1951 年，吴俊生去往天津念中学，在学校就读期间，加入了陈嘉瑞先生组建的"天津市第三十三中学民乐团"，主奏竹笛、唢呐和打击乐器，并根据乐队需要，变换乐器，开始对民族音乐有了初步的系统概念。此时的吴俊生隐约感觉到，这或许就是自己想要追寻的道路。

民乐团里有良好的硬件设施，更有一群热爱民族音乐的伙伴。对吴俊生而言，他们是老师，也是志同道合的朋友。20 世纪 50 年代初期，天津的歌舞文艺事业十分发达，虽然天津市第三十三中学民乐团是一个业余的文艺团队，但水平却不低，演出活动应接不暇。"天津念中学这段时间，是我突飞猛进的成长时期，使我初步了解了民族音乐。"吴俊生跟着民乐团，在一场场演出中学习和磨砺，先后师从天津市人民艺术剧院著名北派竹笛演奏家刘管乐先生和中央音乐学院著名唢呐演奏家赵春峰先生，同时也结识了琵琶演奏家沈劝先生。

　　1957 年，临近高中毕业的吴俊生去参加了天津市中学生国乐大赛，凭借唢呐独奏，在大赛中获得了一等奖。直到今日，吴俊生清晰地记得大赛的奖金有 4 块钱，还有 4 块钱带来的豪华"庆祝活动"。"你肯定想象不到，4 块钱能做多少事情。"谈起这段经历，吴俊生的眼中闪烁着光芒。

　　当时，一同去参加国乐大赛的有 20 余名伴奏小伙伴。比赛结束后，手捧 4 块"巨额"奖金，又临近毕业，吴俊生决定和大家一起去庆祝一下。如今看来微不足道的"4 块钱"，在当时却包含了 20 多个人的北宁公园门票、往返车费、聚餐零食以及购买胶卷的费用。对于吴俊生而言，更多的是承载了那个夏天的快乐。高中毕业的那个夏日，是唯一且最美好的时节。为了节约"经费"，吴俊生把当时拍摄的照片带回去自己冲洗出来，留存至今。

　　1957 年，吴俊生以优异的成绩考入中央音乐学院，并决意要在民族音乐领域耕耘。在选择主科专业时，他非常坚定地将琵琶作为自己的主修专业。"民乐系的学生有必修科、主科和副科之分，例如我自己的琵琶是主科，钢琴是必修科目，学音乐的都要学，副科可以选择同专业的姊妹乐器，如古筝、二胡、琵琶等，我在接触

1957 年，吴俊生参加了天津市中学生音乐比赛，凭借唢呐独奏，获得一等奖

过很多民族乐器后，最后决定把琵琶作为主修乐器。"吴俊生说。

"大弦嘈嘈如急雨，小弦切切如私语。嘈嘈切切错杂弹，大珠小珠落玉盘……"吴俊生期待有朝一日，自己也能弹奏出让"江州司马青衫湿"的名曲。

业余爱好者到专业老师

吴俊生把 19 岁以前的自己定义为民族音乐的业余爱好者。"7—19 岁对于民族音乐的喜欢只是业余爱好，考上中央音乐学院以后，才算是一只脚踏进了专业的门槛。"吴俊生说，当人喜爱一个领域，并打算将其作为一生的事业时，就应该有为它"吃苦"的决心和魄力。

1957 年，临近高中毕业，吴俊生手弹琵琶，与同学们一起欢唱《铁道游击队》主题歌《弹起我心爱的土琵琶》

与普通大学的群课相对，音乐学院的专业课程多为一对一教学，因此每一节专业课想"偷懒"是不可能的。"课上的时间都差不多，真正的差距是在课余时间拉开的。"吴俊生说，正如人们常说的"台上一分钟，台下十年功"，每一个能成为大师的人，往往都在无人问津处默默努力。

入学以后，吴俊生师从浦东派琵琶大师林石城教授。林石城幼年随父学民族乐器，1941 年毕业于中国医学院，后在上海行医，渐成沪上名医。但是同年，他也成为琵琶"浦东派"第五代宗师沈浩初先生的唯一入室弟子，成为浦东派第六代正宗嫡派传人，尽得浦东派精华。当时，林石城对中医、西医融会贯通，善治许多疑难杂症，行医收入颇丰，家道殷实。但林石城先生却说："好大夫千千万万，沈师的传人只有我一个，不能让浦东派从我手上断绝"，立下了"弃医从乐"的志向。1956 年，中央音乐学院聘请他北上任教，他毅然关闭了自家诊所，将整个生命和全部身心，都奉献给了琵琶，奉献给中国民族音乐教育事业。

1957 年，吴俊生来到中央音乐学院，一入学便遇见了好老师。在吴俊生的记忆中，林石城先生有高超的演奏技艺、广博的艺术修养和传统文化素养，他在教学中对琵琶流派全面兼顾融会贯通，打破了一门一派的局限。同时，他还有全面的学科理论知识、一丝不苟的严谨学风以及高尚的人品，林石城先生用他超常的亲和力、号召力，如海般宽广的胸怀和不计名利的精神境界，潜移默化地感染着每一位学生。"我在林先生身上学到的不只是琵琶技艺，还有音乐人风骨。"吴俊生说。

林石城先生是一个沉默寡言的人，但是给学生上课，总是不厌其烦。一直到他高龄的时候，还会针对学生的任何一个细小错误亲自示范讲解。所以，林石城先生带出的学生在琵琶技艺上总是"锱铢必较"，吴俊生也是如此。

"除了二胡、笛子，琵琶算是民族乐器里难学指数较高的了，能排到第三。"吴俊生坦言，"其实琵琶算是一种'世界性'的乐器，现在广泛使用的琵琶是从波斯传到中国，在中国发扬光大，成为具有中国民族特色的弹拨乐器之一。"

在中国民族乐器的历史中，琵琶经过了两千多年时光的雕琢，渐渐成为弹拨乐器榜首。南北朝时期，战争持续时间较长，丝绸之路畅通，民族大动荡与大融合成为时代特色。也因为如此，四弦四柱梨形、横抱于怀中、用拨子弹奏的"曲项琵琶"由波斯传入中原。"曲项琵琶"传入后，与土生土长的"直项琵琶"互相融合，取长补短，逐渐形成现今形式，"琵琶"也开始成为此类乐器的专称。

唐朝又是中国历史上一个空前繁荣和开放的时期，这段时期内，琵琶的演奏技艺也迎来了历史上第一个高潮，上至宫廷乐队，下至民间演唱，乐队之中一定少不了琵琶。到唐朝中期，民族化的琵琶被传到东亚，在日本、朝鲜等地继续发展，渐渐有了日本琵琶、朝鲜琵琶。从《凉州词》《听琵琶妓弹略略》《琵琶行》等诗词中，唐朝琵琶的繁荣景象就可窥见一斑。即使到了现在，从敦煌壁画和云冈石刻中，仍能见到琵琶在当时乐队中的地位。"我国的琵琶历史，不论是在制作工艺、演奏技法上，还是在演奏家的传承、文化赋予上，都可以说是民族乐器中的瑰宝。"言行举止间，总能感受到吴俊生对于琵琶的热爱与崇拜。

怀抱两千多年的时光，"难学"自然是正常的。"时刻要练功。"吴俊生说，无论是初学者还是大师，"练功"是一辈子的事儿。在音乐行当里，流传着一句俗语：一天不练，手脚慢；两天不练，丢一半；三天不练，门外汉；四天不练，瞪眼看。这句话恰当地描述了吴俊生与琵琶相伴数十年的感悟。

中央音乐学院求学的时候，吴俊生就总是偷偷比别人多练一会儿。本身就具有音乐天赋的他，加上后天的勤奋，琵琶技艺提升很快。吴俊生"练功"从来不只是练时长，他更擅长用"巧劲儿"，总是在练习中发现问题，并解决问题，一个"练"字就练出了大学问。

练习琵琶要走过的关卡很多，手型、力度、耐力等都必不可少。琵琶演奏者左右两手要呈半握拳状，手心是空的，右手背的角度与琵琶面板形成平面，演奏时，眼睛看不见手心为宜，两只手的中小关节都呈弯曲状，右手的大指、食指都要弯曲成半圆形，两个手指尖捏在一起，如同中间拈一粒黄豆，手虎口呈现圆形，也就是所谓的"龙眼指法"的形状。常年练功琵琶的演奏者，手指关节最容易损伤。吴俊生抬起双手，主要关节都已经突出变形，练功的"勋章"就刻在十指之上。"现在手不行了，但有条件还是会弹。"当真心喜爱一件事物时，它会融入自己的生活，数十年来，琵琶早已成为吴俊生生命里不可缺少的一部分了。

业精于勤，荒于嬉。吴俊生的努力并没有白费，他尽得林石城先生真传，后又师从蒋风之教授,研修平湖派琵琶演奏艺术。中国近代民族音乐史上有"海派"(浦东派)琵琶和"浙派"(平湖派)琵琶两大流派,吴俊生则集两家之长,在兼容并蓄中,走出了自己的琵琶技艺路。

1962 年,吴俊生以优异成绩毕业于中央音乐学院,并留校任教,开始了自己的"双重身份"艺术之路,他一手教育一手创作,为中国民族音乐事业鞠躬尽瘁。

左手教育　滋养桃李满天下

临近毕业,吴俊生做了人生中一个重大选择:留校任教。根据他的个性,是喜欢到演出单位,在舞台上,做演奏家。但是学校师资缺乏,非要把他留在学校任教。于是吴俊生服从组织分配,留校教课,高高兴兴地走上教学岗位。

从抗日战争、解放战争走过的新中国,经过十余年休养生息,国力渐丰,对于中国传统文化艺术的复兴也提上日程。中国急需要大量的文化艺术人才,丰腴文艺界力量。这些高端文艺人才必然要从高校产生。作为中国最高音乐学府的中央音乐学院便重任在肩。吴俊生思量再三,他希望能用自己烛火之力,为祖国蓄人才,于是选择成为一名普通的民乐老师。

1963 年,周恩来总理提出"应建立一所专门培养民族音乐人才的中国音乐学院"。在周恩来总理心中,这是关系中国民族音乐再现辉煌的一件大事。周恩来总理明确提出"在文学艺术的中外关系上要'以我为主',首先要把民族的东西搞通。"

于是,中国音乐学院开始筹备。在周恩来总理的亲自提议和关怀之下,全国顶端的音乐力量在短期内快速在京集结。周恩来总理日理万机,仍挤出时间直接过问中国音乐学院的筹建工作,商调领导干部、建设师资队伍、审批规划方案、确定校园地址、划拨建设用地、审查设计方案,每一个环节都关心到。当时,学院需要民族音乐家安波担任党政一把手,辽宁舍不得割爱,周恩来总理就亲自出面向辽宁省委要人。开学典礼时，尽管周恩来总理在出国访问途中，也在飞机上发来贺电。

1964 年 9 月 24 日，中国音乐学院成立。中央音乐学院、上海音乐学院、中国音乐研究所、北京艺术学院民族音乐专业的各学科带头人和冯子存、赵春峰、曹正、蒋风之等顶尖级民族音乐家会聚一堂，支撑起我国音乐史上第一座培养民族音乐高级人才的大厦。中央音乐学院民乐系也一同并入中国音乐学院，吴俊生也转战到中国音乐学院任教，入职中国音乐学院附中。老一辈的音乐教育工作者，非常重视附中人才的培养。他们说："附中的学习就像树的根，房屋的根基，根不深如何长成参天大树！基不固，如何能盖起万丈高楼？"跟十一二岁到十八岁的少年儿童打交道，在孩子们心中播撒民族音乐的种子。一个中国音乐学院副教授、中国音乐学院附中副校长，在人前自我介绍时，总是自豪地说"吴俊生，小学教员"。

中国音乐学院及其附中在建校后不久就停办了，直到 1980 年才复校，尽管有关部门给予了很大的支持，包括李凌等老专家在内做了很大的努力，但是由于人才、干部流失相当严重，设备校舍严重不足，特别是经费短缺，完全靠国家有困难，靠自己"以副补文"又有困难，办学到了举步维艰的地步。"条件相当简陋，一栋东西楼，几座板棚房，仅有的方寸之地，周围环境杂乱，师生的教学和学习都受到干扰，就算在这样的环境里，老师不怕吃苦受累，培养的学生水平都不低。"吴俊生说，他有很多优秀的学生，都是在这段时间崭露头角。受教于吴俊生 5 年的陈一涵就在 1989 年夺得了 ART 杯中国器乐国际大赛三等奖。

吴俊生是个自豪且认真的"小学教员"，为了教好学生，他把课内课外的时间都搭上了。"为师不容易，但这个工作总得有人干，学生像幼苗，我为他们浇水、施肥，看着他们茁壮成长，将来成为民族音乐脊梁，我心里欢喜。"吴俊生说。

在教学上，吴俊生也有一套独特的方法。他说，一首曲子，大的布局，学生要按照他教的弹，一些指法韵味，可以不按他的意志，这样留给学生们一个自由创作的空间。吴俊生主张让学生在愉快的气氛中学习，在思考中成长，对自己的孩子也是如此。他爱人蒋青是我国老一辈著名二胡演奏家蒋风之的女儿，也是造诣颇深的二胡演奏家。两个女儿分别跟着父母学习了多年的琵琶，后来又都改弦更张。难得的是，吴俊生没有反对。他说，教育宜疏导不能强制，正所谓强扭的瓜儿不甜。

　　一名曾经听过吴俊生课程的学生杜建峰在回忆录中记下了他与吴俊生相遇的两个多小时。杜建峰去往北京求学之前，他的父亲在北京的朋友帮忙联系好吴俊生，希望能借此机会向吴俊生学习琵琶演奏，提升他的业务能力。杜建峰前往中国音乐学院拜访了吴俊生，聆听和欣赏了吴俊生两个多小时的授课，并征得他的同意将所有讲课内容的声音全部录制保存。"两个多小时的授课使我对琵琶这门乐器又有了重新的认识和理解，让我感受到了琵琶这门乐器的魅力。"杜建峰说，他深深感受到了人们常说的"听君一席话，胜读十年书"的道理。1962年10月，杜建峰毕业留校，当了一名音乐老师。吴俊生用一堂课，为教育界留下了一个音乐人才。

　　吴俊生担任附中专业副校长后，更成了不少望子成龙的家长们的"进攻目标"。很多人希望他能亲自教自己的孩子，一位外地学生的家长来京找到他，刚认识，家长就把孩子相托，说道"这就是您的侄子，您愿打愿骂都没关系"。临走，家长还留下了3000元。

　　20世纪90年代的"3000元"价值不低，吴俊生当即拒收，家长坚持要给，双方僵持不下。家长走后，吴俊生立马又把钱寄回给家长，并表示只要孩子考上附中，就会对所有的学生一视同仁、倾心尽力。"我一不私收学生，二不收礼。招生时，我是考官，徇了私情，心里能踏实吗？"所以，在那个时候，吴俊生是一个真正的"穷老师"，为了保证音乐公平性，他的经济收入比一些人总是差些。

　　不计较任何物质回报，吴俊生一颗心扑在民族音乐教育事业上。不论从哪个角度来讲，民族音乐都应该是要弘扬的，民族音乐教育也应该提到一个重要的位置来考虑。"附中作为一个向社会特别是向艺术院校培养、输送高层次的、从事民族音乐事业的人才后备库，也应该得到重视和发展。"作为中国音乐学院附中的副校长，吴俊生在公开场合多次呼吁关注民族音乐教育事业发展，并一针见血地指出现存问题。

吴俊生把 20 世纪 80 年代称为严肃音乐的"低谷"，而民族音乐可算是"低谷"中的谷底。"我们那时候，既是民族音乐，

吴俊生和夫人蒋青教授演出前合影留念

又是教育单位，而这两方面都是不景气的，处于双重困难的夹缝之中，说句'笑话'，我们有很多'婆婆'，没有'亲妈'，也就是说，要想办好学校，许多困难和问题找不到人解决。"吴俊生深深为民族音乐事业忧心。

那时候，民族音乐的继承和发展岌岌可危，尤其是在招生来源上就存在许多问题，报考的人数不多，质量呈逐年下降之势。从另一个角度来看，培养出来的许多人才还加速外流，学校甚至连一些师资力量都难以留下。吴俊生奔走呼吁国家对发展民族音乐采取措施，制定相应的鼓励政策。在许多像吴俊生一样的民族音乐人斡旋、奔波下，中国的民族音乐事业渐入佳境。

34 年的教学生涯中，吴俊生培育的桃李满天下，为中国民族音乐事业培养了一大批杰出的琵琶演奏和教学人才。其中，有中央音乐学院教授李光华，著名琵琶演奏家、中央音乐学院教授张强，中央音乐学院附中校长孙维熙教授，

中国琵琶研究会副会长、江苏省歌剧院民族乐团团长、国家一级演员、琵琶演奏家邵荣久，中国十大青年琵琶演奏家、"女子十二乐坊"团长石娟，中国音乐学院教授周慧，中国音乐学院副教授任宏，中央民族乐团、首席董晓林，著名琵琶演奏家林霞，上海音乐学院副教授张铁，中央音乐学院副教授赵洁等。这些人在不同地区，不同单位，成为中坚力量。

右手艺术   谱写名曲天下传

教书育人占据了吴俊生大部分的时间，但这并不能阻止他对于艺术的追求。只要能挤出时间，他就会进行民族音乐创作、演出。他是一位多产的作曲家，作品流传世界各地，深受人们喜爱。

《唱支山歌给党听》是由姚筱舟（笔名蕉萍）作词，朱践耳谱曲的歌曲。该曲创作于 1963 年，最早由任桂珍演唱，后作为故事片《雷锋》的插曲由胡松华演唱，经藏族歌手才旦卓玛演绎后广泛流传。2019 年 6 月，《唱支山歌给党听》入选中宣部庆祝中华人民共和国成立 70 周年优秀歌曲 100 首。但这首歌曾经还以另一种音乐形式风靡全国。

1964 年，吴俊生把《唱支山歌给党听》改编成为琵琶独奏曲。歌曲一经演奏，就在民族音乐领域引起剧烈反响。《唱支山歌给党听》本身就是一首"深情—悲怆—激昂"的三部曲式歌曲，情感诉求十分强烈，凡有过相似经历的人，都能产生强烈共鸣。吴俊生出生于战争年代，亲身经历了抗日战争、解放战争，见证了新中国的崛起和复兴，他把自身情感融入琵琶曲中，极大提升了原曲的共情性。在 20 世纪六七十年代，这首琵琶独奏曲不仅在中国大陆被传颂，更流传至中国港、澳、台，成为民族音乐红色经典。

《太行欢歌》创作于 1975 年，这首曲子带着浓浓的时代气息。山西省昔阳县大寨生产大队位于太行山区，自然条件恶劣，土地贫瘠。1953 年起，在党支部的领导下，大寨人开始大搞农田基本建设，把深沟变良田，将坡地垒成水平梯田，实现了粮食大丰收，创造了中国农业历史上的奇迹。1964 年 12 月，周恩来在三届全国人大一次会议的《政府工作报告》中，把大寨精神概括为："政治挂帅、思想领先的原则，自力更生、艰苦奋斗的精神，爱国家爱集体的共产主义风格"，号召"农业学大寨"，运动在全国开展起来。1975 年 9 月，党中央、国务院召开全国农业学大寨会议，会上发出"全党动员，大办农业，为普及大寨县而奋斗"的号召。《太行欢歌》便是记录了当年的火热场面。"中央音乐学院派老师去给他们培养乐队人员，我很荣幸被选上了，来到了山西。"吴俊生记得，他们到达时，正值正月十五元宵节。

1975 年，吴俊生和学生孟小寅在大寨虎头山创作《太行欢歌》期间留念

1993 年，吴俊生创作的《太行欢歌》在"天韵杯"全国琵琶曲创作大赛中，荣获一等奖

　　"山西省的元宵节花灯十分出名，远远望去像一条火龙。"看着眼前绚烂夺目的花灯，脑海中闪过热火朝天的劳动场景，《太行欢歌》的灵感充斥在吴俊生的脑海中，"我受这种氛围所染，写出了这首曲子。"《太行欢歌》突出一个"欢"字，高亢抒情的优美旋律，丰富多彩的琵琶技法，生动地描绘出了山西人民欢度佳节的动人场面。吴俊生运用山

西独特的音乐语言，戏曲风格的"紧打慢唱"，使乐曲更具有民族性。1993年"天韵杯"全国琵琶曲创作大赛中，该乐曲获得创作一等奖，而且是当年唯一的一等奖。

1975年，吴俊生还写作了《琵琶轮指、弹挑与摇指》一书，影响深远。虽然摇指是琵琶的传统指法，但由于其演奏方法上的局限和不足，在使用上极其有限。自1963年，吴俊生听了月琴演奏家冯少先先生演奏的月琴独奏曲《百万雄师过大江》后，就潜心钻研摇指，旨在开拓和发展摇指演奏技法和应用范围，进而拓展出摇扫、双摇、三指摇、定位摇、悬腕摇等一系列摇指，更近一步丰富了琵琶的表演力。因此多年来，吴俊生有着"琵琶新摇指开拓者"的美誉。

琵琶曲《火把节之夜》是吴俊生创作的另外一首较为经典的曲目，也是现代琵琶民族乐曲作品中代表西南民族音乐风情的一首作品。"这是我在自行车上创作出来的一首乐曲。"吴俊生回忆。

火把节是彝族、白族、纳西族、基诺族、拉祜族等云南地区少数民族的传统节日，有着深厚的民俗文化内涵，主要活动有斗牛、斗羊、斗鸡、赛马、摔跤、歌舞表演、选美等，被称为"东方的狂欢节"。不同的民族对于火把节有着不同的庆祝方式、庆祝时间，1978年，吴俊生来到彝族采生，全程参与了彝族的火把节。

彝族火把节源自一个传说。很早以前，天上有个大力士叫斯惹阿比，地上有个大力士叫阿体拉巴，两人都有拔山的力气。有一天，斯惹阿比要和阿体拉巴比赛摔跤，结果斯惹阿比被摔死了。天神恩梯古兹知道了此事，大为震怒，派了大批蝗虫来吃地上的庄稼。阿体拉巴便在旧历六月二十四那一晚，砍来许多松树枝、野蒿枝扎成火把，率领人们点燃起来，到田里去烧虫。从此，彝族人民便把这天定为"火把节"。这个故事有着强烈的人本精神，从人与神的斗争到人战胜神，神选择报复，结果人再次战胜神，并一同庆贺胜利和夺得丰收。吴俊生一直在思索如何通过乐曲彰显这种民族的人文内核。

采生之初，吴俊生久久没有灵感。他不断与当地居民交流，参加火把节的各项纪念活动。有一天，他在乡间小路上骑着自行车，耳边响着彝族本地音乐，此时火把节的氛围弥漫在整个乡村。突然，灵感乍现，吴俊生立马停下车来，就蹲在路边记下了一部分谱子。半夜梦回，他的耳边又想起部分曲谱，立刻起身记录。就这样，琵琶曲《火把节之夜》诞生了。"音乐家创作就是这样，你不知道什么时候，灵感就来了，如果不立刻记录下来，灵感过去，就再也回不来了。"吴俊生说。

吴俊生采用陈济略提出的"四度定弦法"而作的琵琶独奏曲《火把节之夜》，首演于 1979 年中国高等艺术院校琵琶教学经验交流会，其新颖的调性与和声设置脱颖而出，迅速传遍全国，后被移植、改编成中阮、柳琴独奏曲目及弹拨乐重奏等多种版本。《火把节之夜》在一段简短的引子后，用摇指指法弹出带有浓郁彝族风情的慢板歌唱性主题。在轮指和摇指的过程中，左手运用打音、带音等指法加以修饰，使乐曲更为柔美舒展，旋律色彩更加丰富。吴俊生用琵琶各种丰富的演奏技巧表现出彝族人民幸福、火热的生活场景。后来，吴俊生又将此曲改变成中阮独奏曲，现在已经成为全球中阮比赛的必弹曲目。吴俊生又将其改编成古筝合奏、重奏等形式，此曲曾经三度在国内获得大奖。

据了解，吴俊生历年创作或改编的琵琶独奏曲、重奏曲，如《绣金匾》《打虎上山》《红河情》《美国巡逻兵》《查尔达斯》《达姆达姆》及一些儿童重奏曲，都已经出版并纳入艺术学校教材。1981 年，由中央电视台邓再军制作、李娟主持的专题节目《吴俊生琵琶演奏艺术》详细介绍了他的演奏、创作、改革诸方面的成就，在全国播放，受到热烈欢迎和高度评价。同年，他与北京民族乐器厂合作试制的电磁琵琶得以面世。1981 年 7 月 26 日，牡丹江市工人文化宫剧场，吴俊生用电磁琵琶演奏了《大浪淘沙》《唱支山歌给党听》，其新颖、优美、明亮、动听的特点，赢得了听众的高度赞扬。"电磁琵琶的出现，让琵琶演奏可以在更加广阔的舞台，甚至是室外进行演奏，大大拓宽了琵琶的表演空间。"吴俊生说，电磁琵琶制作成功后，他抱着琵琶走遍了中国大江南北的体育馆，进行琵琶演出，只为了让更多人感受到电磁琵琶的魅力。

参与过多少场现场音乐会，吴俊生已经记不清了。遗憾的是，余音绕梁只在当时，到如今，留下的演出音视频资料少之又少。1994 年，琵琶专辑《浪淘沙》CD 是吴俊生发行的唯一的、仅有的一张唱片。

《浪淘沙》是一张经典的纯琵琶曲唱片，由著名的录制师刘怀宣录制的。20 世纪 90 年代的中国内地，还很少纯乐器的唱片，大多数是磁带。当时，一位香港的商人找到吴俊生，录制了这盘珍贵的专辑。1994 年年底录制完成，1996 年，吴俊生以"杰出人士"的身份，一家人迁居美国。"我随身将两千张唱片带到了美国。"

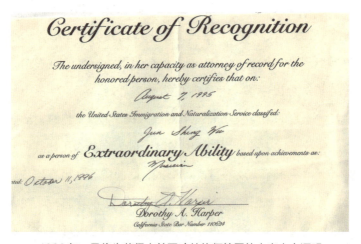

1996 年，吴俊生获得由美国哈勃律师签署的杰出人士证明

在美国定居 22 年后，2018 年，80 岁高龄的吴俊生携同夫人蒋青回归祖国的怀抱，落叶归根。当年带走的唱片，吴俊生将其剩余的一部分，从美国运了回来，并且委托朋友推广分享给喜爱琵琶艺术的乐友们。"这张唱片的录音特别干净。在弹奏这几首乐曲时，以几十年的演奏经验，在乐曲中适当增加了一些花。比如《阳春白雪》一开始从慢的一个'推'音进入乐曲，慢慢地变快，第七段时，有突慢，有急速，力度有强有弱。"吴俊生希望，能有更多的人能纯粹地爱上琵琶艺术。

2014 年，吴俊生两只手患上了老年退化性风湿关节炎，两只手的指关节，都变形得很厉害，几乎到了不能弹琴的状态。"对于一个琵琶演奏家来说，这是一个非常坏的消息。"吴俊生说，"一个不能演奏的演奏家，就会被人们渐渐遗忘，什么也不会留下了。"吴俊生舍不下琵琶舞台，身体状况和精神状态都到了一个谷底。

他的一名在读博士研究生的学生杨艺云发现了老师的"失落"。于是，她向吴俊生提议，搜集过去可能留下来的音视频资料，将其制成吴俊生琵琶演奏、指挥及作品专辑，上传到网络上，这样"演奏"就被长久保留下来。吴俊生同意了杨艺云的建议，即使无法再进行新的创作，他的经典琵琶演奏作品和匠人风骨在网络上生根永存。

把中国琵琶带向世界舞台

人们常说，音乐无国界。吴俊生十分认同这句话。在他看来，即使相互之间语言不通，但是通过音乐，人与人之间不言，也能神交。"中国人是一定要有民族音乐自信的，我们独特的华夏文化内涵和神韵，孕育了我们的民族音乐。尤其是对于琵琶的发展和改革、传承与创新，这古老的弹拨乐器，是国乐之瑰宝。"吴俊生说，从更高的格局来看，琵琶不仅是一个民族乐器，更是一种文化象征，内含民族意识和精神意蕴。

在绚丽的中国音乐历史长卷，琵琶乐曲雅俗共存，不仅是文人雅士喜爱的乐器之选，更是广大劳动人民的追求之品，琵琶既能反映人们的精神向往，又能在实践中愉悦大众。公元 15 世纪左右，琵琶已经有一些以《十面伏击》和《霸王别姬》为代表的"武曲"音乐，还有《汉宫秋月》《阳春白雪》等"文乐"。这些音乐作品过去被广泛应用于宫廷礼仪和民间节日、婚丧嫁娶等民间活动；如今是中国音乐的经典，琵琶艺术珍品的瑰宝。"如果你自己了解琵琶的历史，就会发现这个乐器不仅是民族的骄傲，也是中外交流的产物，所以这些经典的琵琶曲应该走出国门，走向世界，在新的时代有新的光彩。"

一把琵琶，背后藏着丝绸之路的故事，这是盛唐时期对外交往的友好见证。在敦煌莫高窟中，壁画《无量寿经变》的局部《反弹琵琶》被公认代表了敦煌艺术的最高绘画水准。《反弹琵琶》的绘画色彩和舞蹈动作明显带有西域少数民族的特点，说明中外很早就有琵琶文化的交流了。据统计，仅在莫高窟中所绘制的琵琶的数量就多达 700 余件，无论在小型乐器组合、大型经变乐队，甚至不鼓自鸣中都能寻见它的踪影。其实，琵琶的历史也是一部中外文化交流、文化融合的历史。到了近现代，改革开放使中国民族音乐有了向世界展示风采的机会，吴俊生"把琵琶带到世界舞台"的理想，也得以实现。他出访东京、首尔、大阪、洛杉矶等地，参加了多场音乐会演奏，东京 NHK 电视台评论他是"中国第一琵琶者"。

1985 年 9 月，吴俊生受日本冈山古筝大道派宗家大月宗明先生邀请，第二次去日本访问演出。刚到冈山，大月宗明对吴俊生说："十一月中旬，有一个关西（大阪）作曲家新作品展，我报上去的曲目是《琵琶行》，眼看快到十一月了，曲谱还没出来。"吴俊生一听就明白了大月宗明话中之意，他希望吴俊生能帮忙创作一下曲谱。

"我就半开玩笑地说，要是让我写，你可是要花钱的。没想到他爽快地答应了。"大月宗明的一句"吆西"（中文意为"好的"）让吴俊生骑虎难下，这次出访并没有为他作曲的计划。但是既然话已出口，就要"言出必行"。

吴俊生让大月宗明看到了中国民族音乐人的实力。承诺的当天，吴俊生吃过晚饭后就开始闭关，熬了一个通宵，在第二天早上 8 点，将《琵琶行》的总谱交给了乐团干事长斋藤道英女士，瞬时惊呆了对方。斋藤道英惊喜之余，立马组织人抄分谱，并通知乐团成员立刻前来排练。仅一个小时，日本乐队的全员就到了排练室楼下，到中午时分，分谱抄完，基础框架全部搭成。"这一全过程，我全看在眼里。我不得不佩服日本人的敬业精神和工作效率，这件事对我触动很大，也影响了我日后对待音乐和艺术的态度。"吴俊生说。

　　将《琵琶行》以 8 万元的价格卖给了日方，成了吴俊生此后 30 年的遗憾。当时，吴俊生并没有太多的版权意识，等有了版权概念，奈何谱子以"大月宗明"的名义发表了多年。此后，吴俊生多方求助，直到 2015 年才将版权收回。"我们音乐人都要明白，每一首曲子，对作曲家而言，都是自己的孩子，要捧在手中，好好保护。"

　　1986 年，吴俊生在日本的 RSK 电视国际音乐大赛中，一举夺得演奏桂冠。1990 年，他创作的日本古筝曲《跳の火焰》在由日本朝日新闻社、东京电视台、日本三曲协会联合举办的第十一次日本筝曲会联盟新作品创作大赛中获得"优秀创作奖"。

　　1992 年 7 月 24 日，作为中日邦交正常化 20 周年纪念活动之一，中国北京青年演奏家代表团应日本东京京都钵田县、群马县和东京文教大学的邀请，于 6 月 26 日赴日本进行了为期 7 天的访问演出，吴俊生又一次率领代表团赴日交流。代表团成员还有当时活跃于首都乐坛的青年演奏家周望（古筝）、张尊连（二胡）和徐平心（扬琴）。

　　吴俊生和代表团成员前后进行了四场演出，《十面埋伏》《春江花月夜》《将军令》《渔舟唱晚》《新婚别》《秦桑曲》等古今名曲在舞台上"百花争妍"。优美浓韵的旋律，熟练精妙的技巧，折服着日本听众。尤其是在钵田县首场演出时，一曲长安古乐《婆罗门引》使许多观众热泪盈眶，他们在长安古乐中找到了日本民族音乐的源泉。"演出后，很多观众流着热泪围着我们，要签名留影，久久不肯离去。"这些都坚定了吴俊生弘扬民族音乐的决心。

　　在群马馆剧场演出后，日本朋友为了表示敬重之情，特地邀请中国演奏家在剧场墙壁上用毛笔写下名字，作为永久纪念。"根据他们说，最受欢迎的优秀艺术家才能得到这种礼遇。"当吴俊生等一行人逐个挥笔写上自己的名字时，现场响起一阵阵热烈的掌声。

　　1993 年 4—5 月，正值中国音乐学院附中招生，吴俊生难敌考生热情，对于招生考试事必躬亲。5 月 31 日，他在河北石家庄突发心肌梗死，被送往白求恩医院抢救，入院治疗了一个月。回到北京后，吴俊生接到了通知：和韩国的中央艺术学院已经谈妥，明年五月份如期去访问韩国。"王照乾校长跟我说，你是咱们学校民族乐团的指挥，你还有独奏节目，你要有个思想准备。"

1994 年 5 月，吴俊生在身体还没有完全好的情况下，如期对韩国进行了友好访问。"也多亏了学校考虑得很细致，在生活上和工作上给了我无微不至的关怀和照顾，这次友好访问也十分圆满成功。"

1996 年，吴俊生和夫人蒋青以"杰出人士"身份，全家移居美国南加州。"我们当时准备在美国创办民族音乐学校，传播民族音乐，贡献一分力量，就义无反顾地去了。"吴俊生说。到达美国后，学校因为各方面原因未能办成，于是，1997 年，吴俊生和夫人蒋青创办了南加州中国音乐艺术中心（*China Music&Art Center*）和华韵国乐团，继续在南加州这块中国民族音乐的沙漠上，宣传、普及和弘扬着中华民族传统文化。

1994 年 5 月，吴俊生在韩国首尔中央电视台剧场演奏《十面埋伏》

洛杉矶电视台节目主持人卓蕾在一次采访中，问他："吴教授，您从最高音乐学府来到这音乐沙漠，有没有失落感？"

吴俊生回答："宣传和发扬祖国传统文化，是我毕生的使命。如果能把这片音乐沙漠变成民族音乐的绿洲，这个贡献和意义，比教出几个尖端音乐人才更为重大。"

在美国，吴俊生和妻子蒋青看到了与国内不一样的景象。美国的孩子们学习乐器并不是一件奢侈的事情，反而是很普及的。在中、小学里都设有音乐课，不同的年级，学生们会学习不同的乐器。周末又有很多民间的团体或者学校，组织乐团，学生们便纷纷参加乐团大展身手。即使是在华裔办的中文学校里，也开设有中国的民族乐器课，比如竹笛、古筝、琵琶、二胡等。"就算到了今天，这样的场景，在中国还是很难见到的，也是我们民族音乐的遗憾。"说到这些，吴俊生脸上闪过一丝失落，这个匍匐民族音乐数十年的老人，对民族音乐的未来发自内心的忧心。

2004 年，吴俊生在美国南加州"多元文化"艺术节上表演竹笛独奏，乐队为他伴奏

吴俊生和妻子创办华韵国乐团后，每年都会参加在当地被称为"多元文化"的艺术节。南加州是一个国际村，来自世界各国的移民共同居住在一起，"多元文化"艺术节也成为美国所特有的一道亮丽的风景线。每到这时，日本裔穿着和服，演奏着日本的邦乐；墨西哥裔穿着五彩缤纷的墨西哥服装，演奏着欢快的、节奏性很强的拉丁美洲音乐；韩国裔穿着韩国的民族服装，演奏

着丰富而复杂的打击乐……"我们华韵国乐团的演员，也都穿着中国式的服装，演奏着具有中国特色的乐曲。"在艺术领域，吴俊生与夫人蒋青有一个共识，"只有民族的，才是世界的"。

他们移居美国 20 余年，见证了中国民族音乐是如何在美国扩大影响。在 20 世纪 90 年代，也有很多中国的音乐家组织的"室内乐"乐团相继到美国演出，他们误以为乐曲的内容和形式越靠近西方，才会越让听众接受。但这个乐团竟然在某一场音乐会中只卖出七张票。21 世纪以后，曾经轰动一时的某乐坊在美国演出时，第一次表演在华人圈中"一票难求"，但在第二次的演出时，竟乏人捧场。后来，吴俊生的夫人蒋青研究了此乐坊在 2004 年录制的两张 DVD，共录有 20 首乐曲，其中只有 9 首为中国乐曲，而传统乐曲只有：《高山流水》和《春江花月夜》。但是，中国音乐学院"紫禁城室内乐团"到美国的演出，却获得了众多爱乐者的盛赞，被评价为：体现了中国传统音乐特有的华贵与典雅，表现了当代音乐舞台罕见的经典魅力。"这些都告诉我们，中国人要拿出文化自信来。我们的民乐是美妙的、有感染力的。"

爱乐者 亦乐书

2018 年，吴俊生携家眷归国养老，在外奔波了 20 余年的游子终于归乡。吴俊生热爱祖国书法艺术，家中书桌上摆放着文房四宝，闲暇之余，他喜欢"挥毫"几笔，早在 1988 年就加入了中国书法家协会。"书法是我的小爱好，其实起步非常晚。"吴俊生决定练习书法，也与音乐有关。

1983 年，吴俊生到日本去演出，每次演奏会结束，都有很多人让他题字留念，而且指定"中国书法"。后来，吴俊生发现，中国的书法艺术在亚洲很多国家中流行很广，于是开始认真练习书法。"你看，中国有多少文化被世界崇拜着，我们为什么不自信！"吴俊生笑着说。

书法这点小爱好也被吴俊生"写出了名堂"，曾在美国举行书法展，并

吴俊生的书法作品

为美国好莱坞撰写多部电影片头和唐诗宋词，取得了良好的效果。2008 年，70 岁的吴俊生为美国好莱坞电影《功夫熊猫》第一部题写了毛笔字片名。

　　进入耄耋之年，吴俊生对过往的回忆也多起来。想想这段音乐路，吴俊生也发出由衷感慨："音乐饭不好吃。"在吴俊生看来，音乐是金字塔式的培养模式，最终能走到顶端的人非常少，需要勤奋，真正能成为大师的更要看"天赋"。"但如果选择了这条路，无论遇到何种困难，'从一而终'是基本的觉悟。"吴俊生说。

科技兴国

谷源洋，男，1934 年 11 月 26 日出生于辽宁省大连市，祖籍山东威海，中共党员。

1961 年在北京大学毕业后，先后在中国外交部第二亚洲司、中国社会科学院经济研究所和

世界经济与政治研究所工作。1988 年被评为研究员，1992 年享受政府特殊津贴。1993—

1998 年任世界经济与政治研究所所长，研究员、博士生导师（国务院学位委员会授予），《世

界经济》和《世界经济与政治》杂志主编；中国社会科学院第一届学术委员会委员、中国社

会科学院第一届和第二届学术咨询委员会委员；中国社会科学院研究生院教授；中国人民外

交学会理事等职。现为中国社会科学院荣誉学部委员、北京外国问题研究会常务理事及东南

亚研究中心主任等职。研究成果曾多次荣获中国社会科学院优秀科研成果奖、优秀信息对策

研究奖，以及中国国际问题研究基金会优秀调研作品奖。

谷源洋

纵观世界经济风云　把握时代发展命脉

　　谷源洋自 1961 年北京大学毕业以来，从事世界经济调研和相关外事工作已逾半个世纪。看着摆放在案头厚厚的科研成果，他心中感到充实，过往的岁月没有虚度。他撰写的论文、研究报告等，大部分发表在中国社会科学院内外各种核心学术刊物上，少部分作为参加国际学术研讨会的论文，在美国、日本、德国、新加坡、韩国、马来西亚、印度、越南等国家及中国的香港和澳门地区发表。

　　2006 年，谷源洋办理了退休手续，当选为中国社会科学院首届荣誉学部委员，继续跟踪观察和研究跌宕起伏的世界经济，科研成果多是应约而写的研究报告和论文，有些发表在《人民日报》《求是》《红旗文摘》等刊物，并被六个国际问题研究刊物聘为编委、学术指导和学术顾问，同时应有关单位邀请赴法国、斯洛文尼亚、俄罗斯和越南参加"一带一路"国际研究会。谷源洋向笔者表示这些对他"既是荣誉，也是鞭策"。他的学生撰文称谷老师是位"对学术追求不知疲倦的学者"。几十年来，谷源洋的科研脚步不停，其学术思想历久弥新，持续闪闪发光。在此次笔者与他的交谈中，他始终三句话不离 60 年来所从事的世界经济研究"故事"。

越南问题研究：科研道路起点

1956 年，谷源洋考入北京大学东语系，东语系设有多种语种，有日语、印地语、阿拉伯语、泰语、朝鲜语、蒙古语等。系主任是著名学者季羡林先生。季主任让考上东语系的学生，各自去选择想学的语种。谷源洋毫不犹豫地选择了越南语。他回忆说，"当时和此后，不少人问我为什么要学习越南语？我的回答明确而简单，越南同中国一样，既是发展中国家又是社会主义国家，有位伟大的领袖——胡志明主席。"1962 年，谷源洋赴越南河内综合大学进修越南语。1963 年，中国国家主席刘少奇率政府团访问越南。为欢迎刘少奇主席访越，中国驻越南大使馆举行了盛大招待会，胡志明主席出席了招待会。谷源洋说这是他第一次近距离地看见了这位仰慕已久的革命长者。

1962 年，谷源洋在越南河内综合大学进修时，与越南同学打乒乓球

　　在中越关系"同志加兄弟"的 20 世纪 60 年代，前来访问中国社会科学院的越南学者很多，院领导接见时大多是由谷源洋做翻译。越南著名史学家陈辉燎到访时，郭沫若先生在家里接见了他，两位史学家交谈甚欢。越南著名文学家邓泰梅来访时，提出想拜访巴金先生的要求，社科院领导研究后让谷源洋陪同邓泰梅一行去上海，巴金先生在家里同越南外宾进行了亲切交流。此外，谷源洋还经常借调到对外文委、文化部、教育部、中国科协及中国科学院等单位担任翻译工作。越南国家科委领导人访问中科院时，副院长竺可桢陪越南外宾去外地参观访问。在越南抗美救国战争时期，北京各界人士经常在人民大会堂召开声援越南"抗美救国"战争的大会，谷源洋和他的同事们为大会提供过同声传译服务。谷源洋自豪地说在中华人民共和国成立十五周年时，他陪同越南南方民族解放阵线领导人登上天安门城楼参加观礼活动。

20 世纪 60 年代，郭沫若亲切会见越南国家科委主任

20 世纪 60 年代，中国科学院副院长竺可桢陪同越南国家科委主任访问吉林省

　　然而，20 世纪 70 年代末，中越"同志加兄弟"关系破裂，进入 90 年代初，两国关系又出现转机。1990 年 5 月，越南政府邀请中国派团参加在河内召开的"胡志明主席诞生 100 周年国际研讨会"。由于当时中越尚未实现外交关系正常化，经有关部门和社科院领导研究决定，让谷源洋研究员作为中国唯一代表出席会议。来自 34 个国家的 70 余名外国学者同越南学者在巴亭大会堂共聚一堂，高度肯定和评价了胡志明主席一生的光辉思想。越南党和国家领导人对中国派人参加会议给予了应有的重视，安排谷源洋研究员坐在会议大厅的第二排，坐在他前面第一排的人是越共中央顾问范文同。在会议开始前，越南外交部副部长丁儒廉走过来，把谷源洋研究员介绍给了范文同。更为重要的是越南会议组织方安排谷源洋研究员在全体大会上发言。谷源洋深情地回忆道："没有想到的是，我发言刚结束，坐在主席台上的武元甲大将就走到我身边与我紧紧拥抱。出席会议的越南学者、外国学者及新闻媒体普遍认为这一举动预示着中越关系即将'解冻'。"次年在印度加尔喀达举行的胡

志明思想国际研讨会期间，武元甲大将及夫人在其下榻的酒店再次友好接见了谷源洋，共叙中越友谊。武元甲大将对他说："越中发生过一段不幸的事件，好像天空上的一块乌云，风一吹又重新露出了青天。"

1990年9月和1991年11月中越两党两国领导人先后在成都和北京会晤，江泽民总书记曾引用古人诗句"渡尽劫波兄弟在，相逢一笑泯恩仇"来表达对两党和两国领导人会晤所取得的重大成果。两国实现外交关系正常化之后不久，越南社会科学院院长阮维贵即率团访华，中国社会科学院外事局姜汉章局长和谷源洋亲自到友谊关零公里处迎接代表团。以此为起点，中国社会科学院和越南社会科学院高层领导频频互访，胡绳院长率团回访了越南，双方签署了两国社会科学院学术合作交流协议，中越学者展开了多领域、多学科的学术交流，为中越友好关系发展作出了贡献。

中越两国实现外交关系正常化以来，谷源洋多次往返于北京与河内之间，参加了在越南召开的双边研讨会和重要国际会议。谷源洋重点提到几件事：

2000年，越南社会科学院院长阮维贵与谷源洋祝酒

第一件事是 2000 年，中共中央政治局委员、中国社会科学院院长李铁映率团访问越南，受到越共中央总书记黎可漂接见，提出两国社会科学院应当加强社会主义理论交流。当年上半年和下半年，在中共中央政治局委员、中国社会科学院院长李铁映与越共中央政治局委员、越共中央理论委员会主席阮德平共同主持下，中越两国理论界和学术界分别在北京和河内召开了两次高层研讨会，其主题："社会主义的普遍性与特殊性"及"社会主义：在中国与越南的经验"。谷源洋参与了这两次研讨会的全过程，在两次研讨会前遵照李铁映院长的指示赴越进行调研，写了多篇调研资料，为两国高层研讨会召开做了有针对性的准备工作。

第二件事是 2004 年 9 月，越南政府总理研究室邀请国际货币基金组织、世界银行、亚洲开发银行、联合国开发计划署人员及少数外国专家、学者对越南 2001—2005 年经济社会发展计划进行评估，并要求根据他们提出的 13 个问题，对 2006—2010 年经济社会发展计划提出具体建议。谷源洋提交了《对 21 世纪前 10 年越南国家发展战略的评估、思考和建议》的报告。后来得知这一报告被越方译成越南文，报送到越共中央和越南政府。

第三件事是在胡志明主席健在时，曾提出五年召开一次"越南全国爱国劳动竞赛大会"，亦即"越南爱国劳模大会"，大会规格很高，越南党政最高领导人都参加大会，认真听取来自各地和各领域的劳动模范做报告。2005 年，谷源洋接到越南政府总理潘文凯签发的邀请函，邀请他出席在河内召开的"越南全国第七届爱国劳动竞赛大会"。大会结束时，越共中央总书记农德孟、国家主席陈德良、政府总理潘文凯共同会见了中国、古巴、老挝、柬埔寨、俄罗斯五国与会代表。2010 年 12 月，应越南总理阮晋勇邀请，谷源洋出席了在河内召开的"越南全国第八届爱国劳动竞赛大会"。在大会闭幕时，按以往惯例，越共总书记农德孟、国会主席阮富仲、政府总理阮晋勇等同应邀的外国代表合影留念。

2001 年，越南前国家领导人范文同与谷源洋交谈

　　第四件事是越南前国家领导人范文同听说有中国学者在河内参加学术交流活动，他想听听中国学者对国际形势的看法。"当时的范文同，身体不太好，双目已失明，但头脑很清醒，在两位秘书搀扶下走出来坐在沙发上，他一面听我讲，一面时不时地插上几句话。当我说世界上不少国家对美国既恨又爱，恨的是美国太霸道，爱的是美国有美元。范文同插话说有些国家在拍美国的马屁。"

　　第五件事是为促进中越友好关系发展，两国友协组建了"中越人民论坛"。谷源洋作为论坛成员参加了 10 余次在两国轮流举办的交流活动。2017 年 12 月习近平总书记访越期间，在新落成的中越友谊宫亲切接见了"中越人民论坛"的 16 位成员，让中越学者感到莫大的鼓舞。

　　2011 年 1 月，阮富仲当选越共十一大总书记，谷源洋及时撰写了《越共十一大前后的社会政治动向》及《越共十一大后的中越关系》报告，对中越关系发展前景表述了自己的看法。中共中央对外联络部当代世界研究中心

2011 年 9 月 16 日致函中国社会科学院："贵院荣誉学部委员谷源洋教授撰写的《越共十一大前后社会政治动向和中越关系走向》被我中心《当代世界研究参考资料》采用。在此，我中心对贵院暨教授本人表示诚挚感谢。"为参加中央组织部和全国党建研究会联合召开的庆祝中国共产党成立 90 周年高层研讨会，按社科院李慎明副院长要求，谷源洋提交了《越共加强党的理论建设的经验》一文，经大会组委会审查评选列为入会论文，并在分组会议上做了介绍。

2017 年，越共中央总书记阮富仲在越南驻华大使馆与谷源洋亲切交谈

2015 年是中越建交 65 周年。回顾过去，中越两国经历 28 年"同志加兄弟"的亲密时期和 13 年"乌云弥漫"的痛苦岁月，又经历了 24 年全面恢复和发

展的阶段。无论是从时空看，还是从实践看，友好合作是中越两国关系发展的主流。2017 年 4 月越共中央总书记阮富仲访华，11 月中共中央总书记习近平访越，把两国政治关系及战略对接合作推向了新的发展阶段。

在谷源洋的科研生涯中，越南问题并不是他的主要研究方向和领域，但研究成果颇多，涉及越南经济和政治体制的"革新"、越南社会主义定向的市场经济、中越经贸合作与发展、中越国有企业改革比较研究等。直到今天，谷源洋仍持续关注着越南经济、政治"革新"进程及其理论动态的变化。2021 年 7 月 26 日，越南共产党机关报——《人民报》在国际舆论积极评价阮富仲总书记署名文章栏目下，刊登了谷源洋撰写的《继续沿着已经选择的道路稳步前进》的文章，《人民报》在编辑按语中把谷源洋教授称之为"越南问题资深专家"。

发展中国家研究："南方因素"凸显

毛泽东主席关于"三个世界"划分理论奠定了我国学者研究发展中国家的理论基础。邓小平在 1974 年 4 月联合国第六届特别大会上全面阐述了"三个世界"理论，明确指出从国际关系变化看，现在的世界实际上存在着相互联系又相互矛盾着的三个方面、三个世界。冷战结束后，怎样看待三个世界理论依然是学术界关注的问题。谷源洋的同事——世界经济与政治研究所前副所长谈世中在《历史拐点：21 世纪第三世界的地位和作用》一书中指出西方不少人认为苏联已解体，"皮之不存，毛将焉附"，"三个世界"理论已不复存在了。西方一些学者甚至声称第三世界国家之间并不存在将它们联系在一起的实际利益纽带，外国援助的终止将导致这种"虚幻团结"消失。然而，国内外更多人士则认为"第三世界"概念不会消失，世界经济与政治研究所前所长李琮在《第三世界论》专著中指出，"第三世界是历史发展的产物，它必将在历史发展中消失，但这是一个很长的历史过程，是相当远的未来的事，目前根本谈不到什么第三世界的消亡问题"。谷源洋作为研究发展中国家的同行极为赞同资深专家概括出的结论性看法。

　　谷源洋认为冷战后"三个世界"含意内容已发生了可见的变化。由于苏联解体，世界上两个超级大国只剩下美国一家，它极力推行单边主义。西欧、日本和加拿人等发达国家，既与美国结盟又同美国有矛盾。广大第三世界国家，亦即发展中国家依然继续存在，成为当今世界大国争夺的对象。不同的是由于经济发展不平衡规律的作用，在广大发展中国家中陆续涌现出一批新兴市场国家或新兴经济体。新兴经济群体在国际社会发挥着越来越重要的不可替代作用，这一重要变化对发展中国家研究提出了需要研究和回答的新问题，包括新兴经济体崛起对世界格局的影响；怎样正确认识发展中国家地位和作用变化；发展中国家与发达国家之间的经济差距是在缩小抑或扩大。谷源洋强调，南北经济差距问题在国内外已争论了几十年。谷源洋发表的《新兴经济体崛起及世界格局变动》一文指出，联合国贸发会议发布的《2008 年发展和全球化：事实和数字》报告显示：发达国家 GDP 占世界 GDP 的比重，从 1992 年 80% 降为 2006 年 73%，发达国家与发展中国家之间的人均 GDP 差距，从 1990 年的 20∶1 下降到 2006 年的 16∶1。在 2003—2007 年间发展中国家人均 GDP 增长了近 30%，而同期内以七国集团为代表的发达国家人均 GDP 仅增长 10%。这组数据表明，发展中国家作为一个整体，不仅在经济总量上缩小了同发达国家的差距，而且在人口基数增加的前提下，人均 GDP 也缩小了与发达国家之间的鸿沟。这与 20 世纪 80 年代不同，80 年代发展中国家的经济增长率虽然高于发达国家，但人均 GDP 增长率却低于发达国家，而到了 90 年代，发展中国家的 GDP 与人均 GDP 增幅双双超出发达国家。这种发展趋势不可阻挡。在 21 世纪前 10 年，特别是在 2008 年美国金融危机和世界经济衰退中，发展中国家的 GDP、人均 GDP 以及拉动经济增长的私人消费、固定资产投资和对外贸易的增速，都继续保持高于发达国家的势头。

　　美国高盛集团全球经济研究部主管、首席经济学家奥尼尔，2001 提出"金砖四国"的概念，并在 2003 年 10 月发表了《与"金砖四国"一起梦想：通往 2050 年之路》研究报告。"金砖四国"是一支不可忽视的国际力量，其经济快速增长对全球发展进程产生着巨大而深远的影响。2003 年国际投资界又推出"钻石十一国"（NEXT11）。"钻石十一国"在 2004—2007 年，年均经济增长率约为 5.9%，超出欧洲国家平均增长率的两倍以上。日本"金砖四国"研究所于 2007 年则提出了一个新的专有名词"展望五国"（VISTA），系指越南、印度尼西亚、南非、土耳其和阿根廷，认为这 5 个国家具有巨大发展潜能，在未来几十年内，其经济将会有飞速的发展。根据日本"金砖四国"研究所推算，从 2005—2050 年，以美元计算，西方七国集团的经济规模最多只能扩大 2.5 倍，而"金砖四国"将扩大 20 倍，"展望五国"可能扩大 28 倍。这种未来预测虽然只是对未来的一种展望和一种预期，但从一个侧面反映了新兴经济体的崛起趋势。"金砖四国""钻石十一国""展望五国"的成员都被国际社会冠以新兴市场、新兴经济体和新兴工业国等称谓。世界银行行长佐利克认为，未来世界经济格局的鲜明特点是新兴经济体的崛起。实际上在 2008 年美国金融危机之前，新兴经济体已经开始崛起，随后而至的危机则更加快了崛起的步伐。后金融危机时期，新兴经济体特别是主要新兴经济体已成为世界经济增长的新发动机。谷源洋的科研成果认为世界经济格局变化速度日趋加快，"经济量变"中已经有某些"经济质变"，但从"量变到质变"仍任重而道远。

所谓"南北关系"是指大多地处南半球的发展中国家与大多地处北半球的发达资本主义国家之间的关系。新兴经济体涌现及世界经济格局变化，使"南方因素"在当代国际关系中成为不可或缺的重要因素。谷源洋对发展中国家的研究，体现在他对五个问题的探索：

对发展经济学的初步探索。谷源洋研究了经济增长理论、人力资本理论、二元经济理论、平衡与不平衡发展理论、进口替代与出口替代理论等。

对利用外资的初步探索。改革开放初期，负责引进外资工作的汪道涵同志亲自主持召开了多次会议，讨论和研究利用外资问题。谷源洋参加了会议，并撰写了《关于发展中国家引进和利用外国资本问题》的内部报告，主编了《世界经济自由区大观》一书，有针对性地指出：经济自由区对内而言，实为一个特别区域，凡属内政、国防、外交等有关事宜，其管理方式与区外其他行政区并无二致。建立经济自由区（包括经济特区）不存在有损国家安全和主权问题，并指出经济自由区的"自由"，不是人们通常所说的资产阶级自由化的"自由"，而是系指以减免税收为主要刺激目的的自由贸易政策以及商品、资金、人员的相对自由流动。

对发展中国家发展战略、发展目标、发展政策的初步探索。20 世纪 80 年代初，于光远同志在人民大会堂召开多次研讨会，侧重研究我国经济社会发展战略问题。在于光远同志启发下，谷源洋研究并撰写了《发展战略的不同模式及其经验和教训》《发展中国家的发展战略与战略调整》等多篇调研报告。

对国际经济和政治新秩序的初步探索。南北关系和南北问题的核心是国际秩序的"破旧立新"，以促进南北共同发展、共同繁荣。邓小平同志在联合国第六届特别联大会议上，就建立国际经济新秩序问题做了重要发言。此后，谷源洋从多角度研究了国际经济新秩序问题，先后发表了《建立国际经济新秩序斗争的发展及其前景》《西方国家对建立国际经济新秩序的基本策略与思潮》《西方国家对南北对话问题的基本主张》等多篇研究报告。报告体现了两个学术观点：一是由发达国家主导建立的"秩序"是不公平、不平等、不合理的国际秩序，只有利于发达国家，有损于发展中国家。然而，发展中国家主张建立的"秩序"，不应只是对发展中国家有利，要考虑到发达国家的感受，确保它们的正当合法利益，否则"新秩序"难以建立起来。"新秩序"必须实现"秩序利益共赢"，用现时通用的词语，亦即国际新秩序必须体现"包容性与共享性"；二是建立"新秩序"不可能一蹴而就，势必受到来自外部和内部的种种干扰，中国作为发展中大国必须把建立"新秩序"的诉求坚持下去，建立"新秩序"这面大旗不能丢掉。

对南南合作的初步探索。在发达国家主导的国际经济秩序下，加强南南合作不仅具有经济意义，而且具有重要的政治和战略意义，有利于推动南北对话和建立和平稳定、公正合理的国际政治经济新秩序。发展实践表明，南北合作及南南合作是推动世界经济发展的两个不可或缺的重要支柱。谷源洋撰写的代表性文章有《南南经济关系在 80 年代进入新的活跃时期》《南南合作的历史沿革及其发展前景》等多篇研究报告。

从现在的视角看，谷源洋对上述五个领域的初步探讨依然具有必要性，研究成果所表述的观点依然基本正确。他对发展中国家问题研究及其观点，集中体现在 1997 年中国社会科学出版社出版的由谷源洋主编的《发展中国家跨世纪的发展——人们关心的二十四个问题》著述中，这部作品是哲学社会科学"八五"国家重点课题。

谷源洋在谈及对发展中国家进行研究时表示，我们不能忘记老教育家钱俊瑞同志所作出的贡献。钱俊瑞担任世界经济与政治研究所所长期间，为世界经济研究呕心沥血，想编写一部《马克思主义世界经济学原理》。为给这部巨著做前期准备工作，他设想先组织编写三本书：《战后资本主义》《世界社会主义经济的理论与实践》《发展中国家的经济发展战略与国际经济新秩序》。谷源洋与他的同事共同主编了《发展中国家的经济发展战略与国际经济新秩序》，完成了钱俊瑞的嘱托和心愿。谷源洋带着深厚的情感说："钱俊瑞老所长之所以让我们编写《发展中国家的经济发展战略与国际经济新秩序》这本书，是因为'二战'以后，亚非拉地区的民族解放运动风起云涌，大批发展中国家相继获得独立。第三世界作为一股新兴力量登上世界舞台，逐步改变了世界经济政治力量的对比，在国际经济事务中赢得越来越多的发言权，为发展民族经济开辟了前进的道路。但是，长达几个世纪的殖民地统治，导致发展中国家的经济严重落后，生产力发展水平很低，科学教育事业不发达，人民生活极端贫困，不公正、不合理的国际经济旧秩序在各个方面阻碍着民族经济发展。发展中国家为排除经济发展障碍，把贫穷落后经济引向现代化的经济，必须从各自的基本国情出发，制定和实施不同类型的经济发展战略。因此，在研究和编写《马克思主义世界经济学原理》过程中，不能不把发展中国家重重写上一笔。"

谷源洋兴奋地说："《发展中国家的经济发展战略与国际经济新秩序》一书问世后，即受到多方面好评，获得首届中国社会科学院优秀科研成果奖。"为迎接中国社会科学院建院 30 周年，中国社会科学院科研局将历届院优秀科研成果奖中的部分获奖著作重印出版，作为《中国社会科学院文库》的首批图书向建院 30 周年献礼。这其中就包括《发展中国家的经济发展战略与国际经济新秩序》一书。这里我们所说的谷源洋和他的同事研究发展中国家的"故事"，只是他们研究成果中的一部分，让谷源洋感到欣慰的是，迄今有些人再在不同场合见到他时，仍说"我是看着你们作品长大的"。但让他深感缺憾的是，钱俊瑞想编写《马克思主义世界经济学原理》的愿望最终未能实现。谷源洋认为，中国作为世界大国，理应建立我们自己的马克思主义世界经济学乃至马克思主义的政治经济学。

世界经济自由区研究：中国经济特区理论依据

在邓小平倡导建立经济特区之后，谷源洋和他的同事开始着手研究外国的自由港、自由贸易区、出口加工区、科学园区、保税区等。国内学者对上述的特殊区域大体有三种概述：一是统称为世界经济特区；二是统称为世界自由港区；三是统称为世界经济自由区或世界自由经济区。谷源洋和他的同事是第三种称谓的倡导者。谷源洋作为主编，给《世界经济自由区大观》一书作了绪论：《世界经济自由区的十大理论和现实问题》，论述了世界经济自由区的类型选择与目标、世界经济自由区的租税奖励、世界经济自由区的土地政策、世界经济自由区的外资企业股权、世界经济自由区的政治风险与经济环境、世界经济自由区的货币流动、世界经济自由区企业产品的内销政策、世界经济自由区企业产品国产化、世界经济自由区建立具有弹性的保税业务体系、世界经济自由区环境污染的社会成本 10 个问题。这 10 个问题是全书的核心点。今天看来，对这十大问题的阐述，基本观点依然可取，具有借鉴和参考价值。

谷源洋说："我们研究世界经济自由区的初衷，是想为中国经济特区、高新技术开发区、保税区等的建立提供理论依据和经验借鉴，为'世界经济自由区学'创建做些基本铺垫工作。"他在《世界经济自由区大观》专著中指出早在 450 多年以前，人们就已开始在交通发达地区和港口，划定特定的区域作为海关监督下的非关税区，并通过实施与东道国本身不同的特殊政策，吸引外国船只和厂商自由进出以及提供商品免税自由输出入优惠，借此达到发展贸易、增加财政收入、创造就业机会、引进技术与管理经验、促进经济发展和繁荣的目的。我国建立经济特区，旨在实施以减免税收为主要刺激目的的自由贸易政策以及推动商品、资金、人员的相对自由流动。因此，谷源洋一直主张伴随中国经济和对外贸易大发展，中国有必要在北方、中部、南方创建三个自由港。党的十八大以来，中央在一些具备条件的地区先后建立了自由贸易试验区，并在此基础上创建了海南自由贸易港，进一步扩大了中国对外开放格局，对此，谷源洋深表赞同和支持，相信今后在我国北方和中部地区会建立新的自由贸易港。

谷源洋曾经参观访问过美国加州硅谷、三角研究园等。加州硅谷，环境优美，集中了大量美国国内外顶尖科学家从事"脑力震荡"，通过不断创新，推出新发明和新技术，延长了"产品生命期"。谷源洋在世界经济自由区进行研究过程中强调：随着近代产业的发展，技术所起的作用日趋突出和重要，并由此推动世界不少国家科学园区破土而出,迅猛发展。各国创建的科学园区，一般是技术和知识密集产业研究和开发的集中地；国际社会把技术和知识密集产业称之为高科技产业。高科技产业可以用一个金字塔和倒金字塔来形容，金字塔的顶端，代表着高价位的新技术及其新产品，底端是衰退萎缩中的技术和产品，其金字塔的基部，则是即将淘汰的技术及产品。这就是所谓的"金字塔下沉理论"。科学园区的主要功能是研究开发金字塔顶尖的产业技术及其产品；各国研究与开发不仅需要有雄厚的资金及先进的仪器和设备，而且需要拥有第一流水平的科学技术人才，包括基础科技人才、高级工程技术人才和实际操作机器的技术劳动者。由于发达国家具备了这些条件，因而科学园区研究主要集中在美、欧、日等发达国家。科学园区不同于出口加工区，只搞研究创新，不搞加工生产。

谷源洋强调，发展中国家与发达国家处于不同的经济发展阶段，大多以劳动密集型的轻纺工业为主，逐步转向以资本技术密集型的重化工业和信息产业为主的"转型阶段"，因而仿效发达国家科学园区模式，创建和发展了自己的科学园区，在引进、吸收、消化国外适用技术或高端技术的基础上，通过增加研究与开发支出，发挥科技的"乘数效应"，逐渐缩小与发达国家的科技差距。但是，发展中国家建立的各种形式的科学园区，往往发生某些变形，甚至带有出口加工区的浓厚色彩。谷源洋特别指出，在世界经济自由区发展过程中，业已涌现出值得关注的新趋势，包括商业型经济自由区与工业型经济自由区相互融合的趋势；单一目标的经济自由区向多目标经济自由区转化的趋势；在世界科技蓬勃发展和经济转型的推动下，科技型经济自由区迅猛兴起的趋势；建立发达国家或以发达国家为主导的自由贸易区的趋势；各邻近国家和地区联手建立各种称谓的经济自由区的趋势。上述趋势是我国经济特区、经济开发区等在发展和建设过程中必须面对的趋势和潮流。

经济全球化研究：经济发展大趋势

20 世纪 80 年代以来，全球化发展速度之快、影响之深前所未有。全球化是一个不断发展的历史过程，在历史的不同时期曾经表现出不同的特点，对其全球化内涵的探讨也必然随着分析视角的差异而呈现出多样性和复杂性。从 20 世纪 90 年代中期开始，我国有越来越多的学者关注全球化问题。全球化有狭义和广义之分，从经济视角研究全球化，就是人们通常所说的经济全球化。谷源洋是较早研究经济全球化的学者之一，在主持世界经济与政治研究所工作期间，曾多次向中央领导汇报对经济全球化和政治多极化的看法，并报送相关研究报告和研究简报。谷源洋写的《经济全球化与"游戏规则"》和《经济全球化与国际垄断资本的发展》，探讨和研究了经济全球化基本内涵、经济全球化本质、经济全球化特征、经济全球化动因、经济全球化发展阶段、经济全球化规则、经济全球化两重性、经济全球化矛盾与冲突、反经济全球化运动等一系列问题。然而，自 2007 年美国"次贷危机"和金融危机以来，美国等一些国家对经济全球化的热情减退，出现了逆全球化现象，但谷源洋很有信心地指出经济全球化不会"死亡"，依然是世界经济发展进程中不可违逆的大趋势。

20 世纪 90 年代，谷源洋主持学术会议

区域经济一体化研究：制度化合作加速发展

经济全球化和区域化是世界经济发展进程中出现的两个并存的重要趋势。全球范围内的区域经济一体化是谷源洋一直研究的重点领域。由于全球多边贸易谈判进展迟缓，国际贸易进入"摩擦多发期"，一般经济交往迅速走向制度化合作。世界各国根据 WTO 的相关规定，即两个或两个以上国家（包括独立关税区）为实现相互间贸易自由化、便利化，可以签署自由贸易协定（FTA）。各国签订的自由贸易协定或建立的自由贸易区，属于区域或跨区域经济一体化的范畴，其称谓与其他区域经济合作组织有所差异，但基本含义并没有根本的不同，均为制度化区域合作。据 WTO 统计，约 90% 的成员参加了不同称谓的制度化区域合作，对区域经济发展发挥了无以替代的作用。20 世纪 60 年代，出生于匈牙利的美国政治经济学教授贝拉·巴拉萨概括了区域经济一体化的五种形式：自由贸易区、关税同盟、共同市场、经济联盟、完全经济一体化。

谷源洋先后发表的《从一般经济往来到制度化的经济合作》《东亚区域经济一体化及其相关理论》《亚洲的觉醒与崛起》等论文，集中反映了他对区域经济一体化的观点，较为系统地研究了不同层次或阶段的区域经济一体化，强调要想取得区域经济合作一体化有实质性的进展，都必须妥善处理和解决"六对关系"：多数与少数；排他性与开放性；主导权与非主导权；制度化与非制度化；国家利益与区域利益；经济因素与非经济因素。谷源洋只对笔者简述了"三对关系"：

多数与少数关系。由两个以上有关国家组合成的"块状经济体"，都存在着在合作中如何处理多数与少数利益矛盾问题。新加坡李光耀先生率先提出解决多数与少数利益冲突的途径，即东南亚国家联盟成立之初只有 5 个国家，在讨论经济合作项目时，采取了"协商一致""意见一致"原则。"一票否决制"有其好处，体现了民主原则，但缺憾是有一个成员国持有异议，其合作项目就不能启动，因而抑制了区域合作有效开展。李光耀提出了"5-1"原则，亦即5国中有4国赞同，其合作议题就应予以通过和实施。另外，欧元区作为货币联盟，实现了货币统一，有两点做法值得关注：首先是不予以强求，欧盟成员可以加入或不加入欧元区；其次是加入欧元区使用欧元必须达到5个趋同标准要求。欧元区的做法与李光耀的"5-1"原则对区域经济一体化合作中如何解决多数与少数意见分歧具有重要借鉴意义。谷源洋在撰写的相关论文中指出，在中国和东盟自由贸易区运行过程中，多数与少数矛盾体现在东盟国家内部，而不表现在中国与东盟双方之间。更为可喜的是东盟在与中国建立自由贸易区和"自由贸易区升级版"谈判中，东盟内部并无明显分歧，因而中国和东盟自由贸易区不断取得新进展，其合作领域日趋拓宽，成为全球区域经济合作之典范。

国家利益与区域利益关系。所有参加区域经济一体化组织的成员都有其经济的动因和追求，如果每个国家都把国家利益置于区域利益之上，只想有所得，不想有所失，那么区域经济合作难以搞起来，即便勉强而为之，也不会取得实质性成果。因此，如何协调国家利益和区域利益，成为区域经济一体化必须妥善处理的现实问题。美国在北美自由贸易区中虽处于绝对的主导和支配地位，但美国也不能不考虑其他两国，特别是墨西哥的经济利益和承受能力。在区域经济一体化进程中，包括自由贸易协定谈判和建立自由贸易区，有关国家相互之间既要考虑自身的利益，也要考虑他国的利益，特别是经济强国和大国需要做出某些利益让渡，以促进和推动区域经济一体化谈判取得成功。

经济因素与非经济因素关系。当今国际经济关系不仅受经济因素左右，同时受非经济因素干扰。非经济因素包括政治、社会、文化、历史、思想及意识形态等。仅就东亚区域经济一体化而言，影响一体化进程的非经济因素，包括日本对历史问题的认识、《美日安保条约》的存在、少数国家对他国主权的干预、领土主权的争端、西方价值观与发展模式的强制推行等，这些非经济因素无一不对亚洲特别是东亚经济整合产生负面影响。广义的亚洲区域经济一体化和狭义的东亚经济一体化所遇到的阻力，要比其他地区大得多、强得多。在亚洲和东亚区域经济合作谈判、合作机制形成及运行过程中，必须采取有效措施消除种种非经济因素干扰，最重要的问题是需要加强各国间的政治互信并建立相应的机制。

世界经济研究：改革开放经验借鉴

在经济全球化和区域经济一体化仍在继续发展的今天，各国经济发展同世界经济荣枯及其相互关联程度息息相关。各国无不关注世界经济的变动态势。世界许多国家特别是大国都设置了专门机构对世界经济进行短期、中期和长期趋势研究、分析与预测。但是，经济学家对世界经济的分析与预测主要采用因素分析法，目前尚没有成熟的可用的预测世界经济模型。经济学家们对世界经济形势的判断总是有所谓乐观派和悲观派之分。其实发展实践表明，世界经济顺向发展时，也总会伴随着种种制约因素，世界经济逆向发展时，也总会存在一些利好因素。世界经济如此，国家经济同样如此。关键问题是经济学家们能否在混杂多变的经济现象中以及在积极因素与消极因素之间，把握住经济发展的脉动，做出较为客观的判断。当然，这说起来容易，做起来并不容易。正如西方一个笑话所说，10 个经济学家坐在一起讨论同样一个问题，会产生 11 种以上的不同看法。

正如前面所说，大学毕业后，谷源洋早先是以越南问题作为研究起点，根据需要逐渐扩大到东南亚问题研究、亚太问题研究。从 20 世纪 90 年代初开始侧重于研究世界经济形势，对世界经济研究的时间最长，相比其他领域，研究成果也较多。在担任世界经济与政治研究所所长期间，谷源洋定期召开并主持由院内外学者参加的世界经济研讨会，主持编写年度《世界经济黄皮书》，并每年向中央领导报送世界经济形势研究报告。一次在中南海向中央领导汇报研究所对经济全球化和政治多极化看法时，中央外办主任刘华秋对谷源洋说："你们提供的世界经济研究报告很好，希望以后继续送来给我。"从所长岗位退下来之后，谷源洋个人从事研究时间多了，26年来，基本未中断过对世界经济的跟踪研究，其研究成果受到社会肯定和好评。2002年第4期《求是》杂志刊登了谷源洋写的《世纪初世界经济的基本态势及近期走向》一文，约稿编辑给他发来了《读者来信选编》（2002年第9期）：浙江读者姜师庆来信反映："文章以翔实丰富的材料说明世界经济的走向以及对我国的影响。有骨有肉，引人入胜；文字简练，条理清楚。读后使人们对当前世界经济形势有了切实的了解，对中央提出的对策也更加容易理解，受益匪浅。"

　　中国的发展离不开世界，世界的发展离不开中国。国内各方面对世界经济研究成果的市场需求量很大。谷源洋所写的相关世界经济的研究报告、论文和文章，主要发表在社科院院所两级刊物和院外核心刊物上。提及26年来对世界经济形势研究，谷源洋表示不能不说到中国国际问题研究基金会为他提供的宽松研究平台。2009年，中国国际问题研究基金会成立了世界经济研究中心，谷源洋为该中心主任。基金会世界经济研究中心由长期从事世界经济和重要国别研究的老专家组成，包括新华社高级记者、中国社会科学院国际问题研究学者、中国国际问题研究院研究员、中国现代国际关系研究院和中国外汇投资研究院专家、商务部研究员、清华大学美国研究中心教授以及部分资深外交官和前驻国外大使。这个"老专家团队"按季度召开研讨会，对国内外关注的世界经济及重大经济热点问题，各抒己见，相互交流。在集体讨论和个人研究基础上写出研究报告。国际问题研究蓝皮书是中国国际问题研究基金会的精品之作，谷源洋向蓝皮书提供的世界经济专题报告，连续10年被基金会评为优秀调研作品奖。

　　自2008年爆发金融危机以来，谷源洋注重对美联储货币政策变化及其溢出效应问题进行研究，写了一些报告，提出了一点建议。目前，谷源洋正在

2001 年，谷源洋在日本讲学时与夫人徐德瑛合影

研究《美联储"三重紧缩"及其潜在风险》。谷源洋表示，世界经济研究难度大，数据变化无常，如果不能及时跟踪，就不敢研究世界经济。经济学家常说的"投入产出"，适用于科研工作者，只有大量的"投入"，才能使自己的科研成果有根基，经得起实践的检验。

尽情享受金色年华的养老生活

2020 年 10 月，谷源洋携老伴入住燕达金色年华健康养护中心。他说："我们之所以选择在燕达养护中心安度晚年是因为养护中心'医养结合得好'，从设备设施到各种服务，都非常完善；养护中心的宾客，都曾有过自己的辉煌，没有虚度年华，现在大家相遇时都相互称'老'，逐渐融入了金色年华的'大家庭'，'家'的味道日显浓厚，生活得充实、安心、舒坦。"谷源洋对入住的燕达养护中心赞不绝口，"不同的是此前在北京的家，虽然业已退休，但仍以伏案工作为主。入住养护中心就不同了，主要是以休息养老为主，早晚同老伴散散步，晒晒太阳，中午去游泳和泡温泉，回家后听着国内外名曲睡上一小觉，晚上看看电视，或与子女、亲朋好友网上聊聊天。"但基于60余年的职业习惯，除各种养老活动外，谷源洋仍坚持看点与自身业务相关联的资料，对全球要事和热点问题做些思考，写点研究报告和专题文章。

谷源洋教授一生都在著书立说，潜心治学。他曾在中国社会科学院学术委员会2005年出版的《谷源洋文集》自序中写道："文集是笔者对社科研究工作的检查，通过这次检查深感有许多不如意的地方，因而对自己有了更加清醒的认识。这一感悟比起文集的出版更为重要、更为宝贵。文集的出版或许不是我科研生涯的终结，在科研道路上可能还要继续走下去。"退休后的17年，米寿之年的谷源洋用他的科研成果和参加的学术活动兑现了他的承诺。

　　曹祖恩，男，1935 年 3 月 3 日出生于安徽屯溪，1938 年随父母迁居上海，1956 年毕业

于上海同济大学结构系，毕业后由国家统一分配至北京铁道学院任助教一年。1957 年因工作

急需调至国防部第五研究院，从事与导弹相关的基建工作。1965 年，国防部第五研究院集体

转业组建为第七机械工业部，后更名为航天工业部，曹祖恩一直从事基建计划管理和工程设计

管理工作。至 1996 年年底退休，他在我国航天系统工作了近 40 个春秋。

曹祖恩

用40载青春和热血　为航天梦"添砖加瓦"

2022年6月5日，燕达金色年华健康养护中心，87岁的曹祖恩和老伴儿袁佩华起得比平时早。匆忙吃完早饭后，赶紧打开了电视机。

电视机里，神舟十四号的太空旅程即将启程，陈冬、刘洋、蔡旭哲三位航天员的一举一动，两位老人都看得仔细认真。

5、4、3、2、1，点火，起飞！10时44分，长征二号F遥十四运载火箭正式点火，神舟十四号载人飞船准时成功发射，两位老人跟着一起倒数。发射的那一刻，两人激动得站了起来，甚至有些热泪盈眶。

"真的不敢想，我国的航天事业发展得这么快、这么好！"曹祖恩声音有些发颤。"是啊，我们国家强大了，我们赶上好日子了！"袁佩华抹了抹眼角的泪。

这场太空之旅举世瞩目，对于两位老人来说，却有着不同寻常的意义。

著名哲学家康德说，世界上有两样东西能深深地震撼我们的心灵：一件是我们心中崇高的道德准则；另一件是我们头顶上的星空。

从1960年发射的"东风一号"到2022年的神舟十四号，在从航天起步到航天大国进而实现航天强国的漫长道路上，中国航天人勇攀高峰、自立自强，用一个个坚实的脚印，把梦想化作现实。

1987 年 9 月，曹祖恩率团赴英国考察，与 Pell 公司 Frischmann 主席会谈

1994 年 6 月，曹祖恩率团赴香港飞机工程公司考察，参观 4 号机库

而在这圆梦的路上，有无数航天人前赴后继，用青春和热血为航天梦"添砖加瓦"，这其中就包括曹祖恩和袁佩华。

1995 年 10 月，曹祖恩率参观团赴日本考察，参观日本宇宙开发事业团筑波空间中心

为了新中国的建设
屯溪"富三代"选了土木系

1935 年，曹祖恩出生在安徽屯溪一户富商家中，祖父是当地有名的商人，生意做得很大，家境自然不用多说，虽然身处旧社会，但童年的曹祖恩衣食无忧。

然而，富足安逸的日子只过了短短几年。1937 年"七七"事变后，日本军国主义全面发动侵华战争，地处皖南山区徽州腹地的屯溪也动荡了起来。日本侵华飞机经常来袭，震耳的飞机声、剧烈的爆炸声与连续不断的机枪扫射声响彻蓝天，时而响起的紧急防空警报声让市民十分恐慌。

曹祖恩一家也在紧急地想办法，赶紧转移到安全的地方去。

父亲将目标指向了上海，曹祖恩的外公居住在上海英租界，在那段时间里，租界相对安全。1938 年，曹祖恩随同父母一家五口坐船转移到了上海，投奔外公，开始了全新的生活。

年幼的曹祖恩在上海完成了小学和初中学业，之后又去杭州上了高中。1952 年，他以优异的成绩完成高中三年课程，顺理成章地准备报考大学。

在那个年代，报什么样的专业就意味着未来要从事什么样的职业。填报志愿之前，历史老师拿着曹祖恩 100 分满分的试卷找到了他。"你的历史成绩这么好，去考个历史系吧，你想考哪所大学？我可以帮你推荐。"老师觉得曹祖恩是块学习历史的料儿，希望他能在这方面有所建树。

年轻的曹祖恩却有自己的想法。

虽然自己生在富商之家，没过过什么苦日子，但他却亲眼看见了旧社会的穷苦人民如何挨饿受冻、受人欺辱，亲身经历了战争给普通百姓带来的伤害，更是亲眼看见了中国共产党带领中国人民浴血奋战，彻底结束旧中国半殖民地半封建社会的历史、彻底结束旧中国一盘散沙的局面，最终实现中国从几千年封建专制政治向人民民主政治的伟大飞跃。

曹祖恩和所有新中国的莘莘学子都有一个共同的目标：用自己的力量去建设新中国。

当时，新中国正在编制第一个五年计划，计划从 1953—1957 年，完成"集中力量进行工业化建设"和"加快推进各经济领域的社会主义改造"两大基本任务。在曹祖恩看来，新中国虽然成立了，但各方面都非常薄弱，尤其是在工业建设方面，基础建设薄弱，国家急需这方面的人才。

报什么专业，也成了同学们中热烈讨论的话题，"我要去学化工。""我要搞铁路。"同学们满腔热血建设新中国的热情也感染着曹祖恩，虽然自己非常喜欢历史，可新中国的基础建设正是需要人的时候，自己必须上。

在报考大学志愿的过程中，曹祖恩还要感谢一个人，那就是他的父亲。虽然祖父在安徽屯溪是屈指可数的富商，父亲后来在上海的外贸生意也做得风生水起，甚至后来还开了纺织厂，但他对于曹祖恩未来选择什么样的路一直抱着开放的态度，始终尊重他自己的选择。

就这样，这位屯溪"富三代"谢过历史老师的抬爱，在自己的志愿表上郑重地填报了土木系这个专业，也就是后来的建筑工程结构系，最后被同济大学录取，开启了自己为期四年的大学生活。

机缘巧合
从大学助教意外变身军人

1956 年，曹祖恩从同济大学建筑工程结构系正式毕业了。

新中国成立之初，国家社会经济各方面都急需人才，因此大学生就业实行的是国家统一分配制度，通过对高层次人才的配置，来匹配国家发展的目标，有效地与国家的发展规划相协调，最终才能达到"人尽其才"的配置状态。

当时，中国高等学校的地理分布很不平衡，需要重点建设的北京以及东北等地区都急需大量的专业人才，这就需要让大学毕业生在较大范围的区域内流动。作为新中国高等学校最集中的城市，上海的大学毕业生流动得最多，有的专业甚至是百分之百外调。

曹祖恩就遇到了这样的情况。

当时，班里的同学们大致有三个就业方向，去大学里当老师、去设计院当设计师、去建筑工地当工程师。别看曹祖恩在上海生活了那么多年，普通话居然说得不错，站在讲台上讲课有很大的优势，当老师又能传道授业解惑，于是他选择了当老师。

毕业分配结果出炉，他被分配到了当时的北京铁道学院，位于北京西直门外。这所学院的前身是清政府创办的铁路管理传习所，是中国第一所专门培养管理人才的高等学校，也是中国近代铁路管理、电信教育的发祥地。

当时的曹祖恩并不是只身一人分配到北京铁道学院的，一同分配到北京铁道学院，除了他，还有同班同学以及道路与桥梁工程系的几位毕业生。此外，铁道系的全体教职员工和道桥系的几位教授也一起调往北京铁道学院。数十名师生为何组团"北上"？原来，当时同济大学的道桥系和铁路系实力很强，为了增强北方高校在道路桥梁和铁路方面的教学实力，国家决定从同济大学拆分出一支由老师和毕业生组成的队伍，支援北京铁道学院建工系的筹建工作。

由于当时北京铁道学院的建工系尚未成立，还处在筹建阶段，曹祖恩和同学们暂时先留在同济大学进修，计划进修一年左右的时间，等北京那边的院系建设好后再迁。

虽然已经确定好就业方向就是当老师，但大学毕业生是不能直接站上讲台教课的，需要先当助教。助教的主要工作是辅助教师开展教学任务，解答学生做作业时提出的有关课间疑问等，曹祖恩这位助教因为做事认真，得到了不少教授和学生的好评。

有一天，道桥系的周念先教授找到曹祖恩："小曹，你想试试上台开一次课吗？""我行吗？才进修了七个月。"曹祖恩心里有些忐忑。"我相信你没问题，准备准备，下个月试讲啊。"周教授话语里满是信任，这让曹祖恩有了不少自信。

带着教授的信任，曹祖恩认真备课，在周教授的亲自指导下，不论是授课内容，还是语气动作，抑或授课的节奏与时长，他都反复练习。一个多月后，年轻的曹助教信心满满地站上了讲台，为台下的学生和观摩的教授们上了一堂精彩的试讲课。讲课的主题是"人字形木结构屋架的设计实例"，包括：屋架形式确定、应力计算、截面选定、节点大样。教授们在台下频频点头称赞，周教授更是十分满意。

一位刚刚进修了七八个月的年轻大学毕业生就能站在台上讲课了，这事儿在同济校园内部分助教中着实轰动了一阵。曹祖恩非常感谢周教授对他的信任，后来他才明白，周教授不仅仅有敢于启用新人的勇气，更重要的是，当时院系"北上"时间紧迫，急需将年轻人培养出来，为教师队伍扩容。

然而，1957年9月，当曹祖恩和同学们为前往北京铁道学院就职做最后准备的时候，形势却突然发生了变化。

原来，当时中国的高校院系分布并不平衡，同济大学的铁路系在华东地区和华南地区的高校里是屈指可数的，如果整个铁路系都"北上"搬迁到北京铁道学院，那么华东、华南地区的高校将严重缺失铁路专业，毕竟南方的铁路事业也需要高校人才的支撑来发展，从长远上讲，并不利于南方铁路事业的发展。

于是，铁路系的老教授们给中央领导写了信，请求同济大学铁路系暂不"北上"，并充分阐述了理由。中央很快回复，同意同济大学铁路系搬迁暂缓，这个决定对于教授们来说，并没有什么影响，因为他们还可以继续留在同济大学工作。而对曹祖恩和同学们来说，人生突然到了一个需要选择的十字路口。

曹祖恩和同学们的人事档案都已经调到了北京铁道学院，相当于他们已经隶属于这所学校了。可同济大学的铁路系并没有迁移过来，也就意味着，这些新来的大学毕业生在北京铁道学院可能无用武之地。是留在上海？还是前往北京？似乎很难抉择。

为了这几个刚分配过来的大学毕业生的去留问题，北京铁道学院校方重新为这几位大学生寻找就业机会，并充分征求他们的意愿和意见。

继高三毕业填报志愿、大学毕业选择就业方向之后，曹祖恩又遇到了人生的第三次重大选择。因为情况特殊，这几个大学毕业生既可以服从国家对他们的再次分配，也可以提出自己的就业要求。这对于他们来说，真的是难得的机会。不过曹祖恩有更成熟的想法："虽然国家给了我这次选择的机会，但还是希望国家把我安排到最需要的地方，祖国指哪儿我打哪儿。"

很快，上级单位给曹祖恩回信儿了，一家位于北京郊区的部队单位急需人才，问他愿不愿意去。进了单位能参军，还在北京，同班同学里，好像还没有一个去部队单位工作的，曹祖恩觉得这个单位不错，一口就答应了。

在答应的时候，曹祖恩还不知道，自己已经从铁路"转行"到了航天，而且一干就是 40 多年。

带着火箭导弹研发任务
从"一线"转至"三线"

20 世纪 60 年代，国际政治风云突变，中苏关系恶化，美国又频繁对我国东南沿海地区进行骚扰，在那样的情况下，中央首次提出了"三线建设"的战略构想，曹祖恩的工作也因此而发生了变化。

1965 年 6 月 1 日曹祖恩和所有战友集体转业脱掉了军装，完成了集体转业。

20 世纪 60 年代，中苏关系开始恶化，濒临决裂，与此同时美国正在进行越南战争，对我国主权造成威胁，让已经变得十分紧张的中美关系更是进一步恶化。在面临着国内、国外诸多不确定因素的情况下，我们不得不考虑的问题是，假如战火再起，该怎么办？

1991 年夏，曹祖恩在办公室看文件

情势严峻，在 1964 年的中央会议上，毛主席首次提出了三线建设的战略构想，将全国划分为前线、中间地带和战略后方，即一线、二线和大三线，准备随时应对帝国主义可能发动的侵略战争。一个防止再次遭受全面侵略的宏大计划就此产生，在中央的号召下，全国人民投入了三线工程的建设当中。

当时曹祖恩要经常出差前往西南、西北地区，参加基建计划管理、建设规划、项目选址等工作。"国家把大方向定下来，让我们去三线地区开展工作，但是具体在哪儿建，建什么，需要多少人，建多大规模，这些都需要自己跑出来，做好计划和规划。"

在三线建设过程中，我国克服了巨大困难，资源勘探和水利工程建设"双管齐下"，众所周知的丹江口水电站、刘家峡水电站、葛洲坝水电站都是当时三线工程的产物。同时，经过一系列的调查、勘探和对比工作，我国在贵州西部煤炭储量丰富的六枝、盘县和水城三县境内成立了煤炭基地，在攀枝花地区，在仅仅 2.5 平方千米的土地上，建立起了年产 150 万吨钢铁的攀枝花钢铁厂。

三线工程开发了我国中西部广大地区，缩小了中西部地区的差距，将工业化带到了全国各地。更重要的是，三线工程为我们留下的工业遗产至今仍然是实施西部大开发的基础。

航天路上多亏了这位"贤内助"

退休之后，曹祖恩携手爱人袁佩华搬进了燕达金色年华健康养护中心养老，晚年生活在这里过得多姿多彩。"原来啊，我觉得我俩的日子过得就跟白开水一样，他忙他的工作，我也有我的工作，还要带孩子，来了这儿之后，我发现这白开水里加了蜂蜜一样，越来越甜。"

1938 年 9 月出生于江苏常熟的袁佩华生在旧社会，长在红旗下。父亲是米行里的小职员，母亲是家庭妇女，全家靠父亲的工资过活。1949 年中华人民共和国成立之后，一方面希望为新中国效力，另一方面解决家里经济困难的现状，袁佩华进入南京军区护士学校学习并入伍，之后因为表现优异，被分配到国防部五院工作，来到北京工作和生活。

当时，能到北京来工作，这让袁佩华兴奋得不得了，而自己又被分配到一个涉密的部队单位，踏踏实实、认认真真为单位服务成了她的宗旨。所以一直没有换过工作，直到1994年10月在航天部机关门诊部退休，勤勤恳恳在岗位上工作了近40多年。

1962年春，经人介绍，曹祖恩和袁佩华相识，当年年底，两人正式结婚。和绝大多数夫妻一样，他们各忙各的工作，共同哺育孩子。随着工作愈加繁忙，两人不得不将孩子送到上海，由家里的老人代管了一年。"当时我们的工资都不高，两个人一个月也就一百多块钱，去一趟上海的往返车费就要一个月的工资。"

1964年11月8日，曹祖恩、袁佩华、母亲林佩兰和长子曹军合影留念

1969年初冬，袁佩华突然得了一场重病。原来，八年前，在一次去天津芦台农场参加秋收劳动的半路上，袁佩华乘坐的大轿车突然翻车，她的脑部受了伤，在头顶形成一个血肿。多年一直相安无事，没想到在生老二时突然

发病。脑膜瘤还压迫了视神经，以至于她现在的视力都很不好。孩子刚生了不到 100 天，因为袁佩华的病，医生连奶都不让孩子吃了。

谁知屋漏偏逢连阴雨，她的脑膜瘤切除后不到三个月，曹祖恩被下放到了"五七干校"，家里的老人又都在外地，也不能请来帮忙。袁佩华找了一个保姆，自己在北京拖着病后康复的身体，边工作边照顾两个孩子。

在袁佩华的脑海里，还有个根深蒂固的想法，那就是男主外、女主内，所以家里的事儿、孩子的事儿都由她来操持，让老伴儿安心工作，毕竟他的工作特别忙，又涉及国家导弹航天事业，所以很多事情都是自己一个人扛，自己又在医务岗位工作，孩子的头疼脑热也从来不用曹祖恩帮手，当好"贤内助"。

虽然苦日子熬了过去，在这过程中，袁佩华多少会有委屈，老伴儿也不会甜言蜜语，很多痛苦和委屈都是自己默默承受。但让她没想到，自己于 2020 年年底突发了一次脑中风之后，老伴儿对自己照顾得无微不至，让她备受感动。"我觉得我们家老曹像换了一个人似的，吃穿住行样样照顾得无微不至。"袁佩华有一天跟他开玩笑，"老曹，我得重新认识你一遍了。"

在燕达金色年华健康养护中心，有很多适合老年人的兴趣课程，甚至有些老人还能自己开课当老师，跟同龄人们切磋技艺。京剧班里，

1983 年，曹祖恩在航天部机关礼堂演《文昭关》，铁道部京剧团宫老师操琴

就经常能看到曹祖恩的身影，袁佩华中风后的康复阶段，他开始带着老伴儿一起来。

除了工作，曹祖恩这辈子最上心的就要算京剧了。别看他是一个地地道道的上海人，却从小对京剧痴迷。在上海，他的两个叔叔就经常带他去看京剧，"他们打上一辆三轮车，就把我'塞'在车上，反正我不要门票，就一起去听了。"

多年的耳濡目染，让曹祖恩在小学的时候，就敢在老师和同学面前唱上几段，中学的时候还跟着家里的叔叔学了拉琴，而真正投入地喜欢京剧，则是到了大学时代。那时候，同济大学有个京剧团，是教职员工和学生共同组建的，经常登台演出，在上海的高校中还小有名气。

在同济京剧团里，曹祖恩因为艺术全面，成为剧团里的"万金油"，老生、丑角、小生都能演，没人拉琴的时候，他也能顶上琴师的岗位。

2004 年 1 月 14 日，曹祖恩参加 CCTV-11 频道《跟我学》栏目与李祖铭老师合影

《京剧曲谱本》，曹祖恩 2007 年记谱

《京剧字韵简介》，曹祖恩自娱整编

《京剧字韵知识讲座》光盘，曹祖恩主讲

《王少楼唱腔集》，王学栋主编，曹祖恩记谱，2011 年出版

　　工作期间太忙，极少有时间唱戏，退休之后，有了大把的时间和精力，曹祖恩在京剧领域打开了一片新天地。1996 年年底退休后，曹祖恩与几位戏友组建了"北京樱花京剧联谊社"，开展艺术活动，2008 年、2015 年先后两次被北京市京昆振兴协会评为"优秀票社"。1993—2000 年，他还坚持为小

2000 年，曹祖恩与妻子袁佩华合影

2005 年春，曹祖恩全家福

戏迷伴奏教唱京剧，传递京剧文化。2000 年之后，曹祖恩成了电视台戏曲节目的常客，参加过中央电视台的"戏迷园地""夕阳红""曲苑杂谈""戏曲人生"等众多节目。

退休后的 20 多年里，曹祖恩还自费记录整理了 144 出戏、数百个唱段的曲谱，谱稿共达 1100 多张，供北京的戏友们参考使用。"60 多年前在同济大学时可不像现在这么方便，那时对一些名角的新戏新唱腔得自己记谱子，我们几个学生就分工合作，在剧场你记一段，我记一段，然后回去整成曲谱。20 多年前市场上音响资料很多，但曲谱出版物不多，我就根据音响资料自己记谱赠送戏友们使用。"

刚结婚的时候，袁佩华对于曹祖恩对京剧的痴迷很不解，但也不怎么干预。住进燕达之后，在康复的这段时间里，曹祖恩为了给袁佩华解闷儿，经常带着她去京剧班参加活动，渐渐地，袁佩华也能跟着哼上两句了，夫唱妇随的样子，羡煞了旁人。

如今，两位老航天人虽然身在养老院，却一直心系航天，因为"航天"这两个字，有他们的青春、热血与梦想。

桃李芬芳

曹利华，男，汉族，1937年生于南京，1962年毕业于复旦大学中文系，同年参加工作。1985年7月13日加入中国共产党。首都师范大学文学院教授。他师从著名美学家蒋孔阳先生，为弘扬中国美学奉献一生。他先后在北京第三师范学校、首都师范大学执教，创建首都师范大学美学研究所，出版了《美学基础知识》《美育》《语文教学与审美教育》《美学基础理论》《中华传统美学体系探源》《书法美学资料选注》《批评的批评——走近书法经典》《美学与书法经典探寻》《书法的现代性与临习》等美学著作；主编了《饮食烹饪美学》《建筑美学》《体育美学》《胎教与美育》等应用美学丛书；参编了普通高等教育"十五"国家重点教材《大学美育》；还发表了《书法是什么》《谈笔法，学王铎——再论书法的现代性》等数十篇文章。

曹利华

杏坛耕耘育桃李　修行美学润人生

　　2022 年的夏天，是一个名为"回忆"的季节。曹利华回望往事，写下了一本自传回忆录。"85 岁了，再不写，就来不及了。"曹利华总希望能为后来者留下些什么。这样习惯的养成，与他匍匐传道授业的经历，潜心杏坛耕耘的一生息息相关。

　　生于 1937 年的南京，曹利华在战火纷飞的年代生长，在中国的每一次重大转折中历练。他师从著名美学家蒋孔阳先生，创建首都师范大学美学研究所，一生为培养中国美学传承人，为中国美学在世界美学体系中争得一席之地而努力。

　　曹利华在回忆录中提到，他幸遇三个人，一个陪伴他白头，一个教会他乐观，一个启蒙他思想。曹利华一生也在修炼"三颗心"：丹心育桃李，恒心修美学，匠心著诗书。

　　曹利华先后在北京第三师范学校、首都师范大学执教，在北京最需要发展中等教育时，毅然奔赴，在国家需要发展美学事业时，又扛着学术大旗，进入首都师范大学从事美学教育。自与美学相遇，他就将一生奉献给中国美学事业，无论境况如何变化，始终不辍美学修炼。在美学领域，他出版了《美学基础知识》《美育》《语文教学与审美教育》《美学基础理论》《阅读经典解答美学》《中华传统美学体系探源》《书法美学资料选注》《批评的批评——走近书法经典》《美学与书法经典探寻》《书法的现代性与临习》等美学和书法著作；主编了《饮食烹饪美学》《建筑美学》《体育美学》《胎教与美育》等应用美学丛书；参编了普通高等教育"十五"国家重点教材《大学美育》；还发表了数十篇论文。

杏坛耕耘，丹心育桃李；一路修行，美学润人生。这句话是曹利华最真实的写照。

血色重庆

1942 年抗战时期，曹利华随父母到了重庆。关于父亲、母亲和兄弟姐妹的模样，都在他的记忆中模糊起来。唯有两件事记得特别清楚：像猫一样大的老鼠，跑到妹妹摇篮里咬耳朵和黑压压的天空，伴着隆隆的轰鸣声。

1938 年 2 月 18 日至 1943 年 8 月 23 日，重庆的天空是黑灰色，大地是血红色。此时正处于中国抗日战争时期，日本对重庆进行了长达 5 年半的战略轰炸。重庆大轰炸的场景，曹利华记忆犹新。

有一天，曹利华一家人其乐融融地吃着饭，唠着家常，突然防空警报响起。连续轰炸已经让重庆人养成了逃生习惯，听到警报声就开始往外跑，冲向防空洞。这时的曹利华只有 3 岁多，也挤在人群里拼命跑，追随着亲人的背影。大街上，随处可见被炸的遗体和残肢，无人收拢，也无法收拢。"根本分不清谁是谁。"在曹利华的记忆中，急促的警报声、震耳的轰鸣声，穿透入耳的还有人们凄惨的哭吼声。

红灯闪烁，警报声越响越急。天际线处，飞机如群迁的乌鸦，黑压压一片，朝着人群压来，大有"黑云压城城欲摧"之势。眼看防空洞还在远处，曹利

1939 年，母亲怀抱曹利华与家人合影

华的父亲指着一座二层楼房，提出先到房子里暂避一下。但是，曹利华的母亲坚决不同意，执意要全家抓紧往防空洞跑。曹利华抬头瞥了一眼小楼二层，一位老奶奶正倚床淡然地纳鞋底。或许是年纪太大，耳目不灵，家中又无亲人在，并没有意识到这即将到来的危险。

年幼的曹利华来不及思考，就被母亲拖着涌向防空洞。到达时，防空洞已经人满为患，一家人拼命往里挤。倏然背后黄土弥漫，爆炸声不绝于耳。防空洞内沸反盈天，哭声、喊声、祈祷声……人们相互都抱成了一团，在这个嘈杂密闭的空间，曹利华有窒息的感觉。

警报声止，世界恢复了安静。人们有序走出了防空洞。眼前的一幕震撼了三岁有余的曹利华。刚刚父亲想要去躲避的二层楼房变成了片片瓦砾，没有了纳鞋底的老奶奶，只有残垣断壁上的血肉模糊，树干岩坎上挂着残肢内脏和炸碎的衣服残片。"那个年代，这么多鲜活的生命，顷刻就能化为乌有。

这就是战争。"曹利华感慨。

　　一场轰炸结束，全家人躲过一劫，房子也幸免于难。曹利华唯感命运的眷顾。回到家中，桌子上的饭菜除了被尘土覆盖，一点都没有缺失。"要是在平时，人一走，老鼠肯定会把饭菜一扫而光，就连老鼠都知道珍惜生命。"

　　据不完全统计，5 年间，日本对重庆进行了 218 次轰炸，出动 9000 多架（次）飞机，投弹超过 1.15 万枚。在重庆大轰炸中，重庆地区的死难者达 1 万人以上，至少有 1.76 万幢房屋被毁，市区大部分繁华地区被破坏。

　　1939 年的"五三""五四"大轰炸，仅 5 月 4 日一天，日机就炸死市民3318 人，伤 1973 人，毁坏房屋 3803 栋，重庆市区几成废墟。特别是 1941 年6 月 5 日傍晚，在日军对市区长达 5 个多小时的疲劳轰炸中，发生了第二次世界大战中间接死于轰炸人数最多的一次惨案——较场口大隧道窒息惨案。

　　惨案发生后，死者多为青壮年。有的全家丧生，尸体无人认领；有的随身所带仅有一点财物亦不知去向。当时的防空司令部派出工兵营善后，仅整理尸体就花了近一昼夜。尸体用卡车拖到朝天门河边，再改用木船装到江北黑石子片区，草草掩埋。

　　从 3 岁起，曹利华就记住了重庆大轰炸，直至今日，细节历历在目。"这是刻在记忆里的画面，永远不会忘。"

　　这次轰炸以后，曹利华全家就搬到了重庆郊区，和外公一起居住，过了一段围着煤油灯听外公讲《西游记》的温馨日子。这段时间，曹利华很少见到父亲，直到有一天，父亲突然出现，把他和妹妹送到了保育院。年少的他一门心思想着回家找外公，一天清晨，他偷偷叫醒妹妹。

　　"快起，跟我走。"

　　妹妹机灵地穿好衣服，蹑手蹑脚地跟在曹利华身后，悄悄溜出了保育院。在挑担卖菜大伯的"掩护下"，曹利华和妹妹逃回了家。外公见到两个"小调皮"回来，十分惊喜地做了早饭。但是，早饭吃完不久，就有人敲门。"我知道大事不好，一溜烟儿地跑进了厕所，顺手插上了门。接着听到来人在向外公告状。"曹利华自知偷跑的行为理亏，怎么也不肯出厕所。外公亲昵地喊着"利华，利华"，哄了许久，曹利华始终没有从厕所里出来。最终妹妹又回到了保育院，可是令他始料未及的是，这次分别，再与外公相见，竟是20年后。

曹利华记忆中的重庆，大部分时间都是血腥和战争。即使偶有明媚"音符"点缀，也转瞬即逝。身处时代洪流，沉浮不由个人，但历经苦难的人，才更懂幸福的意义。这段儿时经历，养成了曹利华知足常乐的性子，所以，他一生不惑于繁华，也不惧怕困苦。

上海云谲

1945 年，风和日丽的一天，大街小巷突然沸腾起来。"抗战胜利了！"曹利华听到了这样的传言。不久后，曹利华的父亲回来，证实了这个消息。"敲锣打鼓，放鞭炮，舞龙灯，整整一个晚上没人睡觉，大人孩子满大街地跑呀、跳呀、唱呀，14 年抗战终于胜利了！这是天大的喜事！"说起这些，曹利华脸上不自觉地露出喜悦之情。这时，曹利华的父亲做出了"回上海"的决定。

曹利华的父亲是公检法公职人员，为何要转战上海，曹利华没有深究。对于父亲而言，只是换了个城市工作。对于曹利华，却是换了个世界。

回上海之路百折千回。在交通不发达的 1945 年，曹利华一家人坐着汽车，绕过盘山道，来到码头，坐上去往上海的长江轮船。旅途中，最让曹利华难忘的是路过三峡。三峡地区暗礁丛生，一不小心就有触礁的风险，因此只能让空船先缓缓驶过，穿过三峡再正常航行。当轮船靠近三峡的时候，乘客需要先乘坐木船，回到岸上，在附近旅店留宿一晚，等空船驶过，第二天清晨再坐木船返回轮船上。曹利华目睹了岸边散落的船骸，心中有些许惊恐。若干天后，曹利华一家平安抵达上海。

对于一个刚从县城出来还不满十岁的孩子，上海就是另一个世界，一个让人眼花缭乱的世界。衣着华丽的人、来往穿梭的车、鳞次栉比的房子……都是新鲜的。一家人暂住到上海法租界建国西路的一所公寓里，公寓对面就是上海地方法院，十分方便父亲上班。

相比重庆，上海的生活如云一样多变。丰富多彩的上海岁月开阔了曹利华的视界，也让他有了最初的梦想。

定居以后，曹利华到家附近的一所小学，就读四年级。"很多事情都记不清了，参加童子军却记得非常清楚。"曹利华说，童子军的服装很神气。上身是有肩章的黄色军服加白色衬衫，下身是黄色短军裤，腰间配皮带，再挂上一把短军刀和一束白色绳索，戴上蓝色的领巾。

虽然抗日战争已经结束，但学校还是经常组织童子军参加战地救护演练，日常中，童子军还要负责护校和维持纪律秩序。童子军是一个国际性组织，最早起源于1907年英格兰的棕海岛上举行的一次实验性营区活动。中国最早的童子军组织就诞生在上海，由上海南洋模范学校校长沈维桢发起。

1915年，沈维桢在南洋附小成立童子军。他兼任教练，开展纪律、礼节、救护、劳作等诸项活动，培养少年儿童为社会服务。五四运动前后，沈维桢率领全校童子军到街头宣传鼓动，并组成童子军"救国十人团"，到各地宣传抵制洋货，提倡使用国货。南模童子军响应赈济北方水灾活动，赈济金额和募捐款项都居上海各校之首。1920年和1928年，南模童子军两次参加远东运动会的服务工作。"一·二八"淞沪抗战，宋庆龄在交通大学内设立伤兵医院，南模童子军露营校园，参加服务，受到宋庆龄的称赞。

童子军在上海地区的影响可见一斑。"那时候，参加童子军，不仅是有了一套神气的服装，更是一份荣誉和骄傲。"但曹利华如今回想，更觉得那些潜移默化的品德磨炼，才是一生的财富。

来到上海，曹利华也第一次有了"家"的感觉，父亲和家人待在一起的机会多了。曹利华记得，每天天不亮，父亲第一个起床，喝一个生鸡蛋，吃几块饼干，就匆匆上班去了；傍晚六点回家，喊他打一两老酒，买五分钱花生米，坐在家中一角慢慢吃。曹利华偶尔会顺手"偷"几颗花生米，这也是他记忆中"父亲唯一的享受"。

　　曹利华全家从租界搬到了闸北弄堂生活，气氛就更加热闹起来。上海弄堂是一个开放大舞台，一到夏天，弄堂里最为热闹。躺在竹榻上乘凉的，围着小方桌打牌的，坐在小板凳上听故事的；妇女们嗑着瓜子，做着针线，哄着孩子睡觉；大一点的孩子，在弄堂里嬉戏玩耍。曹利华在弄堂里学会了骑脚踏车、滑旱冰、滚铁环、扯响铃，平时还会玩打弹子、刮香烟牌子。"弄堂里的买卖也很兴隆，有旧货卖、冰糖绿豆汤……叫卖声不断，早晚都热闹。"曹利华最喜欢吃弄堂里馄饨摊上的馄饨，晚间一听到打竹板，就跑去吃一碗。

　　关于弄堂的记忆，曹利华认为都融汇到了鲁迅的《弄堂生意古今谈》一文中："闸北弄堂内外叫卖零食的声音，假使当时记录下来，从早到夜，恐怕总可以有二三十样，而且那些口号也真漂亮，不知道他是从'晚明文选'或'晚明小品'里找过词汇呢，还是怎么，实在使我似初到上海的乡下人，一听就有馋涎欲滴之慨。"

　　文中所言，曹利华感同身受。从此以后，上海留下了"家"的味道。

　　夜上海的包容万象，也开阔了曹利华的眼界。华灯、乐声、歌舞升平，听着外滩上的爵士乐，看着皇后大戏院里的越剧《泪洒相思地》，艺术的种子在曹利华心底种下。也是在上海，曹利华初识家中的"红色基因"，姐姐、表哥等都积极参加全国解放事业，表哥更是一名共产党员。

　　1949 年 5 月 24 日深夜，断断续续的枪声响起。曹利华的姐姐拉着他跑到了弄堂门口。一对对士兵踏着整齐的步伐从弄堂口经过，上海的老百姓从四面八方涌向队伍两侧，一时间万人空巷。

　　"欢迎解放军！"

　　人声鼎沸，士兵不停地向两侧的老百姓招手。

　　"这是我第一次知道，共产党的军队叫'解放军'。"曹利华从姐姐那里得知这支受老百姓欢迎队伍的名字。解放军队伍给曹利华留下了深刻的印象。在他的记忆里，解放军与国民党部队有着云泥之别。曹利华居住的弄堂后有一个嘉兴电影院，解放军未进城以前，几乎每天都有国民党兵痞看霸王电影的事情发生。一旦被要求买票，就会遭到兵痞的暴力，人人见了国民党兵都要躲开。解放军进上海后，为了不打扰民众却都睡在了大街上。"纪律""可亲"，12 岁的曹利华暗下决心要成为这样的人。

安宁的日子并没有持续很久。1950 年 1 月和 2 月，国民党军队反扑，对沿海城市进行了大轰炸。经历重庆轰炸，曹利华全家都对制空轰炸心有余悸。他清晰地记得 1950 年 2 月 6 日，全家躲在桌子底下瑟瑟发抖，大地都在震颤，这一天，也是历史上著名的"二六轰炸"。

当时，上海工业生产所需的棉、小麦、纸张等原料都来自进口。解放战争期间，中国国民党方面先在海上对大陆进行封锁，生产物资无法进入上海，上海经济陷入困境。即使当时的上海新政府采取了一系列措施稳定工业生产，但仍然难以消除影响。封锁奏效，国民党空军开始扩建舟山机场，准备对上海和其他东部沿海城市实施轰炸。此时，上海市虽已有高炮第三师（4 个团）进驻，但整体防空能力仍然薄弱。

1949 年 10 月至 1950 年 2 月，国民党空军对上海进行了 20 余次空中攻击，投弹 360 多枚，毁坏房屋 2300 余间，造成伤亡 2300 余人，其中 1950 年 1 月 7 日至 2 月 6 日，连续 4 次集中对上海的电力生产单位和城市重要设施进行了重点攻击，以 2 月 6 日的"二六轰炸"为最猛烈。

1950 年 2 月 6 日中午 12 时 25 分到下午 1 时 53 分，4 批次 17 架轰炸机在上海市区投弹 67 枚，对多个上海重要的电力、供水、机电等生产企业进行轰炸，当时上海最大的发电厂——杨树浦发电厂遭到的破坏最为严重，电厂当时的 15 万千瓦的正常负荷迅速下降至零。空袭过后，上海市的发电能力从 25 万千瓦下降到 4000 千瓦，由此造成上海市区工厂几乎全部停工停产，大多数街区电力供应中断，高层建筑电梯断电悬空，许多商店关门停业，大上海"十里洋场"陷入一片黑暗，灯火管制使得每户家庭只能每天点一盏电灯半小时。

度过了上海的"至暗时刻"，曹利华更加珍惜来之不易的校园生活。1951年，曹利华进入上海市北中学。这一年，他成了少年儿童先锋队队员，认识了自己一生挚友俞步凡，以及少年梦想的启蒙老师龚七友。"龚老师对我说，一个人兴趣广泛很好，但是也要有一门专长，因为人的精力是有限的。这番话对我影响很大，我变得喜爱文学，想读中文系，和他的教育有很大关系。"

曹利华和俞步凡同时考进了上海北郊中学读高中，两人志趣相投，都喜欢艺术。他们一起听音乐、一起阅读王朝闻的《新艺术论》。此时的曹利华就认为，艺术源于生活，为了多体验生活，他和俞步凡干脆就在农村租了一间农家小屋。小屋里连电灯都没有，每天晚上点着蜡烛，两个人在昏黄的烛光下，畅谈文学艺术和理想，在日记里写下作家梦和画家梦。

在风云骤变的上海生活中，曹利华找到了少年梦。

诗人梦

曹利华幼时就爱读书，小人书是启蒙读物。《水浒传》《西游记》《三国演义》等名著，曹利华都是从小人书中了解到的。那时候，他还不知道，这就是所谓的"兴趣爱好"，也不知道自己会把青春献给它。

上海北郊中学周围都是田野。当太阳刚刚升起，霞光四射，飘浮在庄稼地的薄雾渐渐散去，万物初醒的时刻，曹利华开始朗读诗文，日复一日。普希金的《自由颂》、郭沫若的《凤凰涅槃》、屈原的《离骚》……读诗让他获得宁静，也获得精神力量。午休时间，曹利华会到学校阅览室，阅读杂志上发表的诗人作品，艾青、臧克家、郭小川、李季、闻捷等都是他如数家珍的诗人。

在文学艺术的海洋中，曹利华像初中老师龚七友说的那样，找到了自己的"专精"。曹利华十分确定，自己想成为一名诗人。只是这条路，有些坎坷。

确定了方向，曹利华开始朝着梦想努力。除了日常学习时间，每一个周末和节假日，他或是去上海图书馆，或是逛逛南京路旧书店。三年高中时间，读遍国内外名著和诗歌。

梦想的路上，总是要有荆棘。1954 年由于潘阳事件，曹丽华父亲从公安系统调离到了治理淮河指挥部工作，后母又将房子上交给了房管局，去了北京。从此，曹利华变成一个无家可归的人。即便如此，他依旧相信，只要努力，梦想就会实现。

曹利华来到已婚的姐姐家中住，与姐姐一起为大学备考。曹利华的姐姐在"俄语热"的影响下，考上了北京外国语学院的俄语系。曹利华则抱着诗人的梦想，想去边远地区体验生活，报考了西北大学中文系。"那段时间，国内出现了石油诗人，让我心生向往。"

新中国成立初期，在中国共产党领导下，成长起来新一代诗人，他们以"写实"为主的诗歌，留下了一个时代的记忆，李季、闻捷就是其中代表。尤其是李季一度深入玉门油田锻炼生活，了解石油工人的疾苦，写下了大量的歌颂祖国石油事业和石油工人的优秀诗篇，如《石油诗》《致以石油工人的敬礼》等，反映了石油工业建设的广阔生活画面，他也因此被称为"石油诗人"。

这也是曹利华心之所向。

只是，曹利华后来了解到，西北大学在上海并不招生，愿望就此落空。他只能重新申报上海外国语学院，被录取到"俄语系"。

1956 年 9 月 1 日，曹利华踏进了上海外国语学院的大门。上海已经稳定下来，校园生活还算惬意。只是离自己的诗人梦越来越远，曹利华心有戚戚焉。只是命运总会眷顾坚持不懈的人，中苏关系度过了"蜜糖期"，国内俄语人才渐渐过剩，因此教育部允许一部分俄语系学生转校、转专业。"当诗人的梦，又重新在我心头燃起。"曹利华毫不犹豫地报考了复旦大学中文系，以优异的成绩，被复旦大学录取。

　　1957 年 9 月 1 日，曹利华跨进了复旦大学的校门。曹利华安安静静地学习了一些自己喜爱的课程：蒋孔阳的《文学基本知识》、濮之珍的《语言学概论》，以及蒋天枢、朱东润、王运熙的《中国古代文学史》等。但是这样的时间并不长，1958 年，校园环境慢慢动荡起来，曹利华失去了潜心修学的平台。他的诗人梦，又遇上了障碍，被搁置下来。但也是在这段时间，他遇上了美学启蒙人——蒋孔阳先生。

　　鲜衣怒马少年梦，一遇美学奉终生。没能成为诗人的曹利华，在复旦大学找到了一生所爱。

美学缘

　　初入复旦大学，曹利华就听过蒋孔阳先生讲课，其儒雅的学者气质让曹利华印象深刻，便想要多了解一些蒋孔阳先生钻研的美学。曹利华第一次上门拜访蒋孔阳先生，是在一间极其普通的教师宿舍。得知曹利华对美学感兴趣，蒋孔阳先生语重心长传道解惑。"先生告诉我，学美学要从德国古典主义美学入手，特别是黑格尔美学。"曹利华牢牢记住了蒋孔阳先生当日的指导，用了近三年的时间，从读黑格尔美学读到马克思主义美学思想，这些知识的积累，为他以后的美学研究夯实了基础。

　　越是接触深，曹利华的兴趣就越浓厚。对于美学知识的渴求，就如同"久旱逢甘霖"。"人一旦对一件事有了兴趣，那么他的动力就是无穷的。"曹利华说。

　　1959 年，历经动荡的文化教育界，逐步缓和下来。各大高校学生陆续向曾经对老师们的冲撞，进行致歉。曹利华是当时代表班集体去向蒋孔阳先生道歉的代表之一。这件事以后，曹利华与蒋孔阳先生的关系日渐密切。最终，在毕业论文选题上，曹利华选择了"美学"方向，指导老师正是蒋孔阳先生。毕业后，曹利华去往北京，他下定决心，无论境遇如何，都要把美学研究坚持下去。

曹利华找到了想要奉献一生的事业，却恰巧赶上了文艺界乱局。20世纪六七十年代，学术研究氛围变得很恶劣。资源稀缺、平台破碎、社会不安，美学研究根本难以为继。即使如此，1966—1976年，曹利华时常与红学家丁维忠一起探讨美学问题，完成了《美学基础知识》初稿，并寄给了蒋孔阳先生，先生在阅读之后，写了序言，他说："曹利华同志的《美学基础知识》一书，从人的本质出发来探讨美的本质，认为'弄清人的本质是弄清美的本质的关键'，我认为抓住了问题的要害。他从这一点出发来探讨美学中的基本问题，自然也就能够取得一些比较好的成绩。"该书于1986年出版，并获得了1987年北京市高等学校哲学社会科学优秀成果奖。

国内文艺界氛围缓和后，曹利华立刻把美学研究真正捡起来。只是，有形资料丢失的七七八八，重拾美学的过程十分艰难。"好像在脑海中沉睡的梦想被激活了，我好像获得了新生，如饥似渴，无论如何也想把丢失的找回来。"曹利华说。

幸运的是，北京的旧书店很多。曹利华开始利用节假日、课余时间骑着自行车，穿梭东单、西单、琉璃厂的旧书店。他像鸟儿觅食一般，每当寻到一本书或资料，心中就想起欢快的歌。"我在东单的一家旧书店买到了一本《马克思列宁主义美学》。这是我大学期间读过的一本书，它是苏联学者瓦斯卡尔仁斯卡娅在中国人民大学哲学系的讲稿，1960年由人大出版社出版。再次找到它，真的让我喜出望外。"《马克思列宁主义美学》一书现在看来，许多观点并不完善，但却让曹利华第一次比较系统地接触到了西方美学史，初步了解了当时苏联有关美学的论争，开拓了美学知识面。

自然，大量美学资料的获得，也离不开图书馆。只要能挤出时间，曹利华就一头扎进北京市各大图书馆，朝九晚九，拼命抄笔记、做记录。为了省钱并挤出更多时间搜集资料，曹利华每天把吃饭的时间都搭进去了。

在北京，曹利华有了四口之家，经济上的拮据一直困扰着这个小家。一到月底不是断火，就是断粮。曹利华清楚地记得，月底为了买煤，向隔壁工人家庭的邻居借过两块钱；为了买粮，带着一只小闹钟，跑遍了市区的旧货商店，到了崇文区才脱手，实际上它只比西城多卖了一块钱；平时家里急用钱就卖点什么，日积月累卖得也差不多了，最惨的时候，连外祖父送的一件很有纪念意义的棉大衣也被变卖，换得了四块钱，维持了一家月底最后几天日子。

这终究不是长久之计。曹利华和妻子商量后，把五岁多的小女儿送到了家境尚好的上海姐姐家。曹利华托人把小女儿送走了，心底留下了歉疚和悲伤。即使面对这样的困境，曹利华在处理好学校事务后，把剩余所有时间都花在美学资料的梳理、思考和写作上。

与老友丁维忠每周一次的美学探讨也在继续。每当到了这一天，二人从白天讨论到黑夜，从美的本质讨论到美的形态。丁维忠对美的形态见解具有开创性的意义，也对曹利华往后的学术研究产生了积极影响。

曹利华通读了六本《新建设》编辑部编辑的《美学问题讨论集》之后，开始对美学各派有了基础认识，就开始深入思考各派观点对峙症结所在。吕莹和高尔太的主观论指艺术还说得过去，自然的美、社会的美显然概括不进去了；蔡仪的客观论指自然界的形式美还可以，艺术美、社会美就讲不通；朱光潜的主客观统一论说客观是条件，主观是关键（鉴赏），如果是指艺术还有一定道理，自然美和社会美就不是那么简单了；李泽厚的客观性与社会性统一论，在探讨美的本质问题上，具有突破性的贡献，但是当谈到形式美问题时，却又与自己的观点相悖，在谈到艺术作品时，却又混淆了第一性的存在（物质）和第二性的存在（意识）。

曹利华细品各派都有其相对正确的一面，但也都存在理论上的欠缺和不足。论争的症结点到底在哪里？曹利华陷入了深思。他阅读了大量的艺术起源的资料，提出了"自然美两种属性"的观点。曹利华认为，如果不从人的本质入手，无论如何也解决不了美是什么的问题。他长期反复考察美的本质出发点和中心点，写出了一系列具有学术影响力的美学论文和著作。

1985 年 5 月 20 日，《西北大学学报》第 2 期刊登了他的《试论自然美》。《试论自然美》的发表给了曹利华极大的鼓励和信心，此后，他用一年时间修改完善了《美学基础知识》初稿，并于 1986 年出版。"同年我还实现了数十年的愿望，正式成为了一名中国共产党党员。"1986 年，是曹利华双喜临门的一年。

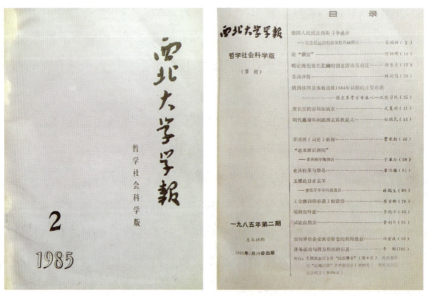

《西北大学学报》刊登《试论自然美》

1987 年，曹利华出版了第二本著作《美育》。《美育》当年发行 1.5 万册，还被中国教育电视台拍成 10 集美育电教片。北京电教馆将《美学基础知识》和《美育》合拍成《美育之光》，由著名播音员沈力解说，在北京电视台播放。20 世纪 80 年代后半期，曹利华开始对《应用美学》进行研究，这是对美育的深化和延续，先后主编了八部"应用美学"丛书：《胎教与美育》《幼儿美育》《小学美育》《中学美育》《体育美育》《饮食烹饪美学》《建筑美学》《美学修养》。

为了深化美学教学与研究，在研究美的本质的过程中，曹利华已经开始了对中国传统美学的探索。长久以来，西方美学在学术界占据主导地位，中国传统美学声弱势微。曹利华不服气，浩瀚中华文明，美学怎么会不成体系？

20世纪80年代中期，曹利华发表了《老子的美学思想》《叶燮的美学思想》两篇论文都是为了探寻中国传统美学的体系问题。最后，曹利华对中国传统美学发展的脉络进行了梳理，并于20世纪90年代初，在《北京师范学

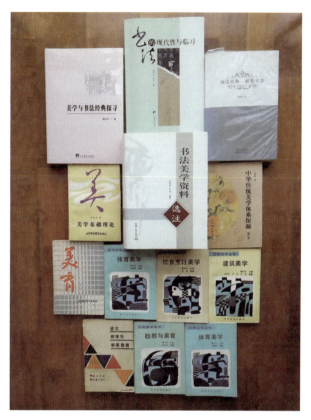

曹利华部分著作

院学报》发表了论文《〈文心雕龙〉标志着中国美学体系的形成》，产生了较为广泛的影响。同年8月，该文被人民大学《美学》影印月刊转载。此后，曹利华又用了将近4年时间，完成了《中华传统美学体系探源》一书，1994年6月由首都师范大学出版社出版；1999年，北京图书馆出版社再版了该书。

研究中国传统美学的过程中，书法引起了曹利华浓厚兴趣。"我认为中国书法是中国艺术的艺术，中国的绘画、音乐、舞蹈、雕塑、印章甚至建筑、戏曲、园林等都与书法有着密切的关系。"曹利华整理了大量古代书法美学资料，密切关注当代书法界实践和理论的发展，阅读了大量的书法论著，既为群众性的"书法热"而感到高兴，又为受西化影响而提出的种种偏颇的观点而担忧。1997年，曹利华看完一本《书法美学》后，立即写了一篇题为《书

法美学研究应民族化》的文章，对当时书法界这种西化倾向提出了批评，并开始了对书法美学的思考和研究。

2001 年，曹利华发表了《书法与书法美学》一文，对书法的本质提出了较为全面的论述。至此，他开始了 10 年艰难跋涉，在乔何的帮助下，于 2009 年 1 月整理出 120 万字的《书法美学资料选注》。这本书与一般的资料性著作有很大区别，它根据著作体系的要求来编排资料，并通过提要和注释来阐明某一观点的要领。书中参考了《佩文斋书画谱》对书法的归纳法，将中国书法美学的内容概括为六个部分：书法的本质（书法论）、书法的形成和发展（书体论）、书法的结构和章法（结构论）、书法的内容与形式（形神论）、书法的风格特征（风格论）以及书法的创作和欣赏（意境论）。曹利华还将书论中有关的内容以注释及提要，归纳出的中国传统书法美学的简本。

2011 年，他与乔何共同出版了《批评的批评——走近书法经典》，是对现当代书法的批评和评介；2013 年，出版《美学与书法经典探寻》，从美学的高度来探寻书法的经典问题；2015 年，出版《书法的现代性与临习》（与乔何合著），探讨书法的现代性与临习的关系；2016 年，在《人民日报·海外版·欧洲刊》上，与乔何合刊作品并发表文章《书法是什么》；2016 年，在文化部主管核心期刊《文化月刊》上发表论文《谈笔法，学王铎——再论书法的现代性》（曹利华）和《浅谈〈中山王厝鼎〉的艺术风格》（乔何合著）。

"我不敢说自己的美学理解水平怎么样，但是至少每一项研究，每一个观点，都是认真、严肃、负责任的。"曹利华说。

热爱，往往代表执着和责任。美学于曹利华而言，是一生的情缘。

三个人

曾经有人用概率学做了一个很有意思的推测：人的一生会遇见 3000 万人，

打招呼的有 4 万人，熟悉的大约有 3000 人，亲近的却只剩 300 人。这个推测中多少含了一些"人生海海，不过尔尔"的无奈。曹利华的过往岁月，有三个人在他的心里烙下了深刻印记：一个陪伴白首，一个教会乐观，一个启迪灵智。

曹利华的第一任妻子因病离世，留下了无尽的悲痛和思念。无论多么艰难的岁月，有妻子相伴，总是温暖日子。妻子离世以后，整理遗物时，孩子们看到母亲的衣物足足有十几箱，有的还很新，似乎是没有穿过。曹利华喜欢给妻子买衣服，看着刚买的一件款式新颖的羽绒服，妻子只试穿了一次，他又陷入深深悲痛。"作为丈夫，只要有条件，就应该让妻子穿得时髦些、漂亮些。"妻子离世后，曹利华不敢回家，能勾起回忆的场景太多。但他又常常跑到夫妻二人经常散步的公园暗自惆怅，唯一能逃离痛苦的时刻，就是把自己埋进《书法美学资料选注》的编写中。

听说师母离世，曹利华的学生乔何前来吊唁，并主动帮忙编写《书法美学资料选注》。此后半年，乔何经常陪曹利华去万安公墓，每次扫墓，乔何都用心准备扫墓所需要的用具。每去一次，曹利华的心情就平静一分，慢慢接受了妻子离世的事实。

这种日复一日的培养，二人的感情也慢慢发生了变化。曹利华认为二人应该勇敢面对内心的真实情感，于是向各自家人讲明了"再婚"问题，均遭到反对。这是曹利华意料之中的事，于是一再反问自己：我们错了吗？反复纠结之后，二人都无愧于心，便冲破世俗的眼光，结为夫妻。

无论在工作还是生活中，乔何都是曹利华惺惺相惜的伙伴。他们一起著书立说，一起游遍大江南北，用每一天的幸福，证明着当时的选择。

曹利华与外公因意外分别 20 年。1960 年秋天的某一天，姐姐突然告诉他一个消息：外公找到我们了。消息来得太突然，曹利华激动地流下了眼泪。当晚外公所在的派出所民警用汽车来接他，对他说，为了了却外公寻亲的心愿，他们几乎跑遍了整个上海市。曹利华脑中突然闪出一个念头：外公怎么会有这样的待遇？

2014 年 6 月 7 日，曹利华与妻子乔何在蒋孔阳书房合影

　　见面时，曹利华的外公住在四川北路临街一所房子的二楼。到达时，居委会的人已经在门口等候，一见面就连声祝贺。

　　"我可找到你们了！太想你们了！"一见到曹利华，外公立刻就抱上去痛哭起来。这位 90 多岁的老人，哭得像一个孩子。询问居委会之后，曹利华最初的疑问解开了。原来，外公李德山是上海工人运动的老前辈，是四川省政府为了满足老人回归革命故地和寻找外孙的愿望，特意把老人送回了上海。

　　与外公相见后，曹利华每晚都从学校赶回来和外公住在一起，听他讲述他的过去和自己的父亲。少时很多谜团，都在这段时间得到解答。曹利华的外公、父亲、母亲是在早年参加共产党和工人运动活动中结识。1921 年 7 月，中国共产党在上海成立，从此上海工人阶级在党的领导下，为推翻军阀统治，配合北伐进军，先后于 1926 年 10 月、1927 年 2 月和 3 月，举行了三次武装起义。外公李德山参加了三次武装起义，而且是工人运动的领导者之一。"外公不仅让自己的女儿投身于工人运动，而且支持我的舅舅参加苏联的保卫战，最后舅舅牺牲在苏联的战场上。"

日子倏忽而过，曹利华的外公已至 97 岁高龄，常年住在医院。"让我最难忘的，是和外公相处的，最后的日子。"曹利华记得，外公在病房里是最活跃的，他不是向病友讲述当年的革命斗争史，就是给大家唱当时流行的战斗歌曲，整个病房总是充满着欢乐。病魔一点也没有磨灭这个老人乐观的生活态度。

"利华，你把我扶起来，我要给大家唱一首歌。"生命最后的时刻，老人也没有妥协。曹利华看着外公羸弱的身体，心疼地问："外公，行吗？"

"行！"

在"起来，不愿做奴隶的人们……"的《国际歌》歌声中，曹利华外公的声音越来越微弱，最后倒在了他的怀中。

如果说乔何与外公是生活的解药，那么蒋孔阳先生则是治学的灯塔。曹利华从蒋孔阳先生那里获得的不仅是美学的知识，更重要的是治学精神和治学态度。

复旦大学毕业之时，曹利华自认为耗费全部心血，历时两年，写了全文近 10 万字的毕业论文《黑格尔美学思想》。他带着满满的自信，把论文提交，满怀希望等待先生的肯定。结果，蒋孔阳先生仅给他的毕业论文写了一个"良"。骨子里的倔劲儿上来了，曹利华询问先生为何不是优秀。蒋孔阳先生认为，虽然内容丰富，但是铺得太广，深入不够。曹利华回去在原有论文的基础上，快速改出了《黑格尔美学思想的辩证法》一文，再次提交。

这次，曹利华获得了先生的认可。但是，蒋孔阳先生坚决不改分。他严肃批评曹利华："做学问不可取的是有功利目的，因为做学问和功利目的是矛盾的。"

蒋孔阳的这句话让曹利华记了一辈子。他讲这句话奉为一生的座右铭，砥砺自己在教学与研究中刨除功利心，坚守至今。美学路上，蒋孔阳的指导一直陪伴着他。第一篇美学论文《试论自然美》，蒋孔阳先生认真审阅后，推荐给了《西北大学学报》发表；曹利华的第一部美学专著《美学基础知识》，蒋孔阳先生审阅并作序。"先生离开20余年，我还记得他讲课时的风采。"曹利华感慨。

2014年，曹利华参加蒋孔阳书房揭幕仪式暨纪念座谈会

杏坛路

伴随曹利华一生的，一个是美学，另一个就是教育。大学刚毕业来到北京时，曹利华被分配到北京第三师范学校，从事中等教育。

北京第三师范学校位于海淀区黄庄，是一所不到三年的新建校。新中国成立初期，为了发展中等教育事业，北京市从全国重点院校调集了8000名毕业生支援，曹利华就是其中之一。"我们都有这个觉悟，哪里需要我们，就去哪里。"

曹利华当时担任班主任，并教语文课。由于他不是师范学校毕业，既不懂如何当班主任，也不懂教学理念。但"孩子交到我手里，我就要对他们负责"。幸运的是，曹利华和学生之间代沟不深，渐渐处成了朋友。他时常去家访，和学生家长一起下矿井，了解学生的家庭生活，从学习和生活两个方面，因材施教。渐渐地，曹利华从"老师"这份工作中找到了乐趣和职业荣誉感。"当教师，我想，最重要的是以自己的人格力量去影响学生，爱他们，帮助他们。"曹利华说。

1969 年，曹利华被调往师院附中。在这里，他带了中学执教生涯中最调皮的一批学生。有了北京第三师范学校的经验，他在最短时间，先把教室环境整顿和美化好，规范学生纪律。上岗第一天晚上，他就组织班干部，一起打扫卫生、出板报。第二天清早，同学们一进教室，看着焕然一新的教室环境，上课也安静了许多。

曹利华对每一个学生有了基本了解后，就开始对重点学生进行家访。家中的第一个学生张建民。张建民很会打架，班上的同学都怕他，但是班干部又反映他很有正义感。某一天晚上，曹利华来到张建民家中，张建民家庭的贫困程度让他吃惊。家里除了两张破床和破烂被子以及一张老式四方桌外，就什么也没有了。张建民父亲是一个老实得什么话也不会说的人，看到老师家访，只是不断地说：老师多费心，老师多费心。张建民的家境勾起了曹利华的同情心，再深入接触后，他发现张建民有主见、有性格。于是，曹利华刻意安排他去做一些事情，比如修理课桌椅。曹利华希望，在这些工作中，张建民能够感受到信任，逐步激发责任感和自律意识。然而，初中毕业时，张建民因家庭太困难，无法继续念高中，曹利华几次去做他父亲的思想工作，最终没能成功。后来，曹利华获悉，张建民参加了公安工作，靠自己的努力成为一名出色的刑警大队长。

还有一名学生名为周明山。由于父母常年不在身边，周明山主要依靠哥哥来照顾。周明山个子高、身体好，曹利华就鼓励他练习长跑，在体育领域有所发展。在曹利华的鼓励下，周明山每天坚持跑3000米。经过一段时间的锻炼，周明山拿到了长跑第一名。从此，他锻炼得更加刻苦，并担任了体育委员。

如此优秀的一名学生，到了三年级，开始萎靡不振。曹利华多次找他谈话，周明山缄口不言。突然有一天，周明山的哥哥找到了曹利华："我的弟弟被警察调查了，老师你能救救他吗？"

曹利华听后，心里一震。冷静下来，开始和周明山哥哥详细了解情况。原来，周明山不知道何时参加了一个不良组织，这个组织以性命要挟，禁止周明山离开。曹利华明白事情的利害，于是找到公安局，说明了情况，又配合公安部门解决了不良组织的问题。周明山接受了一段时间道德教育，就回到了平静的学校生活。高中毕业后，周明山参军，复员后分配到铁路部门工作，后来成为一名称职的领导干部。直到现在，周明山还经常看望曹利华，始终未忘师恩。

曹利华在中学教书17载，在1979年年底，迎来了教学路上的新起点。1979年年底，师范学院77级计划开美学课，院方得知曹利华毕业于复旦中文系美学专业，且师从蒋孔阳先生，于是决定邀请他来执教。"我高兴得不知如何是好，这真是我梦寐以求的事情。"曹利华说。

执教美学刚好与自己的钻研方向契合，教研互助，曹利华对美学未来有了更多期盼。收到邀请的第二天，曹利华就去往师院政法系报道。因为美学属于哲学类，当时只有政法系有哲学教研室。

试讲那天，北京飘起了大雪。曹利华提前十分钟来到教室。宽敞的阶梯教室空无一人，之后陆陆续续进来几个。上课铃响，中间仍然空了一大片。曹利华明白，这种情况一般发生在不受欢迎的课上。

一个中学老师来给大学生上课，怎么可能会有人感兴趣呢？

　　曹利华有些受挫，但看着讲桌上放着的自编教材，回忆自己十余年的沉淀，想想他曾经立下的美学壮志，机会就在眼前，他相信自己能用"内容"和"实力"征服学生。

　　一节课，50分钟，很快过去了。曹利华说出"下课"二字，教室内突然响起了一片掌声。学生和听课老师突然站了起来，曹利华也发自内心的回应了一个深躬。第二天，曹利华收到了正式上课通知。

　　曹利华在学校开设了美学公共课，每次开课阶梯教室人头攒动。为了满足学生的学习要求，曹利华还聘请了校外的舞蹈、摄影、文学、服饰等方面的专家、学者到校开办讲座，并带领学生到首都剧场观摩话剧。

2020年，曹利华在燕达养护中心老年大学教美学

　　多年从事教育工作，曹利华深切感受到美育在学生成长过程中的重要性。美学是美育的起点，美育又是美学的归宿。美学不应该成为虚幻的、高不可

攀的抽象物，它应该通过美育来实现人类对真、善、美的追求。曹利华创建首都师范大学美学研究所，参编普通高等教育"十五"国家重点教材《大学美育》，把美学融入高等教育体系。

如今，曹利华已经 85 岁高龄，他还是继续着自己的教育事业。入住燕达以后，他在老年大学开办了美学鉴赏课。美学贯穿自然、社会发展的始终，无论什么时候开始了解，都不算晚。如今，他开办的美学鉴赏课，与其说"授课"，他更愿意称之为"交流探讨"。

"当你面向不同的人群，讲课心态自然不一样，方式方法也不同。"杏坛耕耘数十载，曹利华从"没有头绪"渐渐有了"执教心得"。中学教育是养成，要贴近学生生活，不仅要授业，更要立德。高等教育则需传道，注重学术知识的同时，更要传递学者精神。到了现在，他依旧守着"三尺讲台"，更多的是希望能让更多的人，了解美学，一起探讨中国美学的未来发展之路。

只此一生

1952 年，曹利华加入共青团时，《钢铁是怎样炼成的》是必读书目。"人最宝贵的是生命，生命每个人只有一次。人的一生应该这样度过：当他回首往事的时候，不因虚度年华而悔恨，也不因碌碌无为而羞愧。"书中这句话，少年曹利华读到时，心中一阵悸动。如此恢宏的一句话，有谁能做到？

现在，静坐沉思，过去的八十五载岁月，曹利华把"少年的悸动"走成了现实。作为老师，他做到了授业解惑，立德树人，无愧于每一个从他课堂上走出去的学生。作为学者，他有沉迷一生的美学，把功利心抛之云端，相信"欲得真学、须下苦功夫"，只为把中国美学带到更多人视野，坚持"没有十年以上研究"，不敢在人前"胡乱说话"。

物欲横流、人心浮动的时代，一份淡然心态如和璧隋珠。"我不需要社会给认定'什么家'，也不想财富、奖励，只要让我做美学研究，只要有人愿意和我探讨美学，我就十分幸福、开心。"曹利华说。

只此一生，必须热爱。只此一生，何必从众。

包世华，男，1931 年出生于湖北省汉口市，中国共产党党员，清华大学土木工程系教授，中国力学学会《工程力学》杂志编委，中国建筑学会高层建筑结构委员会委员。出版教材和专著 30 多部。教材有《高层建筑结构设计》《结构力学》《结构力学教程》《结构动力学》和英文教材 Structural Mechanics 等，分别于 1987 年获建设部优秀教材二等奖，1988 年、1992 年获国家教委优秀教材奖，1998 年获教育部科学技术进步奖一等奖，1999 年获国家级科学技术进步奖二等奖，2002 年获教育部全国优秀教材一等奖，2007 年获教育部普通高等教育精品教材，主编武汉理工大学出版社出版的《结构力学》被选为普通高等学校"十一五"和"十二五"国家级和住建部规划教材，以及"十三五"和"十四五"住建部规划教材等。1983 年获北京市科委技术成果奖，1986 年、1992 年、1994 年分别获国家教委科学技术进步奖一、二、三等奖。

包世华

六十年如一日铸就经典教材
呕心沥血终身甘为教育事业

出生于 1931 年的包世华今年已经 91 岁高龄，1953 年从清华大学土木工程系毕业后，直接留在了土木系结构力学教研组任教，直到 1991 年正式退休。退休后，他又被学校返聘，继续从事《结构力学》教材编写和科研工作。包世华与结构力学打了一辈子交道，从考进清华大学到毕业留校工作，在这所国内最高学府，他把毕生光阴献给了新中国的高等教育事业。他长期从事结构力学、弹性力学、能量原理以及有限元、板壳结构、薄壁杆件结构和高层建筑结构等领域的教学和科研工作，并将所思所学，著就了一部又一部专业教材，为新中国高等学校结构力学教育作出了不可磨灭的贡献。他参与编写过的教材和专著多达 30 余部，影响了一代又一代土木工程相关专业的理工科学生。这其中，令他最为自豪的便是他和同事龙驭球花了 60 年时间呕心沥血编纂的一套《结构力学》系列教材，持续地与时俱进、不断创新，这部教材前前后后编写了 10 轮，共计 21 本，培养出了无数新中国的建设者，这套教材也斩获了诸多国家级荣誉。如今，这部凝聚着包世华无数汗水和心血的教材正在清华大学校史馆常年展出。尽管已经是鲐背之年，包世华却"老骥伏枥，志在千里"，并没有停止教材编纂工作，常常伏案写作，如今，他编写的另一部专业教材，即武汉理工大学出版社出版的《结构力学》第六版，是建设部"十四五"规划教材。他说，要坚持活到老，写到老，"只要我还写得动，就要把教材编写工作继续下去，为教育事业发光发热"。轻盈数行字，浓抹一生人。

包世华主编的部分教材和专著

漫漫求学路　踏入清华园

将时光机穿梭回动荡不安的 1931 年，包世华在湖北省汉口市降生。当时，包世华的父亲在河南省邮政局工作，小小的包世华还在襁褓中，没满月就被带到了河南开封，跟随父亲一起生活。1931 年 9 月 18 日，日本驻中国东北地区的关东军突然袭击沈阳，以武力侵占东北，震惊中外的"九一八"事变爆发，这也标志着中国抗日战争序幕的正式拉开。包世华就在那个混乱的年代艰难地成长起来。

小时候，包世华一直居无定所，在战火硝烟的夹缝中求生存，更是受尽了生活的磨难。初中时，包世华在河南省内乡县西峡口育德中学上学。后来因为日本人一路南下，把河南省全部占领，当时包世华的父亲带着家人一起逃难，从河南躲到西安，小小的包世华也跟着四处漂泊。当日本人占领河南后，当时国民政府教育部就以原来的育德中学为基础，成立了收容流亡青年学生的专门学校——国立第一中学。受战争影响，这所学校也在不断地迁址"漂泊"，从河南到陕西，在艰苦的条件中，学校办学11年，培养了4000余名学生，当年，这是国内很出名的一所学校。

回忆起当年在国立一中求学的坎坷经历，包世华唏嘘不已。最初国立一中设在一座庙里，条件十分艰苦，艰苦到常人难以想象，除了经常吃不饱、穿不暖之外，这其中的一个细节令包世华至今印象十分深刻："学生们平日里吃饭的米都得自己拿着裤子，把裤腿的一头绑起来当作袋子用来装米背回庙里，大家都是这样过日子的，真的非常艰难。"不过，就算外部环境再恶劣，也无法阻挡学生们继续坚持求学的步伐。

到了高中，包世华又辗转前往湖北武昌的博文中学念书，因为包世华的父亲年轻时也在这所学校毕业，包世华便也选择了这所学校。不过，抗日战争取得胜利后，包世华的父亲又回到了河南工作，但包世华没有跟着去河南，留在了武汉上学。这些经历，无不锻炼了包世华从小便独立自主的性格和顽强的品质。

1949年，包世华高中毕业，参加了1950年大学招考。当时，新中国刚刚成立不久，还没有正规的大学招考制度，国家的一切还处于百废待兴的状态，教育体系的建设也没有全面开展，因此当时全国高等学校仍旧沿袭过去的单独招生方式，由各所大学自主命题并自主招生。当年，包世华报考了国内的五六所大学，其中包含广西大学、哈尔滨工业大学、清华大学等知名学府。

因为学习成绩优异，加上考试发挥出色，他所报考的每一所学校都录取了他。而最终他是如何走进清华大学校门的？这其中还有一段颇为曲折的经历，包世华笑着分享了当年考大学的故事。

当年考试考完后，最先向他抛来橄榄枝的是广西大学，当时广西大学还在桂林，收到录取通知书时，包世华喜出望外，他当即就收拾行装一路南下，辗转前往广西大学报到。可在学校里还没住两天，就又收到了来自哈尔滨工业大学的录取通知书。

当时，哈尔滨工业大学在国内已是赫赫有名：1950 年，哈尔滨工业大学被新中国正式接管，学制五年，设有土木建筑、电气机械、工程经济、采矿、化工和东方经济等系及预科，也是我国最早培养研究生的院校之一，在 20 世纪 50 年代，这所大学便以"工程师的摇篮"而饮誉全国。两相比较，包世华毫不犹豫地选择了哈工大，果断离开了广西大学，一路北上，从桂林一路辗转 3500 多千米前往哈尔滨到哈工大报到。

原以为自己这次已经正式与哈工大结缘并将在此展开新的人生，可没承想，事情再次发生了转折：到了哈工大报到没多久，包世华又收到通知，自己被清华大学录取了。听到这个消息，包世华又惊又喜，但内心又很是担忧，顾虑重重。

"当时在哈工大，一同被清华大学录取的有五六个人，我们几个人就凑到一起商量了一下，发现大家其实都想回清华。可是大家又非常忐忑，而且不敢也不好意思跟学校提出这一要求。当时我们在学校的各项手续都办好了，而且已经开始正式上课了，刚上没几天学就要走人，这样做有些不厚道，也很不好意思。当时哈工大给学生的待遇也特别好，可以在这里免费上学，我们也不好意思给学校添麻烦。"

一头是顶尖学府清华大学，另一头是已经办了正式入学手续并开始上课的哈工大，思虑再三，几个人也没想出合适的解决办法来。正当包世华等人一筹莫展之际，事情迎来了转机，一次偶然的机会，他们遇见了时任哈尔滨工业大学校长的冯仲云。"当时，校长走近学生，跟学生们聊天，聊着聊着，大伙儿便热络了起来，后来校长直接跟学生们说，有什么话、有什么困难都可以当面讲出来，于是，我们怀着忐忑的心情，小心翼翼地跟校长提出了我们当时内心的困惑，告诉他我们同时被清华大学录取了，在犹豫要不要去清华，想听听校长的想法和建议。原以为这想法会被校长当场阻止，结果校长的一席话出乎所有人的意料，冯仲云校长坚定地说：'我坚决赞成你们回去，一定要回清华去。'"

后来，包世华才发现，冯仲云也有着浓浓的"清华情结"。在1930年，冯仲云毕业于清华大学数学系，后来曾任中共东北反日总会党团书记，中共北满临时省委书记，东北抗日联军第六军政治部主任、第三路军政委，中华人民共和国成立后，又担任当时的松江省人民政府主席兼哈尔滨工业大学校长。作为清华校友，他对清华大学一直有着十分深厚的感情，一听包世华和同学们想回清华去，他当即就表示支持。

有了校长的这句话，一切都好办了，包世华等人悬着的心也算落了下来。在学校办理完各种手续之后，包世华几人再次离校南下，并正式踏进了清华大学的校门。"当时还是每个学校各自招生，各个学校分着考，考了五六所学校最后落到了清华大学，结果这一待就是一辈子。"说到这里，包世华心中很是感慨，冯仲云的一番鼓励，无疑改变了这群学生的人生轨迹。对于老校长冯仲云，他既是敬佩又是感激。

进入清华大学后选择什么专业呢？当年，土木工程系是清华大学历史最悠久的系科之一。追溯历史，早在1916年清华学校（清华大学前身）就已经开始招收土木工程学科的留美专科生。1925年，清华学校建立大学部，1926年学校成立工程系，含土木、机械、电机三科，由此正式揭开土木工程系的历史。当时，土木工程系是相对比较老牌而且成熟的专业，于是，包世华就选择了土木工程系，包世华笑着调侃道："这个专业，通俗地说就是修桥、补路、盖房子。"

在清华大学求学的日子，充实而美好。作为国内最顶尖的学府，清华大学拥有丰厚的历史积淀、强大的师资力量、优质的学习环境，让包世华日日徜徉在知识的海洋里。从"水木清华"到"荷塘月色"，从清华学堂到老图书馆，从清华主楼到二校门……在这个园子里，包世华度过了美好的三年大学时光，更是不断充实自己，通过勤奋刻苦的学习，掌握了专业知识，练就了过硬的本领。

学成毕业后留校任教　与结构力学结缘一生

1953 年，包世华在清华大学学成毕业。当时，新中国成立不久，国家经济社会建设工作正如火如荼地进行中。当年，在党中央的直接领导下，周恩来、陈云同志主持制订了新中国第一个五年计划，我国正式开始系统地建设社会主义。这个计划的主要任务有两点：一是集中力量进行工业化建设，二是加快推进各经济领域的社会主义改造。毕业之年，包世华正巧赶上了"一五"计划的执行，无论是经济社会发展，还是教育，全国上下各个层面都在为"一五"计划的实施而铆足了劲儿。清华大学也不例外，开始大力招生，培养新中国建设所需的各类人才。包世华入学那年，他所在的专业只招了两个班的学生，而在 1953 年，足足招了 8 个班的学生。

学生多了起来，扩招后师资力量不足，上哪儿找这么多老师来教学生？清华大学就从当年毕业的学生里招。当年，包世华同班毕业的同学有 100 多人，几乎全部留在了清华大学，大家立刻投入到学校的教学和科研工作中，为新中国的教育事业贡献青春力量。"搞力学是一件很难的事情，多需要严格的计算，破费脑力，当时，学校考虑到我的学习成绩比较好，就把我分配到了结构力学教研组，我也服从了学校的安排，于是就在这个领域扎下了根。"从那时起，包世华就与结构力学这一课程结下了一辈子的不解之缘。

其实，结构力学无处不在，充斥在人们的生活中，除了生活中常见的建筑、桥梁、家具，自然界中也存在无数的天然结构，如植物的根、茎和叶，动物的骨骼，蛋类的外壳等等，无不包含着结构力学的知识。从专业角度来说，结构力学是一门很古老的学科，是固体力学的一个分支，它主要研究工程结构受力和传力的规律，以及如何进行结构优化的学科，它是土木工程专业和机械类专业学生必修的学科。结构力学的任务，就是要研究在工程结构在外载荷作用下的应力、应变和位移等的规律；分析不同形式和不同材料的工程结构，为工程设计提供分析方法和计算公式，确定工程结构承受和传递外力的能力，并研究和发展新型工程结构。

不过，包世华用了更加通俗易懂的语言阐述了结构力学的重要意义："假如现在我们要造一座房子，建筑系的同学会很好地设计建筑立面，考虑其美观和功能，而结构力学，则是一个非常专业的学科，要考虑如何保证建筑结构的安全，不管是外表结构还是实用部分，要去保证建筑结构的安全、耐用，这是力学范畴的一个课程。"

在清华园里学习、工作了一辈子，70多年间，包世华对清华大学产生了十分浓厚的感情。"一直以来，清华大学对学生的要求始终是非常严格的，不单单是在校学生，考试入学的条件也是非常苛刻的"，这从包世华分享的一个细节中可以窥见端倪，"每一次的入学考试都是实打实的，必须以实际分数见分晓，入校就是得靠考分。过去学校有很多名人，以及本校老师的孩子想进清华大学，想进本系，但很多人因为分数不够而直接被拒之门外，学校常常毫不留情，不会因为身份、地位的不同而搞特殊"。

包世华也非常钟爱清华大学的优良学风。长期以来，清华的学风以严谨和勤奋著称，崇尚刻苦钻研，这是几代清华人在学习和工作中形成的优良风气和习惯，并长期经过实践检验，得到了社会各界的高度认可。"不得不承认，这个世界上确实有很多天才，比如杨振宁、李政道，他们在各自的领域成就了一番伟业，有的人天分多一些，但除了个别的天才，考进清华的其实大多数是普通人，大家都是靠后期的勤奋、努力上来的，并在学校里通过严格的专业训练，加上勤勉努力，都可以成为对国家、对社会有用的栋梁之材。"学校培养出来的大多数人是为人民、为祖国辛勤工作、积极进取的人才，很多学子在各行各业中为国家作出了重要贡献。清华人的风骨，深深地烙进了包世华的血液中，他还将这种"孺子牛"般勤勉的品格用了一辈子的时间去慢慢践行。

黑发积霜织日月，粉笔无言写春秋。毕业留校，在清华大学工作的日子里，包世华除了参与编写教材，还要承担教学任务，园子里的教学生涯丰富而充实。"清华大学的老师有个特点，就是非常认真，给大学生上课，不管以前这门课讲过多少遍，每次上课之前，我们都要认真准备讲稿，早些时候没有打印机，讲稿都要靠手写，大家从来都是不含糊的，常常为了一节课的讲稿熬夜写材料。"

从教几十年来，包世华也带过不少研究生，一日为师，终身为父，这期间，他跟不少学生建立了一辈子的友情、师生情。"有的毕业了、工作了就没什么往来了，但是有的跟我们关系特别好，毕业之后跟我建立了非常长久的私人关系"，桃李不言，下自成蹊，这些学生从包世华身上不仅确确实实地学到了专业知识，而且更是学到了做人做事的道理，学到了待人处事的方式，以及治学的品格。

更有的学生在相关的专业领域沿袭着包世华当年走过的道路，继续默默耕耘着、奉献着青春。当年，包世华提出和创建了高层建筑结构解析和半解析常微分方程求解法系列，如今就有学生沿着这条道路在继续前行。"他们从研究生开始就从事这一课题的研究，而且一直到现在还在做，关键是做得非常有成就，有学生跟我说过这样的话，'跟着老师，教给我的不仅仅是书本上的知识，而且真正教了业务，真正学到了本事，在课题研究上不断取得成果、取得新突破，我们自己的成就感也越来越强'。"听到这些来自学生们发自肺腑的感慨，包世华打心底里感到欣慰，"也许这就是当一名教师的意义。"

还有的学生，对师长的敬爱程度令包世华十分感动，他开玩笑地说："有的甚至比自己的亲生儿子还要亲。"说到这里，包世华哈哈笑了起来。"去年我入住燕达之后，还有研究生不断给我寄来东西，冬天的时候学生怕我冷，专门给我寄来棉毛衫以及皮大衣，这是连我自己都没有想到的意外之喜，他们对我真是好，时不时打电话来嘘寒问暖，平常我们联系也十分密切。"在包世华爽朗的笑声中，可以读出浓浓的幸福感，和作为一名"灵魂工程师"特有的成就感。也许正是当年他的"谆谆如父语，殷殷似友亲"，感染了一代又一代年轻人。

投身《结构力学》教材编写　六十年如一日矢志不渝

回望包世华的工作生涯，他参与了大量教学和科研工作。他不仅是清华大学土木工程系教授，也是中国力学学会《工程力学》常务编委，中国建筑学会高层建筑结构委员会委员，还曾任中央广播电视大学主讲教师，在 1985 年至 1986 年为美国伊里诺大学土木系访问学者，1991 年至 1993 年为香港理工学院土木与结构系研究员。

过去几十年时间里，包世华著述甚丰，堪称"高产"，他出版过的教材和专著多达 30 余部，包括《高层建筑结构设计》《结构力学》《结构力学教程》《结构动力学》和英文教材 Structural Mechanics 等，分别于 1987 年获得原建设部颁发的优秀教材二等奖，1988 年、1992 年获国家教委颁发的优秀教材奖，1998 年获得教育部科技进步奖一等奖，1999 年获国家科技进步奖二等奖，2002 年获教育部全国优秀教材一等奖，2007 年获教育部普通高等教育精品教材。包世华主编、武汉理工大学出版社出版的《结构力学》获清华大学优秀教材一等奖两次，被选为普通高等学校"十一五"和"十二五"国家级和住建部规划教材，以及"十三五"和"十四五"住建部规划教材等。包世华自己还著有多部力学著作，包括《薄壁杆件结构力学》《高层建筑结构计算》《新编高层建筑结构》《高层建筑结构设计和计算（上、下册）》等。这些力作均在全国范围内产生了广泛影响。

此外，包世华还曾在国内外学术刊物上发表过学术论文 130 多篇，参加制定《薄壳结构设计规程》，其壳体研究成果被收入该规程，提出和创建了高层建筑结构解析和半解析常微分方程求解法系列，为高层建筑结构分析开辟了一条新路，为国内首创。主要研究成果（合作）在 1983 年获得北京市科委颁发的科学技术成果奖，1986 年、1992 年和 1994 年分别获得国家教委科学技术进步奖一等奖、二等奖、三等奖。包世华还是大型工具书的热心撰写者，是《工程力学手册（结构力学篇）》的副主编，《土木建筑大辞典（工程力学卷）》的编委和《力学词典》的主要撰写审校人。

历时 60 年经过 10 轮编写的 21 本《结构力学》教材在清华大学校史馆专柜常年展出

　　说到过去编写过的几十部教材中，最令包世华感到荣耀的，便是《结构力学》系列教材，这套教材花了包世华和同事们前前后后 60 余年时间，不停地更新、再版，共出版了 21 本，也是包世华倾注了最多心血的一套教材。如今，在清华大学校史馆"清华大学优良学风档案史料展"参观区中，21 本《结构力学》系列教材按照出版的时间顺序，整整齐齐地排列在玻璃展柜中。毫不夸张地说，这是一套跨越了半个世纪的教材。

　　在这套教材中，最早出版的是一本薄薄的《结构力学》小册子，包含上、下两册。仔细端详可以发现，时光在这本书上留下了浓浓的印记：册子的封皮和书脊都已经被磨得发白，有的书角已经被磨掉，部分书页也已经卷边，但并不影响这其中承载的厚重知识。随着时间的推移和科学教育事业的发展，这套教材在持续的更新过程中慢慢变得厚重起来，包装也变得更加精致、现代化。出版过这套书的机构有中国建设工业出版社、人民教育出版社、高等教育出版社等多家机构。展柜内，还陈列着一份翻开的教材内页，里头还有当年包世华亲笔手书的结构图和方程式。旁边还陈列着 1999 年由科技部颁发的国家科技进步奖证书，当年，《结构力学》（第二版）荣获国家科技进步奖二等奖，下方是时任科技部部长朱丽兰的落款，红色的大字十分醒目。这份充满历史感和年代感的荣誉证书，昭示着这套教材所承载的无上荣光。

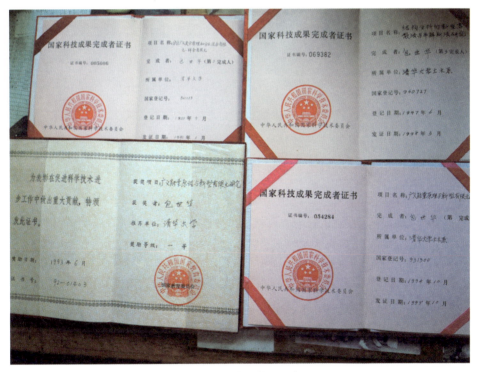

包世华所获部分奖项证书

手执教鞭迎岁月，灯摇笔影伴星辰。根据清华大学校史馆官网发布的一则信息，在 2019 年 12 月 26 日，清华大学土木系退休教师龙驭球、包世华前往清华大学校史馆参观，当日，一同前往的还有校史馆金富军、档案馆李运峰及龙驭球的弟子岑松等人。根据这条消息中记录的场景，"一行人随电梯上来直达'清华大学优良学风档案史料展'参观区，看到不时有人在橱窗前驻足观看展品，龙先生和包先生便饶有兴致地加入其中。当参观者得知身边这两位老先生就是展品《结构力学》系列教材的作者时，纷纷举起相机为二位先生拍照，将这难得的一幕收入镜头中"。

参观当日，作为共事多年的老同事、老朋友，包世华和龙驭球两人一边参观，一边相互交谈着，仔仔细细地浏览橱窗里熟悉得不能再熟悉的物品：那些年他们一页页反复斟酌修改的教材手书，如今的学生已见不到的、用彩色马克笔工整手写的最早的幻灯片，跨越半个世纪终于"齐聚一堂"的《结构力学》系列教材……时光飞逝，光阴似箭，转眼已经过去几十年，但过往依然历历在目。二人最终驻足在自己多年的心血结晶手稿前，不约而同回忆起彼此长达半世纪的亲密合作，以及那些笔耕辛劳、风霜难测的岁月。在自己编写的教材前，包世华和龙驭球拍下了一张又一张珍贵的合影，久久不舍离去。

透过照片可以看到，到清华大学校史馆参观展览的当日，包世华还特地佩戴了由中共中央、国务院、中央军委颁发的"庆祝中华人民共和国成立70周年"纪念章。照片里，包世华站在展柜前跟自己主编的教材合影，他胸前的荣光与展柜内的荣誉证书相得益彰，包世华的脸上，洋溢着满满的自豪感。

包世华也在揣摩，校史馆为什么选择将他们的这套《结构力学》教材放在校史馆内进行长期展出，"也许是因为，我们清华大学的校训是厚德载物、自强不息，这八个字告诉学生一定要奋发图强、勇往直前，要始终勤奋努力，而展出我们的教材，也许就是看重了我们这一点，因为我们还没有见过一本书，坚持写了60年，不断完善、精进"。

这套跨越半个世纪的《结构力学》系列教材是如何一步步诞生的？说到这里，包世华打开了话匣子，时光也再次穿梭回到1953年。当年毕业后，包世华被分配到清华大学结构力学教研组，开始承担教学工作。"那时候，新中国的教育事业正处于起步阶段，许多学科的教材也不成体系，很多都使用的英国、美国的教材，而且基本都是英文的。20 世纪 50 年代初，在当年的国际背景之下，中国和苏联外交关系甚为密切，后来我们又使用了苏联的教材。为了快速学习苏联教材，当年我们还突击学习了一个月的俄文。"那时候，年轻的包世华为了尽快掌握俄文，赶紧投入使用教材，并将知识准确地传递给学生，他和同事们常常挑灯夜战，攻克俄文。

包世华佩戴"庆祝中华人民共和国成立 70 周年"纪念章在展柜前留影

从 1955 年开始到 1966 年左右，苏联的那套《结构力学》教材在清华大学使用了十多年时间。但是，老师们也慢慢发现，苏联的教材不太符合快速发展变化的中国国情，而且 20 世纪 60 年代，中苏关系交恶，中国人在许多领域决定自力更生。那些年，包世华和他的同事龙驭球老师开展了精诚合作，一同开始编写属于中国人自己的《结构力学》教材，他们一边学习国外经验，一边自己亲自上手编写讲义，致力于推动实现《结构力学》教材的"中国化"，目标是使教学内容更加符合中国国情。他们用了将近十年时间，整整写了三轮，这时期还是"油印讲义"，而这些也为这套《结构力学》系列教材后来的顺利出版打下了坚实的基础。

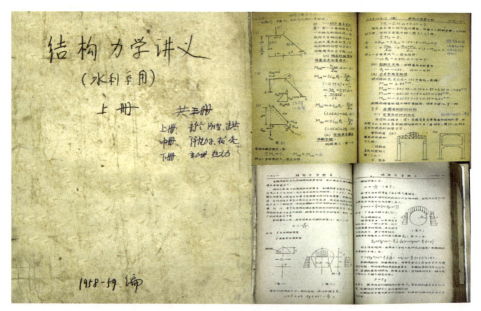

1958—1959 年，包世华和同事龙驭球编写的《结构力学讲义》

当时，教师自行编写教学讲义的方式可以说是十分"接地气"：每一个定义、每一个公式、每一个结构图，所有的内容全都是包世华和龙驭球等人一笔一画手写出来的，那时候，他常常把办公室当成家，为了编写工作，总是废寝忘食、加班加点。

值得一提的是，那时候使用的印刷技术远不如现在这般方便快捷，为了印发讲义，当时使用的都是许多年轻人未曾见过的"油印技术"。这种"油印技术"，直到 20 世纪 90 年代，一些单位、学校等还在普遍使用手摇油印机进行印刷：先在钢板上把字刻在蜡纸上，或者用机械打字机打印一张蜡纸，装上转轮，涂抹墨油，然后用手摇转轮印制，摇一次印一张出来，十分累人，如果中间蜡纸烂了，就要重新刻打一张。这种机器效率很低，花许多功夫才印完一份材料。经验不足的人常常因为换蜡纸、加油墨而弄得满手、满脸黑乎乎的。为了给学生们印制讲义，包世华没少折腾。从一开始在办公室逐字逐句认真手写教材，保证不出错，写完初稿之后拿去油印，再发给学生，全过程下来往往需要费上不少心力，但包世华享受着这种传递知识的过程。

当时，除了清华大学之外，也有不少学校在自行印制课堂讲义，不过，包世华和龙驭球编写的结构力学课程讲义却被推荐给了出版社，并正式出版。"那时候，教育部的结构力学指导小组看到了我们自己编写的讲义，觉得我们的内容写得非常系统、有条理，他们认为很值得推广，就把我们的讲义推荐给了高等教育出版社，在 1966 年，这套教材走上了正式出版之路，当年出版了这套教材的第一轮。"

1966 年后，为了"工农兵学员"上大学的需要，急需大学教材，包世华他们承担起了编写《结构力学》教材的任务，这是这套教材的第二轮。

"那时我们编写教材要求理论联系实际，内容不在于多，而是强调少而精，当时正式出版的第一轮《结构力学》教材是一本非常薄的小本子，拿在手里也很轻便，但关键在于，书里头的教学内容有不少是我们清华老师自己的首创，如结构力学的计算简图、结构力学的建模理论等等，这些都是过去《结构力学》教材书本中没有的。"说到这里，包世华很是自豪。而这，仅仅是这套系列教材 10 轮出版过程中早期的第二轮。

而后，随着国家经济社会的发展以及教育事业的进步，高等学校的教育工作也在逐步向前推进、不断改革发展，结构力学课程也要随之进行调整，因此，这部教材的内容也在不断与时俱进，适应新的时代变化、教学需求以及学生们的学习需要。在中期，包世华他们又在前期内容的基础上，对这部教材进行了第三轮、第四轮、第五轮的编写再版工作，教材不断推陈出新，实现"更新换代"。

第三轮是 20 世纪 70 年代后期重新编写的新书，教育部结构力学指导小组很重视这部书的编写，派了 10 多所大学教结构力学的老师来清华参与讨论。

因为清华大学当年是五年制，此书内容很多，共三大册。

之后，包世华他们又为四年制的学校编写了《结构力学教程》二册内容较少的书，是这套教材的第四轮。

包世华回忆，在写到第五轮的时候，这套教材不仅在学界拥有了越来越坚实的"群众基础"，包括学生基础和教师基础，它也愈加受到教育部的重视，并且终于迎来了属于自己的光辉荣耀。1999年，这套教材获得了科技部颁发的国家科技进步奖二等奖。

众所周知，这个奖项的"含金量"可以说是实打实的，奖项由国务院专门设立，主要授予在技术研究、技术开发、技术创新、推广应用先进科学技术成果、促进高新技术产业化，企业技术改造及技术进步、技术基础和重大工程建设、重大设备研制中引进消化、吸收国外新技术，或自主开发创新的技术，以及完成重大科学技术工程、计划等过程中作出创造性贡献的中国公民和组织。包世华说："据我们所知，在我们的同人中，当时国家还没有给一部教材颁发过科学技术进步二等奖，我们这是唯一一个。"这份国家给予的无上荣耀，不仅肯定了包世华等教师多年的工作成果，更是激发了他们不断开展后续教材编写工作的热情。

转眼进入了新世纪，教材编写工作也进入了第六轮。这时候，这套《结构力学》教材的内容又发生了变化，根据实际需要，包世华他们将这份教材拆分成了"基础教材"和"提高教材"，而不再是像过去那样简单地区分为上册和下册。之所以这样设计，是根据教学实际和学生需求出发的，"从学校制定的基本课程要求来看，我们的教材要满足教育部教学大纲的要求，通过基础教材就可以满足。另一部分是提高教材，这些是我们进行创新的内容，不作为学校教学大纲的基本要求。"包世华说。

翻开这本2001年1月1日出版的第八轮《结构力学Ⅰ》（基本教程第3版），教材共10章，主要内容包括结构力学的学科内容和教学要点、结构的几何构造分析、静定结构的受力分析、虚功原理与结构位移计算、位移法、渐进法及其他算法、矩阵位移法、动力计算基础等，内容十分丰富而全面。教材还附有光盘 1 张，内容包括结构力学求解器（袁驷主编）、刚架计算框图和源程序等，与之配套的还有《结构力学学习指导》《结构力学网络课程》和《结构力学电子教案》。配套的教学软件充分发挥多媒体先进的表现手段，既可作为工科学生在网络环境下自主、完整、系统地学习结构力学课程，也可作为从事土建、水利等领域工程技术人员知识更新的自学工具。

2018 年，这套教材进入了第九轮的写作和编辑，并由高等教育出版社进行出版。"当时出版社也非常积极地帮忙推动，他们一致认为这套教材的分量比较重，提出让我们出一个全套精装本，于是在 2019 年，我们出了一个全本，也就是精装全本（第十轮），这套书主要是为图书馆、高校和科研单位而出版的，亦可供个人收藏。"

这一套结构力学系列教材，从 20 世纪 50 年代开始逐步积累、到 1966 年出版第一本，再到 2019 年的最后一套精装全本，包世华和同事们前前后后一共写了 10 轮，整整 21 本，半个多世纪以来，他为这套"鸿篇巨著"倾注了毕生心血。

教材是每一门学科发展和建设的关键因素之一，一套科学的、系统的教材，不仅可以帮助青年学生迅速、牢固、系统地掌握本门学科已有的成果，更可以把他们很快地带进该门学科发展的前沿领域。而一部好的教材能经久不衰，持续影响一代又一代的学者接续成长。这套教材也为新中国高等教育领域结构力学课程发展起到了十分关键的推动作用，可以说意义非凡。

从育人的角度来说，这部教材被广为使用，全国共有 300 多所高等学校采用了这套《结构力学》教材。结构力学是基础科学之一，该课程以土木工程专业为主，是面向大土木类专业（包括房屋建筑、水利水电、道路桥梁等具有结构工程的专业）本科生的必修专业基础课程，不少相关专业的学生都使用到了这本教材。因其内容丰富、系统，这部教材也成为国内发行量最大的《结构力学》教材，引领着一代又一代学生走进结构工程课程的大门，并成为无数工科生学习专业知识的"掌中宝"。除了大学本科生之外，硕士生、博士生、工程技术人员、科技工作者等等，都在研究和深读这套书。教材的受欢迎程度，从出版社提供的数据也能反映出来，以这套教材的第6轮、第7轮、第8轮出版发行数据为例，在这其中的17年间，共销售了109万册。

更值得一提的是，这套教材也获得了学界和业界的好评。包世华清晰地记得，来自东南大学的吕志涛院士、浙江大学的董石磷院士、大连理工大学的林皋院士等多名业界权威均对这部教材给予了高度评价："这是当今《结构力学》教材中影响最为广泛的经典之作。"高等学校结构力学课程指导小组也对这部教材给予了好评，尤其是将第五轮出版的1994年版的《结构力学（上册）》以及1996年版《结构力学（下册）》推荐为重点优秀教材，当时的组长姜弘道教授这样认为："对于这部教材，学生喜欢读，教师喜欢教，是一部数十年教学经验铸就的教材精品。"从1988年一直到2007年，这套教材斩获多项殊荣，包括在1988年、1992年、1998年、2002年、2007年5次获得优秀教材奖，并在1999年荣获国家科技进步二等奖。

新竹高于旧竹枝，全凭老干为扶持。从使用这本教材的学生来说，直到现在，一说起这部教材，依然能让许多学生回忆起过往青春，在互联网上，还能看到许多学生写下了自己当年深刻的学习体会：

"这本清华编的结构力学的确经典，内容很全面，讲解很细致。这是结构力学最全面深入的教材。"

"看了那么多本国内的结构力学，还是这本最好。"

"本书上、下两册我从头至尾看过两遍，零零碎碎又看过若干，以工科的角度来看，当属《结构力学》教材翘楚，清华院士团所出书籍果然非同一般，其对于结构力学核心理念的阐述可以说是相当深刻的……而我真正喜欢此书的原因还在于其文学方面的造诣，毫不夸张地说，这是我看过的最有文采的教科书。初读时，开篇第一句便气势恢宏，而不似其他教科书那般无聊地流水复制，整本书文字阐述多引经据典，排比修辞流畅隽永之至，加之作者深厚的理学功底，自信超然，别具一格，感觉理工教材中难出第二本了。"

从这篇读者点评中可以发现，这套教材中，部分文学化的写作手法，也给原本枯燥难啃的理工科知识增添了不少意趣，实乃独特。

1991 年，包世华从清华大学正式退休，但后来又被学校回聘了多年，并在其退休后的 30 余年时间里接续撰写了多个版本的《结构力学》教材。

除了这套六十年如一日不断推陈出新的《结构力学》系列教材之外，另一套让包世华也十分看重的教材是由武汉理工大学出版社出版的《结构力学》。这套书由包世华主编，由中国土木工程学会教育工作委员会审订，是普通高等学校土木工程专业新编系列教材、普通高等教育"十一五"国家级规划教材、普通高等教育"十二五"住建部规划教材、"十二五"普通高等教育本科国家级规划教材、普通高等教育"十三五"住建部规划教材。该书的适用对象主要为普通高等学校土木工程专业（即"大土木"）各类专门化方向的本科学生，也可供相应专业专门化的大专学生使用。可以看出，这套书的重要程度和意义同样不言而喻。

包世华说，这套教材已经出了五版，目前，他正在着手写第六版，这一版本刚刚获得住建部的批准，是"十四五"住建部规划教材，武汉理工大学出版社对包世华的编纂工作提供了大量支持，同时还有清华大学的支持。尽管已经 91 岁高龄，但包世华笔耕不辍，只要有时间，就继续伏案写作、整理教材，以期造福更多的学生，也为结构力学的教育和发展贡献自己的力量。他说，要坚持活到老，写到老，"我的工作就是写书，只要我还写得动，就要把教材编写工作继续下去"。

晚年生活多姿多彩　坚持读书锻炼写作

2021 年，包世华和老伴儿杨景棻选择入住燕达金色年华健康养护中心安度晚年。如今，尽管已年过九旬，白发苍苍的包世华依然精神矍铄、思维敏捷、健步如飞。他还透露，上大学的时候身体不是很好，当时体育课都申请了免修，而清华大学向来十分重视学生的体育锻炼，可因为身体原因，学校的运动会、各类体育竞技比赛跟包世华基本没有什么关系。但令人意想不到的是，一直到现在，包世华的身体依然十分硬朗。每个接触过包世华的人都会说，他目前的身体状态，包括思维能力、体力、精力等等，比很多 80 多岁甚至 70 多岁的老人还强。这也许跟包世华一直坚持身体锻炼，并坚持工作的生活习惯紧密相关。

对于如何安排自己退休后的生活，包世华非常有规划和想法。"退休之后，我明确了一个原则，就是只要有事情干，我就毫不犹豫地去做，包括被返聘回到学校做一些力所能及的教研工作、编写教材等等，直到现在我还在写。"尽管早已"四海五洲桃李艳"，如今的包世华依然持续地思考，不停地动笔、动脑，可谓"身居陋室乐忘忧"，这也让包世华充分保持着旺盛的精力和思考能力，这也印证了一句人们常说的老话，"脑子越用越活泛"，于是，一部部经典的《结构力学》教材就在他退休之后不断面世。

包世华 90 华诞和夫人杨景棻合影

　　此外，包世华对自己晚年生活的想法也很简单，秉承着"该玩的玩，该活动就活动，该吃的就去吃"的原则，从来不去刻意限制自己，在可及的范围内，做自己想做的任何事情。比如，包世华和爱人杨景菜特别喜欢到处旅游，在国内，两人几乎可以说是游遍了各个省份的名山大川、名胜古迹，除了西藏，因为海拔比较高，怕身体承受不住，老两口没能前往，其他省份都留下了他们的脚印。在国外，当今世界上的一些主要国家老两口都去过，品尝过巴黎的美酒，看过塞纳河畔的风情，领略过地中海的美景，惊叹过古罗马的斗兽场……在他家的茶几上，一直放着一张照片，是 2018 年他跟家人一起在地中海坐游轮时照的。退休后的这几十年，他们一直希望在外面多看看、多走走，领略世界各处风光。"只要能跑得动，我们每年都要出去转转，直到后来旅行社考虑到年龄问题不接收我们了，再加上后来身体条件确实不允许，以及疫情的影响，近几年才无奈收了心。"

　　尽管年轻时身体底子不太好，但这并不阻挡包世华对锻炼身体的重视。原来竞技体育都不参加，不过毕业工作之后，包世华有空就锻炼，身体一下子就比以前好了很多。一开始打乒乓球，后来他又迷上了游泳。包世华说，游泳的好处可太多了，长期游泳可以使自己保持很好的体力，消耗体内多余的脂肪，还能够增加肺活量，使心肺功能得到充分的锻炼，关键是游泳之后还能使人感到心情愉悦，持续改善精神状态。因此，这个良好的习惯他长期坚持了多年。

　　在燕达有一个簇新的游泳馆，这也是他喜欢住在燕达的一个重要原因，平日里，他没事就要去游泳馆里游上几个来回。"以前学校里有个标准游泳池，我也是里头的常客，现在住进了燕达，这里的游泳池说实话条件确实是不错的，比外面很多游泳池要大、要好，我现在还可以下水游个 1000 米，不用休息。"包世华说。

　　此外，他还有一个增强体力的重要法宝——摄影，通过到处拍照，不仅提高摄影技术、陶冶情操，更是能达到锻炼身体的目的。退休后，包世华经

2020 年，包世华与清华大学老年摄影组同人爬长城

常参加各类摄影活动，之前他几乎每年国庆节的时候都要跑一趟长安街，背着沉甸甸的摄影器材沿着长安街，从最西头一路拍照一路走，跑到长安街的最东头，沿途拍摄花坛、天安门广场，将风景和人全都收在镜头里，有时候一跑就是整整一天，从日出走到日落，也不觉得累，长此以往，也提高了体力和耐力，身体素质一直不差。这样的摄影活动，包世华一直坚持到 2018 年。

　　说到自己的摄影技术，包世华十分谦虚："我的摄影技术不高，但我就是喜欢借助摄影到处跑。"包世华最喜欢拍的就是风景照，春夏之交灿烂的满园月季花，颐和园的十七孔桥、万寿山，圆明园内的遗址，绵延不绝的万里长城，雄伟的天安门城楼，下过雪的故宫，夕阳下的景山，还有胡同人家、小桥流水。从春花烂漫，到夏木葱葱，从金黄秋叶，到冬雪皑皑……在包世华的镜头里，记录了京城四季的美景和世间所有的美好，在包世华的手机里，他还存了许多自己平日里拍摄的照片，没事就翻出来琢磨琢磨，思考如何能拍得更好。

　　"只要我能拍得动，我就不想停下来，这是我对老年活动的深切体会。"燕达丰富的兴趣小组，也让包世华充分感受到晚年生活的乐趣，去年入住燕达之后，他积极报名参加了燕达老人们共同组织的摄影提高班，不断精进自己的摄影技术。

　　在燕达，多才多艺的老人根据自己平日里的兴趣爱好，组成了丰富多样的兴趣团体，并定期开展活动，有绘画小组、舞蹈队、合唱团、戏剧社、摄影班等等，可谓五花八门，老人们基本都能在其中找到属于自己的组织，更是让这个院子充满了活力和欢声笑语。包世华和老伴儿杨景棻每天都要下楼参加活动，杨景棻除了每天画画之外，每周要去合唱队活动两次。"我老伴儿特别喜欢画画、唱歌，在20世纪50年代的清华校园里，她是当时学校里唱歌最好的女孩。"说到这里，包世华还不忘夸赞自己的老伴儿，同时，脸上又洋溢出幸福的笑容，"她一直没有放弃学习，今年已经86岁了，之前在清华园里时还在坚持上老年大学，现在到了燕达，也报了这里的老年大学，同时还在线上继续学习清华的课程。"

　　教子教女，辛勤半辈。满头白发，甘乳一生。包世华和杨景棻育有一子一女，两个孩子也都是从清华大学毕业，如今儿子和女儿都在美国工作，每年都会回家来探望父母。一家四口都是清华校友，这个清华学霸家庭的佳话每每被人说及，旁人都要投来羡慕的目光。

　　老两口在燕达生活的日子十分规律，每日的生活安排也很是充实。每天早上起床后，老两口都会自己做饭，用完早餐，杨景棻就安安静静地作画，包世华就抱起一本书来看，或是看看手机里的时事新闻。最近这一阵子，包世华已经看了四五本书了，他涉猎广泛，喜欢把近期做过的事情以及看过的书写在日历本上，翻开这小小的日历本可以发现，最近一阵子，他看了四五本书，包括《尼克松传》、严歌苓的《芳华》、冯锡刚的《郭沫若的晚年岁月》、冯玉祥的《我的生活》等等，这些书都是从燕达的图书馆借来的。"这里的图书馆也不错，藏书很丰富，每次去都能发现一些自己感兴趣的书。"对于能够读到自己喜欢的"精神食粮"，包世华很是满足。

2018年包世华全家四位清华大学毕业生合影

每天中午11点半，燕达的食堂就开餐了，老两口会一同携手溜达去食堂买饭回来吃，要是想自己做饭，就再步行去院里的物美超市买点菜预留给晚饭。每天下午，包世华要留1个小时给自己最喜欢的游泳运动。到了晚饭时间，老两口又会亲手做一顿钟爱的饭食，并一起慢慢享用。时光宁静而温暖，老两口相濡以沫，携手一生。